길 위에서
길 너머를 생각하다

길 위에서
길 너머를
생각하다

펴낸날　　초판 1쇄 2019년 12월 5일

지은이　　최연충
펴낸이　　서용순
펴낸곳　　이지출판

출판등록　1997년 9월 10일 제300-2005-156호
주　소　　03131 서울시 종로구 율곡로6길 36 월드오피스텔 903호
대표전화　02-743-7661　팩스　02-743-7621
이메일　　easy7661@naver.com
디자인　　박성현
인　쇄　　(주)꽃피는 청춘

ⓒ 2019 최연충

값 15,000원

ISBN 979-11-5555-125-7　03800

이 도서의 국립중앙도서관 출판시도서목록(CIP)은 e-CIP홈페이지(http://www.nl.go.kr/ecip)와 국가자료
공동목록시스템(http://www.nl.go.kr/kolisnet)에서 이용하실 수 있습니다.(CIP제어번호: CIP2019046080)

길 위에서
길 너머를
생각하다

● 최연충 칼럼

이지출판

생각 다발을 묶어내며

20세기가 낳은 위대한 극작가 조지 버나드 쇼(George Bernard Shaw)는 풍자의 묘미가 담긴 유명한 묘비문을 남겼습니다. 원문도 깊은 울림이 있지만 누군가가 절묘하게 번역함으로써 더 널리 회자되고 있지요.

우물쭈물하다 내 이럴 줄 알았지.
I knew if I stayed around long enough, something like this would happen.

노벨상을 받은 버나드 쇼 같은 인물도 그러할진대, 장삼이사들이야 오죽하겠습니까. 그럭저럭 한 해 두 해 넘기다 보면 어느덧 세월이 훌쩍 지나가 버렸음을 알게 되고, 어 어 하는 사이에 인생 황혼기가 바짝 다가와 있음을 깨달으며 씁쓸한 감상에 젖게 됩니다.

늘 일에 매어 지내온 삶으로부터 벗어나 홀가분하게 돌아다니던 어느 날 문득 이런 생각이 들었습니다. 그동안 난 뭘 하느라 아등바등했었지? 과연 내가 이루어 놓은 게 뭐지? 사람들은 훗날 무엇으로 내 이름석 자를 기억해 줄까?

어느 물음에도 선뜻 답이 떠오르지 않습니다. 매 순간의 삶에 충실하지 않았던 때문이라고 생각하니 갑자기 초조해졌습니다. 더 늦기 전에 뭐라도, 하다못해 여기저기 흩어져 있는 삶의 기록들이라도 정리해 두어야겠다는 마음이 들더군요.

가만히 둘러보니 그나마 틈틈이 써두었던 글조각들이 남아 있었습니다. 이런저런 계기로 썼던 칼럼 글들입니다. 다행입니다. 비록 문장이 투박하고 내용도 엉성하지만 뭐 어떻습니까. 거기엔 세상사를 보면서 품었던 저의 생각과 느꼈던 감정이 담겨 있고, 그때그때 나름대로 고민했던 흔적들이 녹아 있습니다. 지금껏 살아온 시간들을 되짚어 보는 것만으로도 의미가 있지 않을까요?

칼럼은 크게 3부로 나누어 실었습니다.

제1부 〈초량로 산책〉은 2007~2008년 부산지방국토관리청장으로 일하던 시기에 내부 통신망인 '부산청 e-소식'에 매주 한 편씩 올린 글들입니다. 아무래도 도로와 하천 관리 등 업무와 관련된 내용들이 많지만, 그 외에 일반적인 사회 현안들도 두루 다루었습니다. 다만 오래전에 썼던 글들이라 일부 시의성(時宜性)이 떨어지는 내용도 있다는 점을 미리 말씀드립니다.

제2부 〈람블라의 햇살〉은 2011~2014년 주우루과이 대사로 재직하는 동안 '알콩달콩 우루과이'라는 이름의 카페를 만들고, 여기에 대사

칼럼 코너를 두어 연재했던 글들입니다. 우리에게는 생소한 나라인 우루과이의 역사, 문화, 풍습 등 이모저모를 소개하고자 하였습니다. 참고로 람블라는 우루과이의 수도 몬테비데오의 간선 교통축인 라플라타 강변도로와 주변 산책로를 말합니다. 시민들의 사랑을 듬뿍 받고 있는 공간이지요.

제3부 〈태화강 대숲소리〉는 2017~ 2018년 울산도시공사 사장으로 일하던 때에 지역 대표 언론인 경상일보의 'CEO칼럼' 필진으로 참여하여 매월 한 편씩 썼던 글들입니다. 울산이 나아가야 할 발전 방안과 지역 현안에 대한 고민들을 주로 다루었습니다.

변변찮은 글들이라, 마치 철들지 않은 아이를 세상에 내보내는 심정입니다. 편안하게 읽고 공감해 주신다면 더없는 기쁨이겠습니다.

2019년 12월

최 연 충

특별한 후배, 특별한 기록

추병직 전 건설교통부장관

최연충 대사와는 인연이 아주 깊다. 오랜 건설교통부 시절을 통틀어 열 손가락 안에 꼽을 만한 특별한 후배이기도 하다. 그는 기획통이다. 사안의 핵심을 짚어내는 능력이 출중하다. 거기에 더하여 복잡한 문제를 간명하게 정리하여 설득력 있게 해결책을 제시한다. 그의 칼럼에서 깊은 울림이 느껴지는 이유다.

한편 그는 문장력이 뛰어나다. 부처 내에서 백서나 기록물을 발간할 때면 늘 편집위원으로 참여해 왔다. 중요한 정책의 향방을 결정짓는 보고서도 그의 손길을 거치고 나면 군더더기 없이 다듬어진다. 이런 내공이 있기에 그가 풀어내는 글은 깔끔하면서도 유려하다.

그는 특별한 경력의 소유자다. 건설교통부(지금의 국토교통부)에서 국토, 도시, 주택, 건설산업 분야 정책을 두루 다룬 후 2011년 외교부로 옮겨 주우루과이 대사를 역임하였다. 건설교통부 출신으로는 첫 공관장이다. 편안한 길을 갈 수 있었음에도 새로운 일에 과감하게 도전한 것이다.

실은 오래전부터 중남미 지역에 관심을 두고 스페인어를 독학하면서 꾸준히 중남미를 공부해 왔다고 한다. 3년 재임하면서 외교관으로서도 훌륭하게 역할을 수행하여 베스트 공관장이라는 평가를 받았다. 특유의 친화력과 적극적인 일처리 능력이 그 바탕이 되었을 것이다.

우루과이에 대한 사랑도 남다르다. 그가 바쁜 시간을 쪼개어 자상하게 안내해 준 덕분에 우리는 지구 반대편에 있는 나라 우루과이의 다양한 면모를 알 수 있게 되었다. 또 재임기간 중 '세상에서 가장 가난한 대통령'으로 알려진 호세 무히까 대통령과 각별한 인연을 쌓았다. 그의 글을 통해 무히까 대통령도 우리에게 아주 친근하게 다가온다.

이 책에 수록된 글들은 10여 년의 시간을 넘나들고 공간적으로도 지구 끝에서 끝까지를 아우른다. 그만큼 주제도 다양하고 흥미롭다. 세상 이치를 곰곰이 생각해 보게 하는가 하면, 또 한편으로는 우리가 매일매일 겪는 일상을 차분히 되돌아보게도 만든다. 아무 페이지나 펼쳐 들어도 읽어 내려가는 재미가 쏠쏠하다. 강호 제현께 일독을 권한다.

차례

제2부
람블라의 햇살

제3부
태화강 대숲소리

제1부

초량로 산책

2007~2008년 부산국토관리청 'e-소식' 연재 칼럼

'길'을 생각함 Ⅰ

길의 기원을 추적해 가다 보면 아마도 인류 역사의 태동기까지 거슬러 올라갈 수 있지 않을까 싶다. 원시 인류가 나름대로 공동체를 이루어 수렵생활을 하던 때를 상상해 보자. 아침에 사냥감이 많은 곳을 찾아가 사냥과 채집을 하고 해질 무렵 수확물을 챙겨 동굴 주거지로 돌아오는 것이 일상이었을 것이다. 이렇게 아침저녁 그들이 오고간 사냥로가 곧 원초적인 길의 모습 아니겠는가.

그로부터 장구한 세월 동안 길은 인류 발전과 궤를 함께해 왔지만 길을 대하는 인식은 동서(東西)가 다르고 국가마다 차이가 컸다. 그리고 그 차이가 곧 한 지역과 국가의 흥망성쇠를 결정짓는 동인(動因)으로 이어졌다고 보아도 무방하다.

서구 문명을 대표하는 로마는 제국 곳곳을 거미줄처럼 연결하는 가도(街道)에 힘입어 방대한 영토를 다스리고 고도의 문화를 이룩할 수 있었다. 가도가 있었기에 유사시 군대가 신속하게 이동할 수 있었고, 물류의 흐름도 원활하게 이루어질 수 있었다. 같은 시기에 동쪽 땅에서는 진시황이 천하를 통일한 후 옛 6국마다 들쑥날쑥하던 마차의 궤간을 통일하고 도로의 개량에 착수하여 통치기반을 다졌다. 길을 국가 경영의 토대가 되는 기간시설로 받아들이고 이를 중요하게 다루었다는 점에서는 동서가 다르지 않았다는 얘기다.

반면 우리의 사정은 어떤가? 우리 고대사에서 대표적인 승전(勝戰)으로 꼽히는 살수대첩(612년)과 귀주대첩(1018년)은 모두 강둑을 막았다가 일시에 터뜨려 적을 수장시킨 싸움이었다. 고려는 몽고의 침략을 맞아 강화로 수도를 옮기면서 장기전을 폈다. 강화해협의 물살에 기댄 것이다. 대신 나머지 전 국토는 몽고군에게 철저히 유린되었다.

이런 수난이 트라우마로 남았던 때문인지, 조선왕조 500년 내내 길이 넓고 편하면 외적이 침입할 때 용이하게 쓰일 뿐이라는 인식이 지배적이었다. 교통수단도 보잘것이 없어 넓은 길을 필요로 하지 않았다. 그 결과 한양과 의주를 연결하는 사신로(使臣路)와 동래에서 한양으로 이어졌던 과거 길이 그나마 초보적인 도로의 모양새를 갖추었을 뿐, 나머지 길은 사실상 보부상들의 등짐로 수준을 벗어나지 못했던 것으로 보인다.

이같은 도로 사정은 일제 강점기에 이르러서야 면모를 일신하게 된다. 비록 식민지배와 수탈을 염두에 둔 투자였지만 전국적으로 신작로를 닦으면서 비로소 근대적인 교통망을 갖추기 시작한 것이다.

이런 사정에 비추어 보면 1970년 경부고속도로의 개통을 전환점으로 우리 경제의 고도성장기에 도로 건설이 활발히 이루어지고, 오늘날엔 3,103km에 이르는 사통팔달의 고속도로와 총연장 14,225km의 국도망을 근간으로 전국 반일생활권 시대를 구가하고 있음에 격세지

경부고속도로 개통(1970년 7월 7일)

감을 느낀다.

철도는 또 어떤가. 1899년 제물포와 경성을 잇는 경인선 철도가 첫 선을 보였고, 1905년에는 경부선 철도가 개통되어 본격적인 철도시대를 열었다. 해방 이후에도 철도망 확충은 꾸준히 지속되어 도로와 함께 육상 교통의 두 축을 이루게 되었다.

2004년 우리 철도는 다시 한번 도약하는 계기를 맞게 된다. 경부고속철도가 개통되어 새롭게 고속철도시대를 연 것이다. 고속철도는 건설기술은 물론이고 첨단 자재와 설비, 운영시스템에 이르기까지 고도의 기술과 노하우를 필요로 하는 기반시설이다. 국력이 뒷받침되지 않으면 감히 엄두를 내기 어렵다. 그런즉 프랑스, 일본, 독일, 스페인에 이어 세계에서 다섯 번째로 고속철도를 가진 국가가 되었다는 것은 대단한 성취가 아닐 수 없다. 이제는 그간 축적된 기술과 경험을 바탕으로 해외시장 개척에 활발하게 나서고 있다. 불과 한 세기 만에 이룩한 눈부신 길의 역사다. (2007년 6월 15일)

* 2018년 말 현재는 고속도로 4,717km, 국도는 13,983km에 이른다. 국도의 경우 꾸준히 선형이 개량되고 단축노선이 신설됨에 따라 연장이 예전에 비해 다소 줄어들었다. 한편 철도 총연장은 5,444km, 이 중 고속철도는 657km, 일반철도는 3,481km, 광역 및 도시철도가 1,306km를 차지한다.

'길'을 생각함 Ⅱ

옛사람들은 길을 뭍으로 난 길(陸路)과 물길(水路)로 나누어 다루었다. 지구촌이 하나의 생활권역이 되어 버린 오늘날엔 하늘길의 중요성도 그에 못지 않지만, 옛날에는 하늘에 길을 내어 사람들이 오고가리라는 건 상상도 하지 못했을 것이다.

이번에는 물길에 대해 알아보자. 흔히 매사를 순리에 따라 처리하는 경우를 물 흐르듯 한다고 한다. 물이 늘 위에서 아래로 흐르고, 장애물을 만나면 거스르지 않고 슬기롭게 돌아가는 속성을 강조하며 인간사도 마땅히 그러하길 바라는 뜻을 나타낸 것이리라.

물길을 관리하는 치수정책의 근본은 어제와 오늘이 다르지 않다. 중국은 예부터 황하의 범람으로부터 백성을 보호하는 일을 치국의 근본으로 삼았다. 심지어 순임금은 황하의 치수사업을 성공적으로 수행한 공로를 인정하여 선양(禪讓)의 형식을 통해 우임금에게 왕위를 물려주기까지 하였다. 《서경(書經)》의 기록에 의하면 순임금은 당초에 대신 곤(鯀)에게 황하의 치수를 맡겼다. 하지만 곤이 일을 제대로 처리하지 못하자 그 책임을 물어 처형하고, 대신 그의 아들인 문명(文命 또는 夏禹, 훗날의 우임금)에게 다시 치수 임무를 맡긴 것으로 되어 있다.

우임금은 아버지 곤이 제방만 계속 높이 쌓아 홍수를 막고자 한 접근 방식에 문제가 있었다고 보고, 막힌 물길을 자연스럽게 터주는 쪽으로 발상을 바꿈으로써 황하를 달랠 수 있었다고 한다. 오늘날로 말하면 배수로 확장, 배수문 설치, 유수지 확보 등의 방안을 도입한 셈일 텐데, 당시로서는 혁신적인 정책 전환이었음이 분명하다.

물길은 오래전부터 교통로로 활용되어 왔다. 토목기술이나 장비가 발달하지 못했던 고대에는 산과 들을 가로질러 어렵사리 길을 내는 것보다는 강이나 바다를 이용하여 소통하는 것이 훨씬 용이했을 것이다. 중국은 예부터 장강의 뱃길을 활발하게 이용했고, 수(隋)나라 때인 610년에는 항주에서 북경까지 이어지는 대운하를 건설하여 내륙 수운의 역사를 새로 썼다. 우리도 일찍부터 세곡 운반을 위해 연안과 하천의 주요 길목마다 조창(漕倉)을 세웠다. 이 조창을 중심으로 세곡만이 아니라 사람과 물산이 활발하게 오고갔음은 물론이다.

한편, 사람과 물자가 이동한 경로가 길이라면 생각과 사상이 오고가는 경로도 있을 것인데, 우리는 이를 언로(言路)라고 부른다. 조선 사회는 500년 내내 봉건신분체제를 벗어나지 못해 제대로 발전하지 못하고 결국 근대에 이르러 국권까지 상실하는 치욕을 맛보고야 말았다. 하지만 언로에 관한 한 조선은 상당히 진취적이었고 이를 보장하는 여러 가지 제도적 장치도 갖추고 있었다. 글을 깨친 자들은 상소(上疏)를 통해, 상민들은 신문고(申聞鼓)를 울려 자신의 의견을 호소하고 관(官)의 실정을 지적했다. 왕의 일거수일투족을 빠짐없이 기록한 사초나

승정원일기, 왕조실록 같은 것도 언로가 보장되지 않은 사회였다면 그토록 오랫동안 기록을 유지하기 어려웠을 것이다.

요즘 정부 부처 내 기자실 통폐합 문제를 둘러싸고 갑론을박이 한창이다. 부처 기자실이 본연의 역할에서 벗어나 관료들에게 군림하는 곳으로 변질되어 버렸다는 지적에서 비롯된 일이다. 그동안 일부 출입기자들의 행태가 눈살을 찌푸리게 하고 기자실이 비리의 온상처럼 비쳐졌던 면이 없지 않다. 그렇다고 순기능까지 내치는 건 곤란하다. 형식이야 어떻든 제대로 언로를 터주는 방향으로 개선되기를 바란다. 물길이든 말길이든 원활하게 흐르도록 해 주는 게 중요하고 세상 이치에도 맞을 테니까. (2007년 6월 22일)

지명(地名) 유감

천지가 열린 태초의 원시(原始) 상태를 우리는 카오스(Caos)라 일컫거니와, 이 원시 상태를 벗어나 세상이 나름의 질서를 갖게 되면서 천지 만물에는 제각각 이름이 붙여진다. 그런즉 이름은 곧 사물의 본성이요, 정체성을 드러내는 징표다.

우리가 발붙이고 살아가는 이 땅에 붙여진 땅이름(地名)도 그저 그렇게 전해지는 게 아니다. 지명은 그 지역의 자연적 특성은 물론 역사, 인물, 산업, 교통과 풍속, 생활상에 이르기까지 다양한 정보와 문화 요소를 함유하고 있다. 달리 말하면 지명이란 그 땅의 얼굴이자 가장 모국어적(母國語的)인 향수의 원형이다. 뿐만 아니라 그곳에 터를 잡고 대대손손 살아온 사람들의 자취와 영고성쇠가 녹아 있어 그 자체가 소중한 인문지리 자료다. 국토와 지명을 거론할 때 토명불이(土名不二)라 하는 까닭도 여기에 있다.

우리 지명은 일제 강점기 때 크게 수난을 겪는다. 일제는 행정구역을 근대적 체제로 개편한다는 명분을 앞세워 수많은 고유 지명을 없애

거나 의미 없이 개명해 버렸다. 한자어로 옮기면서 악의적으로 뜻을 왜곡한 사례도 부지기수다. 예를 들어 인왕산의 경우, 원래 한자는 仁王이었으나 일제는 그들의 입맛대로 날 일(日)변을 붙여 仁旺으로 바꾸어 버렸다. 인왕산은 1995년에 와서야 원래 이름을 되찾았다.

한편 국토개발 과정에서 새로운 도시가 조성되거나 기간시설물이 준공될 때마다 명칭 부여를 둘러싸고 숱한 갈등이 있어 왔다. 이 또한 지명이 함축하고 있는 의미가 그만큼 크다는 반증이다. KTX 역사(驛舍) 명칭을 놓고 천안과 아산이 한치의 양보 없이 맞선 끝에 결국 '천안아산'이라는 어정쩡한 역명으로 정해진 것이 대표적인 사례다.

창원군의 경우는 70년대 창원공업기지 건설에 이어 창원시가 새로 생기면서 옛 창원군은 졸지에 의창군으로 개명되었다. 이때 창원군민들이 격렬하게 반발했음은 물론이다. 91년 창원군 이름을 되찾은 것도 잠시, 95년 도농통합시 제도에 따라 창원시와 마산시로 나뉘어 편입되고 창원군은 아예 없어져 버렸다. 이 땅의 많은 이름들이 산업화와 도시화의 와중에 새로 생겨나기도 사라지기도 한다. 이 또한 지명이 지닌 숙명이다.

이와 관련하여 한 가지 짚고 넘어갈 일이 있다. 정부는 최근 일제시대부터 형성된 무질서한 지번 주소를 정리하여 도로를 따라 주소를 표기하는 것을 법제화하였고, 이에 각 지자체별로 새 도로명 주소로 변경하는 작업을 진행하고 있다. 선진국처럼 질서정연하게 주소를 표기하고자 하는 제도의 취지에는 십분 공감하지만, 문제는 이 과정에서 오랜 역사와 삶의 흔적이 배어 있는 유서 깊은 지명이나 가로명이 하나둘씩 사라져 가고 있다는 점이다.

천안아산역

　이름 없던 골목길을 새로 작명해 붙이는 것은 그렇다 치더라도 멀쩡한 이름이 있는 기존 도로까지 의미 없이 개명하는 것은 마땅히 바로잡아야 한다. 새 가로명으로 붙인 소망길, 새싹길, 화합로, 사랑로 등의 이름이 그 자체로야 아름답고 좋은 뜻임을 누가 모르랴만, 앞서 말한 토명불이를 되새겨 본다면 분별 있는 처사라고는 할 수 없다. 보다 깊은 안목을 갖고 사려 깊게 살피고 처리해 주기를 바란다.

(2007년 6월 29일)

＊ 도로명 주소 : 종래의 지번 주소를 도로명에 따른 주소로 변경하고자 한 정책이다. 2007년 도로명주소법이 제정되었고, 2011년 7월 도로명 주소가 고시되었으며, 2014년부터 제도가 본격 시행되고 있다. 하지만 아직은 지번 주소와 병행 사용되고 있는 실정이다.

강역(疆域)과 지명(地名)

지명에 대해 좀 더 알아보기로 하자. 우리나라 지명은 지형이나 지질, 산과 내(川)의 관계, 기후와 풍토 및 산물, 교통 등 여러 가지 자연 상태와 인위적 상황에 따라 이름 붙여졌다. 이들 지명은 애초에 순수한 우리말이었을 것이나, 훗날 공부상에 행정지명으로 등재되면서 대부분 한자화되는 과정을 거치게 된다.

그럼 우리나라 행정지명으로는 어떤 글자가 가장 많이 사용되고 있을까? 통계연감을 통해 우리나라 도시명을 확인해 보니 6개 광역시와 시급(市級) 기초자치단체 77개 중 끝 글자가 州인 도시(광주, 진주, 원주, 청주…)가 16개로 가장 많았다. 다음으로 끝 글자가 山인 도시가 12개(부산, 울산, 안산, 익산…), 川인 도시가 10개(인천, 과천, 춘천, 순천…)로 이들을 합하면 전체의 약 절반에 이르는 것으로 나타났다.

우선 州의 경우는 통일신라가 9州5小京을 지방행정의 근간으로 정착시킨 이래 당시의 지역 거점(사벌주, 한산주, 무진주 등) 명칭이 이후로도 면면히 이어지며 영향을 미치고 있는 것으로 보인다. 山과 川은 아마도 오랜 옛날부터 자연을 사랑하여 산자수려(山紫水麗)한 곳을 삶의 터전으로 인식해 온 문화적 특성이 지명에 반영된 결과가 아닐까 싶다. 옛날에는 해안 포구를 중심으로 마을이 형성된 경우가 많았기에 포(浦)로 끝나는 지명도 적지 않다. 목포, 제물포(인천), 합포(마산) 등이 그 예다.

말이 나온 김에 우리가 전국의 강역을 지칭할 때 흔히 쓰는 팔도(八道)의 명칭 유래에 대해서도 짚어보자. 앞서 말한 9주5소경은 고려조의 5도(道) 양계(兩界)를 거쳐 조선 태종 연간에 팔도체제로 개편되기에 이른다. 이때 경기도를 제외한 각 도의 명칭은 아래와 같이 당시 감영(監營) 소재지를 포함한 관내 주요 고을 2개소의 머리글자를 따서 붙였다.

경상도(경주·상주), 전라도(전주·나주), 충청도(충주·청주), 황해도(황주·해주), 강원도(강릉·원주), 평안도(평양·안주), 함경도(함흥·경흥)

단, 함경도는 원래 함길도(함흥·길주)로 불리었다.

중국의 경우도 이와 비슷한 사례가 있다. 복건성(福建省)은 복주(福州)와 건안(建安)에서, 강소성(江蘇省)은 강녕(江寧, 南京의 옛이름)과 소주(蘇州)에서 각각 머리글자를 따왔다. 하지만 많은 경우 유명한 산천을 따라 각 성(省)을 작명하고 있다. 이를테면 태산(泰山)을 기준으로 하여 동쪽은 산동성(山東省), 서쪽은 산서성(山西省)이라 이름 붙이고, 황하(黃河)의 아래윗쪽이라 하여 하남성(河南省)과 하북성(河北省)이라 부르게 되었다. 호남성(湖南省)과 호북성(湖北省)은 동정호(洞庭湖)를 기준으로 남북을 나누어 붙인 이름이다.

이렇게 보면 우리나라가 마을이나 향토에 대한 귀속감과 애착이 중국보다 더 강했던 것 같다. 그것이 지명에 대한 애착으로 이어져 요즘도 지명을 둘러싼 공방이 벌어지면 타협점을 찾기가 여간 어렵지 않다. 한편으로 이런 속성을 고려하여 일찍이 팔도의 작명 과정에서도 큰 고을 이름을 공평하게 반영하였으니, 지역 여론을 수렴하여 갈등의 소지를 없앤 선현들의 슬기가 돋보인다.

최근에 천(川)자로 끝나는 지명을 가진 전국 13개 시·군이 올 하반기중에 '전국청정도시협의회'라는 모임을 만들어 상호 문화예술 교류와 관광개발 등을 함께 하기로 했다는 소식이다. 이들 시·군이 대개 경관이 수려한 청정지역이라는 점에 착안한 발상일 터인데, 지명 그 자체로도 주민의 삶에 직접 영향을 미칠 수 있는 정책으로 이어질 수 있다는 사례로 보여 흥미롭다. (2007년 7월 6일)

장마철 넘기기

올해 장마가 막바지에 접어들고 있다. 내게는 한 달에 두어 번 KTX를 타고 서울을 오르내릴 때마다 차창에 펼쳐지는 낙동강변의 풍광을 느긋하게 감상하는 것이 작은 즐거움이다.

그런데 6월 중순 이후로 시커먼 먹장구름을 이고 시시때때로 비가 내리기 시작하면서부터는 낙동강을 바라보는 심정이 결코 편안하지가 않다. 수위만으로 본다면 아직은 크게 걱정할 정도는 아니지만 저 고즈넉하고 평화스럽기만 한 낙동강이 언제 엄청난 소용돌이로 표변할지 생각하면 한시도 긴장의 끈을 늦출 수가 없기 때문이다.

(부산국토관리청은 영남권의 국도와 국가하천을 관리하는 기관인 만큼, 낙동강 수위 변동에 늘 신경을 쓰지 않을 수가 없다.)

물이란 참 묘한 존재다. 인간이 살아가는 데 있어서 공기와 더불어 없어서는 안 될 소중한 자원이지만, 한번 심사가 뒤틀어지면 걷잡을 수 없는 재앙으로 다가오기도 하니 말이다. 예부터 자연재해라면 가뭄과

홍수를 일컬었는데, 그야말로 물이 귀해도 한숨이요, 너무 넘쳐나도 걱정인 셈이다. 특히 가뭄은 그나마 농사일 망치는 데 그치지만 홍수라는 녀석은 농사뿐만 아니라 한순간에 우리 생활 터전을 짓뭉개고 인명까지 앗아가니 그 폐해가 더 심하다. 오죽하면 '가뭄 끝은 있어도 장마 끝은 없다'는 말이 나왔겠는가.

여름철로 접어들면 오호츠크해 고기압과 북태평양 고기압 사이로 뚜렷한 전선이 생기고 이 전선이 우리나라 부근을 오르락내리락하면서 많은 비를 뿌리게 되는데, 이를 장마라 한다. 오뉴월 장마라고 하지만, 양력으로 치면 6~7월경에 해당한다. 장마를 일본에서는 바이우(梅雨)라 하고 중국어로는 메이위(梅雨)라고 한다. 발음은 다르지만 중국이나 일본이나 한자 표기로는 똑같다는 점이 흥미롭다. 뜻으로 보면 '매화비'인 셈인데, 매실이 익을 무렵에 내리는 비이기 때문에 그렇게 부르게 되었다는 것이 정설이다.

그렇다면 비슷한 문화권인데도 우리는 왜 이맘때쯤에 내리는 비를 장마라고 할까? 얼핏 생각하면, 여름 한철에 오랫동안 내리는 비를 말하는 것이니 길 장(長)자와 무슨 연관이 있지 않을까 생각할 수 있다. 하지만 의외로 장마는 한자어가 아니라 순우리말이며, 그 어원은 고대 산스크리트어에서 왔다고 한다. 우리말의 성립과 유래를 외곬으로 연구해 온 강상원(姜相源) 박사에 의하면 산스크리트어로 장(jhan)은 'noise of falling rain' 또는 'rain in large drops'를 뜻하며, 마(ma)는 '장'을 명사화하는 어미라는 것이다. 아직 검증된 학설은 아니지만 우리말로 옮기면 '비 내리는 소리' 또는 '큰 방울로 떨어지는 비'라는 뜻이니 우리가 사용하고 있는 장마의 발음이나 의미와 맞아떨어지는 흥미로운 해석이 아닐 수 없다.

어떻든 이제 장마철은 한창이고, 우리는 너나없이 긴장 속에 숨가쁜 나날을 보낼 수밖에 없는 마당이다. 모두에게 어려운 시기임은 틀림 없지만, 이 또한 마음먹기 나름이지 지나치게 두려워하고 안절부절할 일은 아니다. 진인사대천명(盡人事待天命)이라 했다. 만사불여(萬事不如) 튼튼이라는 말도 있다. 우리가 사전에 충분히 대비해 놓는다면 능히 난관을 극복해 나갈 수 있을 것으로 믿는다.

때로는 관점을 달리하는 것만으로도 큰 힘이 된다. 모름지기 생각의 힘이 일의 결과에 결정적인 영향을 미치는 법이니까. '유월 장마에는 돌도 큰다'는 속담이 있듯이, 여름철에 내리는 적당한 비는 풍년을 보장하는 자연의 은총이기도 하다. 장맛비에 대해서도 긍정적으로 생각하면서, 올가을에 거둘 풍성한 수확을 기대해 보자.

(2007년 7월 13일)

하천 · 습지의 무법자, 뉴트리아

지난 5월 초쯤이던가, KBS 1TV가 환경스페셜을 통해 〈낯선 침입자, 뉴트리아〉라는 프로그램을 방영한 적이 있다. 당시에는 별 생각 없이 보다가 채널을 돌렸는데, 6월에 있었던 하천분야 전문가 초청 직무교육 말미에 이 프로그램을 다시 볼 기회가 있었다. 한 시간 정도 풀 영상을 시청한 후의 느낌은 뭐랄까, 섬뜩한 충격이었다. 외래 동식물의 무분별한 유입이 경우에 따라 우리의 토착 생태계에 얼마나 엄청난 재앙을 초래하는지 돌아보게 되는 시간이었다.

'뉴트리아'는 일반인에게는 이름조차 생소한 동물이다. 얼핏 보아서는 수달로 오인되기도 하는 외래종 설치류인데, 일명 늪너구리라고도 불린다. 습지에서 군집생활을 하며 갈대를 비롯한 수중식물의 잎과 뿌리, 그리고 작은 곤충 등을 먹고 사는 것으로 알려져 있다. 덩치도 만만찮아서 큰 놈은 10kg 정도까지 자란다. 90년대 초반에 식용 및 모피용으로 남미로부터 국내에 들여와 사육하기 시작했다고 하는데, 이후에 농가들이 채산성이 맞지 않아 사육을 포기하기에 이르자

녀석들이 뿔뿔이 흩어져 야생으로 돌아가면서 문제가 불거지게 된다.

현재까지 파악하기로는 우포늪 등 경남 일대의 습지와 낙동강 하류 지역을 중심으로 한 곳에 수십 마리씩 서식하고 있는 것으로 알려졌다. 녀석들이 휘젓고 다니면서 갈대 뿌리나 연잎 등을 갉아먹어 습지 생태계를 훼손하는 것은 물론이고, 비닐하우스까지 침입하여 농작물에도 적잖은 피해를 입히고 있다 한다. 생태계나 농작물에 끼치는 폐해도 문제려니와 이 녀석들로 인해 하천 제방이 부실해지고 그 정도가 날로 심각해지리라는 점도 염려스럽다.

녀석들은 습지 언덕이나 하천둑 아래 굴을 파고 군집생활을 하는데, 굴의 지름이 20cm 내외, 길이는 3~5m에 이른다고 한다. 그렇잖아도 낙동강 제방이 취약하여 노심초사하고 있는 판에 하천관리청의 입장에서는 골칫거리가 하나 더 늘어난 셈이다. 더욱이 녀석들은 애초에 추위에 아주 약한 종이었는데, 야생에서 10여 년을 지내면서 우리나라 기후에 완전히 적응해 버린 모양이다. 이제는 한겨울 얼음장 위로도 서슴없이 돌아다닐 정도가 되었고, 그 결과 서식지가 낙동강 중상류 쪽으로도 확대되는 추세라니 보통 문제가 아니다.

최근 들어 뉴트리아의 폐해를 뒤늦게 인식하게 된 지자체와 지방환경청이 나서서 간간이 포획작업을 벌이고는 있지만, 서식지가 수초에 가려 있는 데다가 녀석들이 야행성이고 워낙 재빨라서 포획이 쉽지 않은 모양이다. 이런 식으로 몇 마리씩 포획한다고 해서 근원적인 문제가 해결될 것 같지도 않다.

무릇 모든 동식물은 태초부터 그 습성이나 생육조건에 가장 적합한 환경에서 살아가기 마련이다. 그런즉 인간이 이기적인 목적으로 그들

뉴트리아 ⓒ 픽사베이

의 터전을 이리저리 옮겨 놓는다는 것은 결국 자연의 섭리를 거스르는 행위에 다름 아니다. 당장 뉴트리아 폐해에 대처할 방안을 찾아내는 것이 급하기도 하지만, 이번 뉴트리아 사태를 보면서 우리 인식을 근본적으로 전환하는 계기로 삼을 수 있기를 기대해 본다.

경솔하게 외래종을 도입하면 혹독한 대가를 치를 수 있다. 생태계는 한번 파괴되면 회복하기가 쉽지 않다. 일명 민물의 폭군으로 불리는 큰입 배스, 블루길, 황소개구리 등의 예가 이를 잘 말해 준다.

(2007년 7월 20일)

느림의 미학

흔히 우리 국민성을 부정적인 측면에서 거론할 때 이른바 '빨리빨리' 문화를 들곤 한다. 이는 급속한 근대화 과정을 거치면서 어느덧 익숙해져 버린 하나의 사회문화 현상이다.

우리나라 도로에 대해서도 이 관점에서 한번 생각해 보자. 웬만한 연배의 사람들은 어릴 적 시골마을 논밭을 가로질러 아스라이 이어지던 신작로를 기억하고 있을 것이다. 그 시절의 신작로는 대부분 비포장 자갈길이었다. 비만 오면 곳곳이 패여 볼썽사나웠다. 심지어 오지의 소하천 곳곳에는 다리조차 놓여 있지 않아 차들이 얕은 물길을 그냥 차고 나가는 것도 흔히 볼 수 있었다. 그렇게 보잘것없던 길이 산업화를 거치면서 완전히 면모를 일신하여 명실상부한 산업과 물류의 대동맥으로 자리를 잡았다. 이제는 전국 어느 산간벽지라도 도로가 닿지 않는 곳이 없다고 할 정도가 되었다. 특히 신설되는 국도는 4차로 이상을 원칙으로 설계 시공하여 고속도로에 버금가는 수준에 이르고 있다.

그러나 도로 건설 현장을 둘러볼 때마다 뿌듯한 마음 한켠으로 뭔가 허전하고 아쉬운 심정이 들기도 한다. 서로 떨어져 있는 지역과 지역을 연결하여 사람과 물자를 원활하게 소통시키는 것이 도로의 원초적 기능임을 생각한다면, 도로 건설에 있어서 속도를 우선적으로 고려하는 것은 당연하다 하겠다. 하지만 그 속도 때문에 우리는 다른 소중한 것들을 너무 많이 잃고 있는 건 아닌지, 안타까운 것이다.

얼마 전 거제도 도로 건설 현장을 점검하면서 시간을 내어 국도 14호선 신현~해금강 구간을 둘러보았다. 대우와 삼성 조선소가 입지해 있는 옥포와 장승포 쪽으로부터 해금강 방면으로 연결되는 구간이다. 해안을 끼고 뻗어 있는 한적한 도로는 길 양켠으로 동백꽃이 만발하고 수국에 야생초까지 자연스레 어우러진 한폭의 그림 같은 풍광이었다. 부드럽게 이어진 곡선 주로를 따라 고갯마루를 돌아갈 때마다 눈앞에 쪽빛 바다가 펼쳐지고, 크고 작은 포구는 저마다 독특한 모양새로 다가오곤 하여 신선한 즐거움을 안겨 주었다.

거제시에서는 장차 이 구간도 4차로로 확장해 줄 것을 건의해 오고 있는데, 한마디로 과욕이라는 생각을 지울 수가 없다. 같은 국도라도 위치와 지역 여건에 따라 각각 역할이 다르다. 예컨대 지역 거점 간을 연결하는 도로, 도시 우회도로, 산업도로, 관광휴양도로 등이 갖는 의미와 기능이 같을 수 없다. 그럼에도 이를 제대로 고려하지 않고 획일적인 잣대로 무턱대고 확장하고 보자는 주장에는 동의하기 어렵다. 앞에서 언급한 거제시 남부 해안도로 구간은 2차로가 제격이다. 장승포에서 해금강까지 산허리를 잘라내고 터널을 뚫어 한달음에 가닿는다 한들 그게 무슨 의미가 있겠는가.

　이런 사정은 비단 14번 국도만의 문제는 아닐 것이다. 지금도 전국 곳곳에서 진행되고 있는 도로사업들이 설계 단계에서부터 과연 이런 점을 치밀하게 검토한 후에 추진하고 있는 것인지 냉철하게 돌아볼 필요가 있다. 속도에 밀려 추억의 강변도로가 하나둘 사라지고, 너도 나도 연도교와 연륙교를 건설하여 다도해의 아름다운 섬들이 고유한 정취를 잃는 건 바람직하지 않다. 이제 도로 건설에 있어서도 속도 지상주의가 아니라 느림의 미학(美學)을 다시 생각해 보아야 할 때다.

(2007년 7월 29일)

낙동강 풍류

　강원도 태백시의 황지연못에서 발원하여 영남권 곳곳을 아우르며 흐르는 젖줄이 낙동강이다. 간선유로 연장 506km에 23,384km²의 광활한 유역면적을 갖고 있는 낙동강의 모습을 한마디로 담아낸다면 '유장(悠長)하다'는 표현이 딱 어울린다. 단순히 연장이 길어서만이 아니다. 그 넓은 품속에 크고 작은 785개의 지류를 안고 있는데다가, 결코 서두르는 법 없이 남녘의 산과 들을 유유히 가로질러 흐르는 품새가 평화롭고 유유자적하여 우리 전통적 정서와 맞닿아 있다. 이 점에서 보면 평양의 부벽루(浮碧樓)와 더불어 우리나라의 3대 명루로 꼽히는 촉석루(矗石樓)와 영남루(嶺南樓)가 모두 낙동강 자락에 자리잡고 있다는 것도 우연한 일이 아니라는 생각이 든다.

　촉석루와 영남루는 여러 모로 닮은 꼴이다. 우선 창건 연대가 고려 말 공민왕 무렵으로 거슬러 올라간다는 점에서 그렇다. 남강과 밀양강이 휘감아 돌아가는 절벽 위에 높다랗게 자리잡고 앉은 품새 또한 우열을 가릴 수 없을 만큼 의연하다. 똑같이 정면 5칸 측면 4칸 규모에 높은 누마루를 얹은 누각의 자태도 차이가 없다. 게다가 논개와 아랑이라는 두 여인에 얽힌 한맺힌 사연까지 흡사하지 않은가. 두 누각에 올라서면 원근의 경관이 한눈에 들어와 대자연의 넉넉한 품을 느낄 수 있고 코끝을 스치는 강바람이 그렇게 상쾌할 수가 없어 시심(詩心)이 절로 일어나게 된다.

누각은 정자와 더불어 한국의 전통미가 짙게 배어 있는 건축물이다. 특히 두 건축 양식은 모두 벽면을 기둥만으로 처리하여 최대한 열린 공간으로 남겨두고 있는 점이 독특하다. 건축물 하나에도 인위적인 요소를 가급적 배제하여 자연을 거스르지 않고 있는 그대로 받아들이고자 애쓴 선조들의 지혜를 읽어 낼 수 있다. 자연 경관을 집안으로 끌어들여 오밀조밀하게 정원을 꾸며놓고 독점적으로 즐기려 한 일본인들의 폐쇄적 자연관과는 격이 다르다.

낙동강에서 느낄 수 있는 또 다른 풍취라면 나루터를 빼놓을 수 없다. 이미 우리 주위에서 사라져 버린 풍경이지만, 나루터는 낙동강 곳곳에서 오랜 세월 동안 온갖 풍상을 겪으며 우리와 삶을 함께 했던 명물이었다.

얼마 전 경북 예천군 삼강 나루터의 옛 주막이 경상북도 민속자료로 지정되었다는 소식을 들었다. 한때 낙동강을 오르내리는 소금배의 길목이었던 삼강 나루도 곧 복원하여 관광명소로 가꿀 것이라고 한다. 관광수입 증대 효과도 적지 않으려니와 주변에서 점점 사라져 가는 민속과 문화재를 되살리려는 움직임으로 보여 신선하게 느껴진다.

이뿐만 아니라 최근에는 각 지방자치단체마다 경쟁적으로 관내 하천을 시민의 친수공간으로 가꾸기 위해 애쓰고 있다. 강변 부지를

삼강주막(나루터)

활용하여 간이 골프장을 만드는 곳도 있고, 활터나 말터를 조성하여 여가공간으로 제공하는 곳도 있다. 이와 함께 정부도 친환경 생태하천 정비를 적극 유도한다는 방침을 세우고 시범지구를 선정하여 우선순위에 따라 국고를 지원하고 있다.

취지는 다 좋다. 하지만 이 사업들이 돈벌이에 급급해 위락 레저 쪽으로 치우치지는 않을까 염려스럽다. 부디 우리 강 곳곳에 스며 있는 역사 문물과 전통적 풍취를 제대로 되살리면서 품격 있게 추진되었으면 하는 바람이다. 한국인의 정서가 가장 짙게 배어 있고 선조들의 삶의 자취와 애환이 고스란히 녹아 있는 낙동강의 경우는 더욱 그렇다. 을숙도와 창녕 우포늪에서 보듯 낙동강은 이미 우리만의 것이 아닌 세계적인 생태자원의 보고임을 깊이 새길 일이다. (2007년 8월 3일)

올림픽과 국가 브랜드

얼마 전 황당하고 안타까운 뉴스를 접했다. 주중대사관의 황정일 정무공사가 사무실에서 샌드위치를 시켜먹은 후 밤새 복통에 시달린 끝에 현지 병원에서 치료를 받다가 끝내 사망했다는 것이다. 개인적으로 잘 모르는 분이지만, 나 역시 주중대사관에서 근무하며 3년간 중국 생활을 했던 터라 더 관심이 가고 마음이 무거웠다. 아직 황 공사의 사인(死因)을 단정할 수는 없지만 병원에서 주사한 링거액이 불량 제품이었을 가능성도 제기되고 있는 모양이다.

중국에 가짜 상품이 범람한다는 사실은 이미 새삼스러울 것도 없는 일이지만, 사람의 목숨이 달려 있는 식품과 의약품에까지 이른바 짝퉁이 번지고 있는 지경이니, 중국 제품 의존도가 높은 우리로서는 걱정스럽지 않을 수가 없다. 일례로 우리가 잘 알고 있는 대표적인 중국술 수정방(水井坊), 우량애(五粮液), 마오타이(茅台) 등 3대 백주(白酒)만 하더라도 통계로만 보면 매년 국내외 총소비량이 연간 총생산량을 턱없이 웃돈다고 한다. 그렇다면 시중에서 유통되는 제품 중 상당량이 가짜라는 얘기다. 이밖에도 가짜 달걀, 종이로 만든 만두소, 세균이 득실거리는 생수에다 꿀, 식용유, 인삼 등 먹거리 쪽만 해도 가짜는 헤아릴 수 없이 많다.

사정이 이러니 오늘날 세계 경제의 중심축으로 우뚝 서고 정치적 입지까지 공고해진 중국으로서는 대국(大國)의 체면을 위해서라도 짝퉁천국이라는 오명을 더 이상 방치할 수 없는 입장이다. 중국 정부도 2008년 북경올림픽을 계기로 사회 전반적인 의식과 질서를 한 단계 업그레이드하고 국가 이미지를 훼손하는 각종 병리현상을 치유하는 데 총력을 기울여 나갈 것이라 한다.

하지만 국민의식이나 생활습관이라는 것이 하루아침에 바뀌어지는 것이 아닌 만큼, 이 일이 결코 녹록하지는 않을 듯싶다. 북경의 중심부를 관통하는 장안가(長安街)와 인접한 곳에 '시우수이(秀水)'라는 지역이 있다. 골목골목에 작은 가게들이 자리잡고 의류, 가방, 신발 등과 각종 잡화를 싸게 파는 일종의 풍물시장이다. 그야말로 없는 게 없다. 관광객은 물론이고 중앙아시아 쪽에서 온 외국인 보따리 장수들도 즐겨 찾는 곳인데, 값이 싼 만큼 당연히 짝퉁상품이 넘쳐난다. 북경시는 2년 전 이곳을 대대적으로 정비하여 번듯한 상가 건물을 새로 짓고 상인들을 입주시키면서 대신 짝퉁상품을 취급하지 말도록 지속적인 계도와 단속을 벌이고 있다. 하지만 이런 노력을 비웃기라도 하듯 오늘도 여전히 짝퉁은 날개 돋친 듯 팔리고 있다.

일반 시민들의 질서의식이나 공중도덕 수준을 높이는 것도 시급한 과제다. 거리 곳곳에서 남의 시선은 아랑곳없이 웃통을 벗어제낀 채 카드나 마작판을 벌이는 무리들, 외국인에게 집요하게 달라붙어 구걸

북경 시우수이(秀水街)

하는 거지들, 아무 데서나 침을 뱉고 담배꽁초를 버리는 행인들의 행태는 옛날이나 별반 다르지 않다. 이런 모습들이 바뀌지 않고서는 제대로 선진국 대접을 받을 수가 없다.

중국은 자국 국민들이 가장 선호하는 숫자인 8을 최대한 겹쳐 2008년 8월 8일 오후 8시 8분을 올림픽 개막 시각으로 잡아놓고 온 나라가 잔뜩 들떠 있다. 유독 숫자에 의미를 부여하고 자기최면을 거는 중국인답다. 아무튼 '하나의 세계, 하나의 꿈'을 표어로 내건 북경올림픽이 그들의 기대대로 사상 최대의 상업적 성공을 거둘 수 있을지, 나아가 국민 의식 개혁을 통해 제대로 된 국가 브랜드를 세계에 내보일 수 있는 계기로 만들어 나갈지 한번 지켜볼 일이다. (2007년 8월 10일)

나라꽃 무궁화

해운대 동백섬 누리마루에서 개최된 '나라꽃 무궁화 대잔치' 개막 행사에 다녀왔다. 전국 각지에서 출품한 무궁화 화분과 꽃나무 작품을 감상하고 돌아오는 길에 묘목도 40주 얻어 와서 청사 화단에 정성스레 심었다.

기록에 의하면 무궁화가 우리 민족과 연관되어 나타난 것은 고조선 시대로까지 거슬러 올라간다. 또한 예부터 우리나라를 근역(槿域) 또는 근화향(槿花鄕)으로 불렀다고 하니, 원래 한반도에 무궁화가 많이 자라고 있었던 것으로 보인다. 무궁화를 국화(國花)로 공식 제정한 적이 없음에도 우리가 이를 당연한 사실로 인식하고 있는 것부터가 이 꽃이 오랜 옛적부터 우리 곁에 함께 있어 왔음을 증명해 주고 있다 하겠다.

(이홍직의 《국어대사전》에는 '무궁화는 구한말부터 우리나라의 국화로 되었는데, 국가나 일개인이 정한 것이 아니라 국민 대다수에 의하여 자연발생적으로 그렇게 된 것이다' 라고 나와 있다.)

그런데 요즘에는 왜 우리 주위에서 무궁화를 찾아보기가 이토록 어려워졌을까? 나라꽃이라면 기품이나 향기도 물론이려니와 우선 우리가 일상적으로 접할 수 있을 만큼 도처에 피어 있어야 당연할진대, 오늘날에는 '무궁화 삼천리 화려강산'이란 애국가 가사가 무색할 정도로 무궁화를 보기 어렵다. 오히려 일본의 국화인 벚꽃은 전국 어디에서나 볼 수 있고 봄철이면 곳곳에서 벚꽃축제가 벌어지는 마당이니 참으로 무궁화 볼 면목이 없다.

이와 관련해서 지난날 일본 제국주의가 자행한 악의적인 무궁화 말살정책을 지적하지 않을 수 없다. 기미 독립선언서 표제를 보면 태극기를 무궁화 문양이 감싸고 있다. 일제 강점기의 대표적인 민족지 동아일보의 창간 당시 제호도 한반도를 무궁화가 두르고 있는 형태였다. 이런 예에서 보듯 당시 무궁화는 광복 구국정신의 표상이었으며 겨레의 얼을 대변하는 무형의 지주였음이 분명하다.

사정이 이러했으니 일제가 눈엣가시 같은 무궁화를 가만 놔둘 리가 없었을 터. 일제는 무궁화를 '눈에 피꽃'이라 하여 쳐다보기만 해도 눈에 핏발이 선다고 거짓 선전하고, '부스럼꽃'이라 하여 피부에 닿으면 부스럼이 생긴다는 날조된 소문을 퍼뜨렸다. 한편 방방곡곡을 뒤져 무궁화를 눈에 보이는 대로 뽑아내 불태워 버리는 만행을 저지른다. 기껏 남긴 무궁화는 공중변소나 헛간, 창고 주위 등 후미지고 불결한 장소로 옮겨 심어 부지불식간에 하찮은 꽃으로 여기게끔 만들어 버렸다.

올해로 광복 62주년을 맞고 있지만, 무궁화의 신세는 여전히 고달프다. 늦었지만 이제라도 무궁화의 품격을 되살리고 나라꽃의 위상에 걸맞게 널리 보급될 수 있도록 모두 나서야겠다. 나아가 정식으로 무궁

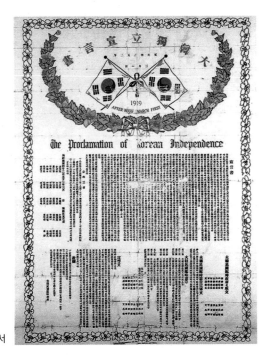

기미독립선언서

화를 국화로 지정하자. 돈 드는 일도 아니고 관심만 있으면 할 수 있는 일인데 왜 주저하는가. 사실 무궁화는 개화기간이 길 뿐만 아니라 무척 미려하고 우아한 꽃이다. 국립산림과학원을 중심으로 꾸준히 품종 개량도 이루어져 정원수나 가로수로도 손색이 없다고 한다. 그럼에도 전국의 가로수 중 무궁화가 차지하는 비율은 5%에도 못 미치고 있는 것이 현실이다. 잘 닦아 놓은 국도를 드라이브하면서 도로변 어디에서나 활짝 핀 무궁화꽃을 대할 수 있는 날을 고대한다.

(2007년 8월 17일)

지구촌의 몸살

최근 들어 온 지구촌이 이상기후로 심한 몸살을 앓고 있다. 유럽과 인도, 중국, 미국 등 도처에서 시도 때도 없이 기록적인 폭우가 쏟아지는가 하면 곳곳에서 지진과 해일 피해도 끊이지 않고 있다.

남태평양의 작은 섬나라들은 해마다 해수면이 상승하여 국가 존립이 위태롭게 되었다고 비명이다. 사하라나 타클라마칸 사막은 갈수록 주변의 초지(草地)를 잠식해 가고 있다. 가까운 중국에서는 내몽고 쪽의 사막화가 급속히 진행되면서 동진(東進)하고 있다. 이대로 가면 수년 내에 북경 코앞까지 이를 전망이어서 당국이 전전긍긍하고 있다.

한반도 주변의 기상현상 또한 심상치 않다. 중국에서 불어오는 황사 바람은 해마다 그 강도를 더해 가고 있고, 해수 온도의 상승으로 근해의 조업지도가 바뀌고 있다. 초여름의 장마는 마른 장마로 지나가기 일쑤고, 오히려 장마가 끝난 이후에 국지성 집중호우가 내려 큰 피해를 입기도 한다. 예년 같으면 8월 중순이면 바닷물이 차가워져 해수욕이 어려웠지만 올해는 9월이 코앞에 다가왔는데도 불볕더위가 계속되고 있다. 이에 따라 해수욕장들이 개장기간을 연장하고, 남부 지방의 경우 많은 학교가 개학 시기를 늦추기로 했다.

아무튼 한반도가 아열대화되고 있다는 징후는 곳곳에서 감지되고 있다. 이쯤되면 계절의 구분이 무색해지고 대대로 우리 일상생활을 지배해 온 절기(節氣)도 다시 손을 봐야 되는 게 아닌가 싶을 지경이다.

작금의 지구촌 이상기후는 지구 온난화가 그 원인이라는 분석이 설득력을 얻고 있다. 또 이 지구 온난화는 이산화탄소를 비롯한 온실가스 배출량 증가가 주된 요인이라는 견해가 지배적이다.

이에 따라 선진국을 중심으로 1992년에 기후변화협약을 체결하고 1997년에는 구체적인 온실가스 감축 목표를 담은 교토의정서를 채택하는 등 각국이 위기의식을 갖고 문제 해결을 위해 공동으로 노력할 것을 다짐하고 있긴 하다. 하지만 전 세계 이산화탄소 배출량의 28%를 차지하고 있는 미국이 이에 소극적인 자세를 보이는 통에 아직까지 뚜렷한 성과를 거두지는 못하고 있다.

한편, 최근 들어 극지방(極地方)을 두고 각국이 전례없는 관심을 보이고 있는 점도 예사롭지 않다. 펭귄과 바다표범의 천국이던 남극은 자원 개발을 선점하기 위한 각국의 각축장으로 변해 버린 지 오래다. (우리나라도 87년 남극에 세종기지를 건설하고 과학연구활동을 계속하고 있다.)

덴마크는 그린랜드의 영유권을 기정사실화하기 위해 안간힘을 쏟고 있다. 얼마 전에는 독일 메르켈 총리가 북극 빙하지대를 방문한 것이 화제가 되었다. 표면적으로는 온난화의 실상을 직접 확인하기 위한 행차였다고 알려졌지만, 북극권 개발을 염두에 둔 것으로 해석될 소지가 다분해 보인다. 러시아나 미국이 이런 움직임을 좌시할 리가

기후변화협약(1992년 리우)

없으니 조만간 북극권도 소란스러워질 것이다. 여기에 대형 선박의 북극 항로 이용까지 본격화되면 빙하는 지금보다 더 빠른 속도로 녹아내릴 것이 분명하다.

바야흐로 이 지구상에서 개발의 손길이 미치지 않는 곳은 아무 데도 남아 있지 않게 되었다. 이로 인한 해수면 상승과 대류의 변화가 어떤 기상 재앙을 불러올지 두렵다. 물질문명의 끝은 과연 어디까지 이어질 것이며, 인간의 탐욕의 그릇은 언제쯤에나 다 채워질 것인가?

(2007년 8월 24일)

중국 바로보기

1992년 8월 21일, 명동 자유중국 대사관에 나부끼고 있던 청천백일기(靑天白日旗)가 천천히 내려졌다. 삼삼오오 모여든 대만 화교들과 대사관 직원들은 이 광경을 숙연하게 바라보며 눈물을 훔쳤다. 이 상징적인 사건을 기점으로 자유중국이라는 이름은 역사의 무대에서 사라지고, 대신 '죽(竹)의 장막'으로 대변되는 으스스한 적대 진영이었던 중공(中共)이 우리에게 중국 대륙의 주인으로 공식적인 대접을 받게 되었다.

그로부터 15년, 이 짧은 기간에 한·중 관계는 실로 엄청난 변화를 겪으면서 명실상부한 전면적 협력동반자 관계로 발전했다. 수교 당시 연간 50억 불에 불과하던 양국간 교역액이 2006년에는 무려 1,343억 불로 늘어나 중국이 우리 제1 교역 대상국이자 수출·투자 대상국으로 부상하였고, 인적 교류도 연간 480만 명에 이르게 되었다.(2018년 말 양국 교역액은 1,000억 불로 다소 줄었으나 인적 교류는 연간 811만 명으로 늘어났다.)

정치적으로도 중국을 빼고서는 한반도와 동북아 안정을 얘기할 수 없을 정도가 되었고, 문화·예술 방면에서도 중국 땅에서의 한류(韓流)와 한국에서의 한풍(漢風)이 새로운 트렌드로 자리잡아 가고 있다.

그렇다면 이토록 급속하게 성장한 한·중 관계의 미래는 어떠한 모습으로 진전되어 나갈 것인가? 중국은 그간 개혁개방을 통해 축적한 국력과 자신감을 바탕으로 이제 다방면에서 새로운 전환을 모색하고 있다. 이름하여 도광양회(韜光養晦) 시절을 마감하고 화평굴기(和平崛起) 시대를 열어 간다는 것.

* 도광양회 : 어둠 속에서 빛을 감추고 실력을 기른다는 뜻으로, 국력이 축적될 때까지는 함부로 나대지 않고 내실을 다진다는 전략을 함축하고 있다.

* 화평굴기 : 평화적으로 우뚝 선다는 뜻이며, 앞으로는 국력에 걸맞게 역할을 하고 그에 상응한 대접을 받겠다는 슬로건이다.

먼저 동부 연안지역의 성장동력을 활용하여 중부와 서부 내륙으로 발전축을 확산시키고, 환경을 고려한 성장을 추구하며, 해외투자도 선별적으로 유치해 나간다는 방침을 천명하고 있다. 국제정치 무대에서는 미국과 우호관계를 지속해 나가되, 한편으로는 러시아와 연대하여 미국을 견제한다는 복안이다. 또한 동남아 지역 맹주로서의 위상을 굳히는 동시에 아프리카에도 꾸준히 러브콜을 보내고 있다. 북경올림픽을 계기로 국민의식 개혁을 비롯하여 사회 전반의 수준을 한 단계 업그레이드시킨다는 야심찬 계획도 추진중이다.

이같은 중국의 부상(浮上)은 우리에게 위기이자 기회다. 한·중 수교 이후 지금까지는 다행히 주어진 기회를 잘 살려왔다. 반만년 역사를 통틀어 처음으로 중국에 꿀리지 않고 큰소리치는 입장에 서게 되었다. 하지만 앞으로도 이런 상황이 계속된다는 보장은 없다. 차분히 내실을 다지고 미래를 준비해야 하는 이유다.

먼저 인구, 영토, 부존자원 등 모든 면에서 현격한 차이가 나는 현실을 직시하여, 중국에 비교우위를 가지는 분야를 중심으로 선택과 집중 전략을 구사하고 핵심 분야에서 기술적 우위를 유지해 나가는 것이 중요하다.

시장을 공략함에 있어서는 신용(信用)을 바탕으로 중국인의 마음을 얻어야 한다. 중국 사회 특유의 꽌시(關係)문화에 대한 이해도 필요하다. 유교(儒敎)라는 공통분모를 살려 문화적 공감대를 넓히고 분야별 중국 전문가를 양성하여 저변을 확대해 나가는 노력도 소홀히 해서는 안 된다.

한편으로 동북공정 등 역사 왜곡에 대해서는 단호한 자세를 견지하고, 균형 있는 실용외교를 통해 자존을 지켜나가야 할 것으로 본다. 양국이 윈-윈하는 미래를 열어 나갈 수 있을지 여부는 우리가 준비하기에 달려 있다. (2007년 8월 31일)

사라져 가는 산사(山寺)

최근 들어 관내 명찰(名刹)인 통도사와 쌍계사를 연이어 찾았다.

통도사는 고등학교 시절 수학여행을 갔던 터라 30여 년 만에 다시 찾는 감회가 컸다. 그때는 아마 4월쯤이었던가? 절을 끼고 돌아내리는 계곡물은 맑디 맑았고, 길가엔 벚꽃이 흐드러지게 피어 바람결에 꽃비가 우수수 떨어졌었다. 눈부신 벚꽃의 향연에 취하면서 석가의 진신사리를 모신 금강계단 등 절 곳곳을 진지하게 둘러보았던 추억이 아직도 생생하다.

하지만 세월이 흘러 다시 찾은 통도사는 적잖은 실망감을 안겨 주었다. 무엇보다 일주문(一柱門) 코앞까지 차로 접근할 수 있게 해놓아 산사의 고즈넉함은 애시당초 기대하기 어렵게 되어 있었다. 게다가 절 입구에 사찰박물관이랍시고 엄청난 규모로 성보각(聖寶閣)이란 걸 지어 놓았는데, 건물 외양이 고찰의 풍모와는 전혀 어울리지 않는데다가 조잡한 단청에는 천박함만 덕지덕지 배어 있을 뿐이었다. 경내 또한 불보사찰(佛寶寺刹)의 고매함은 찾아볼 길 없고 관광객의 와자지껄

떠들어대는 소음과 중창불사 준비로 온통 어수선하기만 했다.

처음 찾아가 본 하동 쌍계사도 사정은 다를 게 없었다. 지리산 자락에 자리잡은 쌍계사는 두 줄기의 계수(溪水)가 절의 좌우를 휘감아 흘러내리고 있어 쌍계사라 이름하였다는 화엄명찰이다.

하지만 주차장에서부터 절 문턱에 이르기까지 그 청정한 계곡 구석구석에 매운탕집, 닭백숙집과 조잡한 기념품 가게들이 빼곡히 들어차 있었다. 또 경내로 들어가보니 여기도 대웅전 뒤편에 무슨무슨 전(殿)을 새로 짓는다고 중장비의 굉음이 요란하여 심란하기만 하였다.

가장 최근에 가본 고성의 옥천사(玉泉寺)에서도 실망하기는 마찬가지. 이 절은 신라 때 의상 조사가 창건한 화엄십찰(華嚴十刹) 중의 하나로 경남 일대에선 꽤 이름난 곳이다. 개인적으로 대학 시절 이 절의 부속암자인 청련암(靑蓮庵)에서 몇 달간 공부한 인연이 있기도 하다. 이곳 또한 절 초입에 불교 유물을 전시한다는 명목으로 거창하게 보장각(寶藏閣)을 새로 지어 놓아 경관을 망쳐 놓았다. 일주문을 비껴서 아예 차를 타고 절 마당까지 올라갈 수 있도록 말쑥하게(?) 길도 닦아 놓았다. 인적 드문 암자였던 청련암까지도 콘크리트 포장도로를 내어 놓은 것은 물론, 새로 축대를 쌓고 그 위에 전망 찻집까지 만들어 놓았다. 수행 도량과는 거리가 먼 모습이다.

부질없는 집착과 탐욕을 경계하고 무(無)와 공(空)의 진리를 깨우치고자 하는 것이 불가(佛家)의 가르침일진대, 오늘날의 사찰은 어찌 이리 볼썽사나운 모습으로 변해 가고 있는 것인지 안타깝기만 하다. 산은 산이요 물은 물이라고 설하셨던 성철 스님께서 이 모습들을 보면 뭐라고 하시겠는가.

들자 하니 요즘 도선사 주지 스님이 이끄는 108산사(山寺) 순례 프로
그램이 인기를 끌고 있다고 한다. 산사를 순례하며 108번뇌를 끊어
보자는 취지는 좋지만 매번 50~60대 관광버스에 나눠 타고 몇천 명
씩 몰려다니는 요란한 모양새라 하니 이것도 왠지 허망해 보인다. 산
새도 놀라고 초목도 놀라 자지러질 판이다. 청정산사(淸淨山寺)를 찾아
보기가 점점 어려워지고 있다. 슬프다. (2007년 9월 7일)

현장 속으로

전도 유망해 보이던 한 젊은 여교수의 가짜 학위 파문에 이어 고위 공직자의 부적절한 처신이 도마 위에 올라 연일 시끄럽다. (2007년 하반기 세간의 화제가 되었던 신정아-변양균 스캔들을 말한다.) 아직 모든 게 불분명하고 여러 면에서 진행 중인 사안이어서 섣불리 이야기할 순 없지만, 분명한 사실은 많은 국민이 진실에 목말라하고 있다는 점이다. 어떤 사안을 대할 때 사람들이 가장 알고 싶어하는 부분은 과연 실체적 진실이 무엇이냐 하는 것이며, 이에 대해 시시비비를 가리고 판단, 평가하는 것은 그다음이다.

세상 이치가 다 그렇고, 행정도 큰 맥락에서는 마찬가지다. 어떤 정책이 소기의 성과를 거두지 못하고 예기치 못한 부작용에 맞닥뜨리게 되는 경우 흔히 탁상행정 탓이라는 비판을 받곤 한다. 이는 현실에 대한 정확한 진단과 문제 인식이 있어야 정책이 성공적인 결과로 이어질 수 있음을 강조하는 말에 다름 아니다.

내가 몸담고 있는 건교부의 일은 국토 균형 발전과 주택·도시정책, SOC 건설·확충 및 교통물류에 이르기까지 모두 국민의 일상생활과 직결되어 있다. 당연히 정책 하나하나에 국민들이 촉각을 곤두세우게 된다. 현장의 실상을 제대로 짚어낸 후에 적절한 정책을 수립하고 집행하여야 하는 이유이기도 하다. 더욱이 국민의 권리의식이 높아지면서 정책의 공과에 대한 평가의 잣대가 과거와는 비교할 수 없을 정도로 엄격해졌기에 더욱 그렇다.

지방국토관리청의 경우 행정 일선에서 늘 국민들과 직접 부대끼면서 일을 하는 만큼, 현장의 실상을 제대로 살펴서 대처하는 것이 더욱 중요하다. 백문이불여일견(百聞而 不如一見)이라 했다. 예나 지금이나 변함없는 진리다. 몇 장의 사진이나 도면만으로 현장의 이모저모를 파악하는 데는 한계가 있고, 사안의 경중을 가려내기도 쉽지 않다. 직접 현장을 찾아보고 시공사가 겪는 애로와 지역 주민이 원하는 바를 열린 마음을 가지고 들어보는 것 이상으로 좋은 처방은 없다. 이 과정에서 객관적인 판단에 이르는 길이 보이고 문제 해결의 실마리도 잡을 수 있게 된다. 주민의 무리한 요구에 대해서는 성의를 다해 끈기 있게 설득하고 이해시키는 자세가 필요함은 물론이다.

부산지방국토관리청은 관할 구역이 방대하다. 우선 국토면적 기준으로 전국의 32.3%에 해당하는 영남권 전역 32,251km²를 관장하고 있다. 관할하는 국도는 25개 노선 4,163km, 국가 하천은 낙동강을 비롯한 18개 하천에 연장이 982km에 달한다. 이 넓은 지역에서 현재 진행 중인 공사현장은 도로 건설과 치수사업을 합쳐 총 174개소. 사정이 이렇다보니 직원 1명이 2~3개 시·군에 걸쳐 4~5개 현장을 관리할 수밖에 없다. 모두 발이 부르틀 지경이다.

부산지방국토관리청

　주민 요구사항을 모두 들어줄 수는 없는 터인지라 때로는 속절없이
멱살까지 잡히는 봉변도 감내할 수밖에 없다. 게다가 청사가 부산에
있어 경북 북부 지역이나 서부 경남 지역을 한번 둘러보려면 1박2일
로도 빠듯한 일정이 된다. 하지만 어쩌겠는가. 우리가 발품 한 번 더
팔면 그만큼 더 많은 사람들이 편안할 수 있기에 오늘도 부산국토관
리청의 역군들은 신발끈을 동여매고 현장으로 힘차게 달려나간다.

(2007년 9월 14일)

치타슬로

최근 전남 담양과 장흥, 신안(증도), 완도(청산도) 등 네 곳이 치타슬로 (cittaslow) 지정을 추진하고 있어 화제가 되고 있다. 치타슬로는 slow city, 즉 '느리게 사는 도시'를 이탈리아식으로 표현한 말이다. 최대한 전통을 지키고 느리게 살기를 슬로건으로 내세우고 있는 국제 도시 간 네트워크를 지칭한다.

달팽이 로고가 이 운동의 취지를 상징적으로 표현해 주고 있다. 모든 느린 것을 아름답고 소중하게 여기며, 전통적인 삶의 패턴과 자연 및 문화환경의 유지를 최고의 가치로 삼는다. 도시 또는 마을의 옛 모습과 오랜 정취를 보전하기 위해 자동차 통행 제한쯤은 기꺼이 감수하고, 전래의 생산과 유통방식을 고수한다. 백화점이나 패스트푸드점 따위는 아예 들어설 여지가 없다.

치타슬로는 1999년 이탈리아의 그레베 인 키안티와 포시타노, 오르비에토, 브라 등 네 개 도시 시장이 의기투합하여 출범시켰는데, 지금은 유럽 10개국 93개 도시가 동참하고 있다고 한다. 속도와 효율이

지배하는 21세기의 거대한 물줄기에 맞서 느림과 공존의 미학을 지켜 나가고자 하는 역발상 운동이다.

60억 인구가 좁은 공간에서 부대끼며 살아가야 하는 글로벌 경쟁 시대에서 속도와 효율, 그리고 편리를 추구하는 것은 피할 수 없는 선택이긴 하다. 하지만 그렇기에 오히려 자연에 순응하면서 따뜻한 정이 흐르는 공동체를 이루어 소박하고 넉넉한 삶을 이어나가고자 하는 노력에 눈길이 가는 게 아니겠는가.

이런 면에서 보면 오늘의 우리 주변은 너무도 삭막하게 변해 가고 있어 안타깝다. 도시는 이미 아파트숲으로 뒤덮인 각박한 삶의 공간이 되어 버렸고, 이젠 시골의 논밭 한가운데까지 불쑥불쑥 흉물스런 아파트 건물이 무질서하게 들어서서 눈살을 찌푸리게 한다.

자동차 없이는 일상의 삶이 불가능한 세상이다. 자연을 벗삼아 넉넉한 삶을 살아가던 풍류는 까마득한 옛 얘기가 되어 버렸고, 이웃끼리 서로 품앗이하며 도타운 정을 나누던 마을공동체도 급속하게 무너져 내리고 있다. 한때 전통적인 삶의 양식을 고스란히 지켜가고 있는 마을로 세간의 주목을 받았던 지리산 청학동조차 사람들의 발길이 이어지면서 물이 흐려져 버렸다. 더 이상 낭만적인 전원은 없다고 해도 과언이 아니다.

치타슬로는 이같은 세태를 거부하며 이에 맞선다. 세계는 빠르게 변하고 있다. 오랫동안 의심할 바 없는 것으로 여겨왔던 발전 전략이나 가치관도 끊임없이 재조명되고 있다. 과거 산업화 시대의 경쟁이 국가간 경쟁이었다면 이제는 지역 간·도시 간 경쟁의 시대로 패러다임이 바뀌고 있다. 집적의 이익을 통한 양적 성장보다는 도시의 개성

치타슬로 달팽이 마크

과 정체성 그 자체가 곧 경쟁력이고 브랜드 가치를 지니게 되었다는 말이다. 치타슬로가 이를 웅변해 주고 있다. 치타슬로의 상징인 달팽이 마크가 갖는 국제적인 친환경 브랜드 효과는 엄청나다고 한다.

치열한 글로벌 경쟁 시대에서 살아남기 위해서는 변화의 흐름을 정확히 읽어내야 한다. 이젠 하드웨어 못지않게 소프트웨어를 제대로 갖추고 다듬는 것이 더 중요해진 시대다. 우리는 장구한 역사를 가진 민족이다. 그만큼 세계에 내세울 만한 문화적 자산이 풍부하다. 치타슬로의 성공 사례를 보면서 우리가 갖고 있는 소중한 무형자산을 어떤 전략으로 지키고 가꾸어 나갈지 다시 생각해 보게 된다.

(2007년 9월 21일)

태풍

　민족 최대 명절인 한가위가 지나갔다. 교통량이 분산되었던 귀성길과는 달리 올해도 귀경길은 극심한 교통정체로 전국의 도로가 몸살을 앓았다. 그간 꾸준히 국도를 신설하고 개량해 온 결과 이제는 국도가 명절 교통량의 상당부분을 분담하기에 이르렀지만, 늘어나는 교통 수요를 도로만으로 감당해 내기엔 역부족이다.

　하지만 이런 불편 정도는 행복한 투정이라고나 할까. 추석 직전에 내습한 태풍 '나리'로 인해 제주도와 남해안 일대가 큰 피해를 입었다. 수많은 이재민이 지금도 이루 말할 수 없는 고통을 겪으며 하루하루를 견뎌 내고 있다. 빠른 시일 내에 수해 복구가 이루어지고 피해지역 주민들이 다시 원기를 회복할 수 있도록 모두 힘을 합쳐야겠다.

　이참에 매년 빠지지 않고 우리나라를 찾아오는 불청객, 태풍에 대해 좀 알아보자. 사전(辭典)에는 태풍을 '중심 최대 풍속이 초속 17m 이상인 폭풍우를 동반하는 열대저기압'으로 풀이해 놓았다.

　조금 덧붙여 설명하자면, 적도 부근 저위도 지방에서 형성된 따뜻한 공기가 바다로부터 수증기를 공급받으면서 강한 바람과 많은 비를 동반하며 고위도 지방으로 이동하는 기상현상을 말한다. 비슷한 열대 저기압으로는 카리브해와 멕시코만 쪽에서 발생하는 허리케인(hurricane)과 인도양에서 발생하는 사이클론(cyclone)이 있지만, 연간 발생 빈도나 위력 면에서 태풍과는 비할 바가 못 된다.

기록에 의하면 중국에서는 17세기 초부터 태풍(颱風)이란 용어를 쓰기 시작했다고 하는데, 사방의 바람을 빙빙 돌리면서 불어오는 강한 비바람을 지칭한 말이었다. 영어 typhoon도 16세기 말경 사전에 최초 등재된 것으로 되어 있다. 이것으로 미루어 보면, 아마 16~17세기 무렵에 들어와서야 사람들이 태풍을 매년 반복되는 기상현상으로 인식하고 그 원인과 대처방안에 대해 본격적으로 탐구하기 시작한 것이 아닐까 짐작된다.

그렇다면 태풍의 위력은 과연 어느 정도일까? 태풍의 크기는 그 영향이 미치는 공간적 범위를 말한다. 구체적으로 풍속 15m/s 이상의 강풍이 미치는 반경을 기준으로 300km미만이면 소형, 300~500km까지는 중형, 500~800km까지를 대형으로 보고, 800km이상이면 초대형으로 분류한다. 태풍의 강도는 최대 풍속을 기준으로 약(17~25m/s), 중(25~33m/s), 강(33~44m/s), 매우 강(44m/s 이상)으로 구분한다.

한편 북반구에서 발생하는 태풍은 지구 자전의 영향에 의해 바람이 시계 반대 방향으로 돌게 된다. 그런데 북위 30도를 넘어서면서부터는 편서풍을 맞게 되는 까닭에 태풍의 서쪽 면은 비교적 피해가 덜한 반면, 동쪽 면은 위력이 배가(倍加)되어 피해가 커지는 특징을 보인다.

근래 들어 이 태풍의 최초 발생 지점이 적도 부근은 물론이고, 북위

태풍의 눈

20도 이상의 중위도 지방까지 올라오는 경향이 두드러지고 있다. 지구 온난화로 인해 태평양의 해수 온도가 계속 올라가는 것이 주된 원인이라는데, 이에 따라 이른바 '가을 태풍'이 점점 늘어나고 그 위력도 예전보다 더 커지게 되리라는 전망이다. 세계 최고 수준의 방재 시스템을 갖춘 일본에 비해 방재 면에서 상대적으로 취약한 우리로서는 심히 우려스럽지 않을 수 없다. 더 늦기 전에 지구적인 기후 변화를 예의주시하고 근본적인 대책 마련을 위해 지혜를 모아 나가야겠다.

(2007년 9월 28일)

장경각(藏經閣)에서 배운다

　얼마 전 김천 혁신도시 기공식에 참석했다 돌아오는 길에 합천 해인사를 들렀었다. 일찍이 이중환이 《택리지》에서 삼재불입(三災不入)의 길지로 꼽았던 가야산 자락에 기품있게 자리잡은 법보종찰(法寶宗刹)이다. 신라 말 최치원이 절을 끼고 흘러내리는 홍류동(紅流洞) 계곡의 풍광에 반해 신발을 벗어던지고 표연히 사라져 신선이 되었다는 전설이 서려 있는 곳이기도 하다. 하지만 무엇보다도 해인사가 우리에게 가까이 다가오는 건 세계문화유산인 팔만대장경을 간직하고 있기 때문이리라.

　대장경이 지닌 문화적 가치야 더 말할 나위도 없지만, 내가 특별히 눈여겨보았던 것은 경판을 보관하고 있는 대장경판전(大藏經板殿)이었다. 흔히 장경각(藏經閣)이라고도 부르는 이 건물은 해인사 본전에 해당하는 대적광전(大寂光殿) 뒷편에 자리하고 있다. 장경각은 모두 네 채의 건물로 이루어져 있는데, 대장경판은 남북으로 나란히 앉은 수다라장(修多羅藏)과 법보전(法寶殿)에 나뉘어 보관되어 있고, 동서로 마주보고 있는 사간판고(寺刊版庫)에는 고승, 대덕의 개인문집 등을 새긴 목판을 보관하고 있다.

장경각의 건축 연대는 정확하지 않으나, 세조 4년(1458년)에 원래의 판전 건물이 비좁아 확장공사를 했다는 기록이 남아 있는 것으로 보아 15세기 초쯤에 건립된 것으로 보고 있다. 조선 초기의 건축물 중에서도 건축양식이 빼어난 것으로 평가받고 있는데, 의외로 아무런 장식이나 기교도 없고 처마도 서까래가 한 줄 걸린 홑처마 건물로 구조 자체는 매우 단순하다. 하지만 장경각은 대장경 경판을 보존하는 데 모든 초점을 맞춘, 기능적으로 매우 우수하게 지어진 건물이라는 점에서 그 가치가 돋보인다.

우선 경판 보관에 절대적인 요건인 채광과 습도, 통풍이 자연적으로 조절되도록 세심하게 배려했다. 장경각 터는 토질 자체도 좋거니와 바닥을 석회, 숯, 소금을 이겨 겹겹이 다진 후 찰흙으로 마감함으로써 여름철에는 습기를 빨아들이고 건조한 겨울철에는 습기를 내뿜어 적정 습도를 유지하도록 하였다.

창문 살창 구조를 살펴보면 더욱 놀랍다. 각 건물에는 양쪽 벽에 아래위 2단으로 창을 내었는데, 남측 살창은 아래쪽이 크고 위쪽이 작은 반면, 북측 살창은 아래쪽이 작고 위쪽이 큰 형태로 되어 있다. 이렇게 하면 남쪽에서 불어 들어오는 바람이 건물 내에서 원활하게 대류된 후 뒷면의 윗창으로 쉽게 빠져나갈 수 있다. 건조한 산풍(山風)과 습한 곡풍(谷風)의 흐름을 치밀하게 계산한 결과물이다. 빗물이 들이치지 않도록 처마를 길게 빼어 놓고, 건물을 빙 둘러 알맞게 경사진 배수로를 따로 파놓은 점도 눈길을 끈다. 한마디로 선조들의 지혜가 곳곳에 배어 있는 명품 건물이다.

해인사 장경각

이에 비해 오늘의 우리는 어떠한가? 멀리 갈 것도 없이 바로 해인사 경내에 그 실상이 고스란히 드러나 있다. 절을 들어서면 제일 먼저 대하게 되는 구광루(九光樓)의 축대를 새로 쌓는 공사가 한창 진행되고 있는데, 매끈한 대리석 규격품을 척척 갖다 붙여 놓은 꼴이 건물 자체의 은은한 풍모와는 영 어울리지 않는다. 그뿐이 아니다. 대적광전 왼편에 새로 비로전을 짓고 있는데, 외양도 볼품이 없거니와 대적광전에 혹처럼 들러붙어 전체 가람 배치의 균형을 흐트러놓고 있다. 축대를 쌓고 건물을 지으면서도 아무런 의식이 없는 듯하다. 요즘 젊은 여교수의 가짜학위 파문과 사찰 특혜지원 문제로 온통 시끄러운데, 해인사도 엉겁결에 생긴 공돈으로 쓸데없는 공사만 벌이고 있는 게 아닌가 싶어 쓸쓸하기만 하다. (2007년 10월 5일)

백두산

온 국민의 이목을 집중시켰던 역사적인 남북정상회담도 끝나고 가을이 깊어가고 있다. (2007년 10월 2일~4일 평양에서 열렸던 노무현-김정일 정상회담을 말한다.) 아직 가야 할 길은 멀지만 이번 회담을 통해 남과 북이 오랜 대립과 반목을 넘어 평화와 번영, 공존을 향한 큰 걸음을 내디뎠다는 점은 큰 성과라 하겠다. 앞으로 각 분야별로 구체적인 후속조치가 이어지겠지만, 무엇보다 백두산이 우리 곁에 성큼 다가온다는 소식에 가슴이 설렌다.

듣기만 하여도 감동을 주체할 길 없는 민족의 영산, 백두산!

한민족의 역사를 열고 백두대간의 뿌리가 되어 우뚝 선 聖山!

이 성스러운 곳을 한달음에 달려가 볼 수 있게 된다니 말이다.

이 반가운 소식을 접하면서, 중국에서 근무하던 2004년 여름에 큰마음 먹고 백두산을 다녀온 기억이 생생하게 떠오른다. 북경에서 항공편으로 연길까지 간 후, 다음날 꼭두새벽에 길을 나서 여섯 시간 이상을 꼬박 달려서야 백두산 어귀에 닿을 수 있었다. 아스라히 백두산이 시야에 들어오자, 가슴은 형언할 수 없는 감동으로 요동치기 시작했다. 짙은 암록색을 띤 산록은 아무에게나 전신(全身)을 함부로 내보일 수 없다는 듯 옅은 안개에 감싸인 채 영험한 기운을 내뿜고 있었다.

한시라도 빨리 백두산에 안기고 싶은 마음에 여장을 풀자마자 곧장 지프로 갈아타고 정상으로 향했다. 차를 타고 오른다는 것이 영산(靈山)에 대한 예의가 아니지만, 현지 사정상 어쩔 도리가 없었다. 굽이굽이 돌아가는 길목마다 쭉쭉 뻗은 침엽수와 키 작은 관목의 군락, 이름 모를 야생화가 차례로 우리를 반겨 주었다. 발 아래로는 초록으로 뒤덮인 일망무제의 대평원이 지평선 끝까지 펼쳐졌다.

마침내 정상부. 지프에서 내려 약 100여 미터를 한달음에 뛰어오르니 아아! 거기에 천지(天池)가 있었다. 우뚝우뚝 솟은 영봉들의 호위를 받으면서 지극히 순수한 남빛 자태를 간직하고 있는 신령스러운 곳이다. 삼대가 덕을 쌓아야 제대로 볼 수 있다는 천지를 굽어보며 깊은 상념에 잠겼다. 어떤 관광객들은 다시 장백폭포 쪽으로 거슬러 올라가 천지 물에 손발을 씻고 물장구도 치곤 한다지만, 나는 감히 그럴 엄두가 나지 않았다. 심지어 현지 상인들은 물가에서 라면까지 끓여 팔기도 한다니 개탄스러운 일이다. 우리가 못난 탓에 이 성소(聖所)가 기나긴 세월 아픈 상처로 고통받고 있거늘, 자숙은커녕 함부로 범접하고 훼손해서야 될 말인가!

백두산의 아픔은 무엇을 이름인가? 우리가 주권을 잃었던 시절에 일제는 교활하게도 백두산 최고봉인 장군봉(將軍峰)을 느닷없이 병사봉(兵士峰 또는 兵使峰)으로 격하시키고, 그들의 연호를 따 대정봉(大正峰)이란 황당한 이름까지 갖다 붙였다. 중국도 마찬가지다. 그들은 백두

산을 장백산(長白山)이라 칭하고 청조(淸朝)의 발상지로 만들어 성역화하는 작업을 착착 진행하고 있다. 광활한 만주땅에서 한민족이 쌓아온 역사의 자취를 송두리째 지워 버리려는 이른바 동북공정(東北工程)과 맥이 닿아 있다. 무엇보다도 일제가 저 간교한 간도협약을 통해 청나라와 뒷거래하는 것을 막지 못함으로써, 간도 지방을 상실함은 물론 백두산을 우리 영토로 온전히 보전하지 못하게 된 것은 통탄스러운 일이다.

백두산 하늘길이 열리게 되는 것은 반가운 일이다. 하지만 우리 모두 이 성산에 커다란 빚을 지고 있음을 잊어서는 안 되리라.

(2007년 10월 12일)

한글 사랑

영국 옥스퍼드대학이 세계 30여 개 주요 문자를 대상으로 합리성, 과학성, 독창성을 심사한 결과 한글이 1위로 평가되었다고 한다. 굳이 이런 외국의 연구 사례를 들지 않더라도 한글은 세계 어떤 문자에 견주어도 뒤지지 않는 우수한 문자임에 틀림없다.

한글이 정보화시대에 아주 적합한 언어라는 사실도 흥미롭다. 한글은 컴퓨터 자판상에서나 휴대전화 문자메시지 보내기 면에서 구조적으로 다른 언어에 비해 훨씬 속도가 빠르다고 한다. 쉴새없이 문자를 찍어대는 이른바 '엄지족'도 일자일음(一字一音)에 기초한 한글이라는 토양에서 자연스럽게 나타난 풍속도가 아닐까 싶다.

그런데 연세 지긋한 분들은 요즘 젊은 세대들이 즐겨 쓰는 은어나 인터넷 언어로 인해 한글이 훼손되고 있음을 개탄하면서, 국적 불명의 언어 오염으로부터 한글을 지켜야 한다고 목소리를 높인다. 갈비(갈수록 비호감), 단무지(단순·무식하고 지식이 없음), 완소(완전 소중함), 훈남(훈훈한 남자)식의 축약 표현은 약과다. 낚이다(속았다), 삽질하다(실속없이 헛수고하다), 안습(안구에 습기차다=애처롭다. 측은하다), 죠낸(진짜) 등 완전히 뜻을 바꾸고 새로 지어내거나, 심지어 ㅅㄱ(수고), ㄱㅅ(감사), ㅇㅋ(오케이) 등의 기막힌 표현에까지 이르렀으니, 아닌 게 아니라 그분들이 혀를 찰 만도 하다.

이같은 염려를 십분 이해하면서도, 달리 생각하면 이것도 어찌할 수 없는 언어의 진화 과정으로 보아야 하지 않을까 싶기도 하다. 시간이 지나면서 이들 신생 언어 중 일부는 자연스럽게 도태되고 일부는 국민 대다수가 수용하는 쪽으로 정리될 테니까 말이다.

사회가 무서운 속도로 변화하고 정보화·세계화가 진행됨에 따라 신조어가 끊임없이 생성, 통용되는 것은 다른 언어도 마찬가지다.

지난 8월 중국 교육부는 공식적으로 2006년의 신조어 171개를 발표하였고, 최근 영어권에서도 21세기의 단어 9개가 발표된 바 있다. 흥미로운 몇 가지만 소개한다.

* 중국의 신조어 : 草根网民(풀뿌리네티즌), 手機幻聽症(手機 = 휴대전화, 곧 휴대전화 벨이 시도 때도 없이 울린다고 여기는 증상), 托業(TOEIC), 托福(TOEFL), 住房痛苦指數(㎡당 주택가격과 월수입의 비율) 등.

* 21세기 영어 단어 : sex up(원래 '性的으로 흥분시키다'라는 뜻이나, '어떤 일을 사실과 다르게 부풀리다'로 바뀌어 쓰임), Axis of evil(악의 축, 이라크·이란·북한을 테러 위협국으로 지칭하는 말), bird flu(조류독감), SARS(중증 급성호흡기증후군) 등.

한편, 지구상에 존재하는 것으로 추정되는 언어 총 6,800여 개 중 문자로 적을 수 있는 것은 불과 40여 종이라고 하는데, 이 언어들이 종국에는 4~5개만 남고 모두 사라질 것이라는 예측이 있다. 실제로 청나라가 쓰던 만주어는 사실상 소멸되어 버렸고 아프리카의 토속어들도 점점 사라지고 있다. 한글이 이들 언어와 같은 운명이 되지 않으려면 각고의 노력이 필요하다는 뜻이다. 파괴적이고 정체성 없는 언어 오염은 막아야 하겠지만, 번뜩이는 신조어나 간편한 어법들은 가려서 수용함으로써 한글의 외연을 넓혀 나가는 전향적인 자세도 필요하다고 본다.

올해도 한글날이 별다른 관심을 끌지 못하고 지나가 버렸다. 일제 치하였던 1926년 조선어연구회가 11월 4일을 '가갸날'로 정한 이래, 1940년부터 10월 9일로 날짜를 바꾸어 기념해 온 한글날이다.

그런데 1990년부터는 법정 공휴일에서 제외되더니, 요즘에는 아예 기념식 행사 중계조차도 하지 않는다. 한글에 대한 사랑까지 차갑게 식어가는 것으로 보여 안타깝다. 이래서는 안 될 일이다.

(2007년 10월 19일)

온난화 파수꾼 '앨 고어'

앨 고어 전 미국 부통령이 2007년도 노벨 평화상을 수상한 사실이 여러 모로 화제가 되고 있다. 먼저 그를 수상자로 선정한 배경에 고개를 가로젓는 사람들이 많다. 지구 온난화와 기후변화의 심각성을 세계에 전파한 공로가 과연 노벨 평화상의 취지에 부합하느냐고 묻는 것이다.

이에 대해 최근 세계지식포럼 참석차 우리나라를 찾은 노벨위원회의 미어스(Mjos) 위원장이 원론적인 입장을 밝힌 바 있다. 본래 노벨 평화상은 형제애를 증진하고 군축과 평화회의에 기여한 인물에 주도록 되어 있는데, 근래 들어 평화의 개념이 인권, 환경, 빈민구제 등의 영역으로까지 확대되는 추세인 만큼 평화상 선정에서도 이를 반영하는 것이 당연하다는 것이다.

이를 정치적으로 해석하여, 지구 온난화 문제에 대해 소극적인 입장을 견지해 온 조지 W. 부시 미국 대통령에 대한 정략적인 압박으로 보는 시각도 있다. 최근 들어 지구 온난화 문제에 대한 보다 적극적인

앨 고어

대응 노력을 촉구하는 분위기가 고조되고 있는 마당이라 고어의 수상이 결과적으로 부시 대통령에게 정치적 부담이 되는 면이 없진 않을 것이다.

앨 고어의 의견이 사실과 다르거나 지나치게 부풀려졌다는 비판도 있다. 예컨대 한 일간지 칼럼에도 소개되었던, 덴마크의 통계학자 비외른 롬보르가 제기한 반론이 그런 내용이다.

앨 고어는 지구 온난화로 인해 야기되는 각종 재앙 현상을 필름에 담아 '불편한 진실(An Inconvenient Truth)'이라는 환경 다큐멘터리 영화를 통해 전 세계에 이를 경고하였다. 북극곰이 녹아내리는 유빙 조각에 갇혀 오도가도 못하는 애처로운 장면이 압권이었다. 롬보르는 이에 대해 북극곰은 1960년대 5,000마리에 불과했지만 지금은 오히려

25,000마리로 개체수가 늘어났다고 반박했다. 또한 지금처럼 온난화가 진행되면 빙하가 녹아 해수면이 100년 안에 20피트 상승하고 많은 도서국가나 연안 대도시들이 바다에 잠길 것이라는 고어의 경고에 대해, 롬보르는 온난화가 진행되면 남극에 더 많은 눈이 내려 오히려 남극 빙하는 더 커질 것이라고 전망했다.

그밖에도 지구 온난화로 인해 킬리만자로의 만년설이 점점 줄어들고 있다거나 사하라사막 끝자락에 있는 차드호(Chad湖)가 말라 버렸다는 주장 등에 대해서도, 과학적으로 입증된 사실이 아니며 과도한 상상이라고 반박하는 시각이 있는 모양이다.

어느 쪽이 옳고 그른지를 가려내는 것은 쉬운 일이 아니다. 요는 지구 온난화가 더 이상 강 건너 불 보듯 할 문제가 아니라는 경고의 메시지를 던졌다는 점에 주목해야 하지 않을까. 고어가 제작한 다큐멘터리 영화 자체로만 보면 사실을 의도적으로 부풀리거나 약간의 상상이 가미되었을 수도 있을 것이다. 하지만 그런 점에 시비를 건다든지 자잘한 통계자료를 들어 그의 노력을 평가절하하는 것은 온당하지 않아 보인다. 노벨상위원회가 이런 정도를 분별하지 못할 리도 없다.

이런 논란을 떠나 인간 앨 고어를 높이 평가하고 싶다. 세계 최강대국 미국의 대통령 자리를 코앞에서 놓쳤으니 얼마나 아쉽고 회한이 많았겠는가. 그럼에도 깨끗하게 미련을 접고 인류를 위해 봉사하는 또 다른 길을 찾아 나선 모습이 그의 듬직한 풍채와 겹쳐져 매력적으로 와 닿는다. 정치판을 떠난 환경운동가 앨 고어가 어떤 행보를 이어갈지 자못 궁금하다. (2007년 10월 26일)

떠오르는 중국

지난 10월 중순, 국제사회의 비상한 관심 속에 중국공산당 제17차 전국대표대회가 개최되었다. 이번 당대회가 특히 이목을 끌었던 것은 향후 중국의 권력구도가 어떻게 짜여질 것인지, 또 중국 경제정책의 방향이 어디로 향할지 가늠할 수 있는 행사였기 때문이다.

먼저 첫 번째 잣대를 살펴보자. 모택동-등소평-강택민에 이어 제4세대 지도부로 불리는 후진타오(胡錦濤) 주석의 뒤를 이을 차세대 지도부의 윤곽이 드러났다. 내용을 보면 신·구 세대의 조화, 그리고 원로그룹과 현 지도부 진영 간의 적절한 권력 분점이 이루어진 것으로 보인다. 중국의 국내 정치 상황이 앞으로도 당분간은 급격한 변화나 동요 없이 안정을 유지해 나갈 것으로 전망되는 대목이다.

두 번째 잣대인 경제정책의 방향타는 어떠한가? 중국은 1979년을 기점으로 개혁·개방의 길로 들어선 이래 연평균 10% 내외의 기록적인 고도성장을 지속해 왔다. 하지만 '세계의 공장'에 필연적으로 따르게 되는 환경오염과 빈부격차 문제가 부각되고, 최근 몇 년간 경기 과열로 인한 부작용까지 겹쳐 중국도 알게 모르게 속앓이를 하고 있는 형편이다. 이같은 상황을 맞아 후진타오 주석은 집권 초부터 이른바 '조화사회 건설'을 표방하면서 계층 간·지역 간 격차를 줄이고 사회적 형평을 기해 나가는 방향으로 정책 전환을 모색해 왔다.

후진타오 주석은 이번 당대회를 계기로 이같은 정책 전환을 확실히 굳히려 했던 모양이나, 결과는 그의 뜻대로 되지만은 않은 것 같다. 그간의 눈부신 성과에도 불구하고 아직은 샴페인을 터뜨릴 때가 아니라고 보는 시각이 여전히 공산당 내부를 지배하고 있는 것으로 보인다.

이로 미루어 보면 예전보다는 속도가 다소 늦춰지긴 하겠지만 당분간은 계속 중국 경제가 성장에 방점을 두는 정책을 추구해 가지 않을까 짐작된다. 앞으로도 모두 세계 경제의 블랙홀인 중국의 동향에 촉각을 곤두세울 수밖에 없는 상황이 지속되리라는 것이다.

어쨌거나 중국의 국내 행사가 연일 세계 언론의 톱뉴스로 다루어지고 있다는 사실 자체가 오늘날 중국의 위상을 상징적으로 보여 주고 있음을 인정하지 않을 수 없다. 이번 당대회에 맞추어 달 탐사위성 '창어 1호'를 발사하여 본격적으로 우주공정(宇宙工程)에 나섰음을 선언한 것도 예사롭지 않아 보인다. 이젠 세계 무대에서 당당하게 할 말을 하고, 국력에 걸맞는 대접을 받겠다는 뜻을 분명히 내비친 셈이다.

자타가 공인하는 최고의 중국 전문가인 김하중(金夏中) 주중대사는 일찌감치 중국의 현재와 미래를 날카롭게 분석·비평한 지침서를 펴냈는데, 그 책 제목이 《떠오르는 龍, 중국》이다. 중국은 더 이상 잠잠하게 웅크리고 있는 이무기가 아닌 것이다. 세계 경쟁력 1위 상품의 품목 수만 보더라도 우리가 59개에 불과한 반면 중국은 무려 958개에

창어 1호 발사 ⓒ AP

이른다. 앞으로 그 차이는 좁혀지기보다는 더 벌어질 가능성이 크다. 국가 이미지 순위도 우리는 32위, 중국은 22위에 올라 있다. 시사하는 바가 크다.

우리의 미래 세대가 당당하게 그들과 겨룰 수 있는 토대를 마련해 주기 위해서라도 긴 안목으로 차근차근 다지고 준비하는 노력이 절실하다. 더 이상 좁은 울타리 안에서 집안일로 아옹다옹할 여유가 없다.

(2007년 11월 2일)

거가대교

거제도(巨濟島).

면적 374.9km²로 제주도에 이어 우리나라에서 두 번째로 큰 섬이지만, 6·25때 포로수용소가 있었다는 점 말고는 그리 알려지지 않았던 곳이다. 이 섬이 근래 들어 여러 면에서 각광을 받고 있다. 세계 굴지의 조선소가 들어선 이후 지역 경제가 몰라보게 달라졌다. 주민 소득 수준이 크게 높아졌고 중·고교 학생들의 학력도 전국 최상위권을 유지하고 있다고 한다.

최근에는 외도(外島) 해상농원을 중심으로 관광 수요도 급증하고 있어 섬 전체가 활력이 넘친다. SOC투자도 활발하여 2005년 대전-통영 고속도로가 개통된 데 이어 신거제대교가 건설되면서 접근성이 크게 개선되었다. 지금은 거제도를 부산권과 직접 연결시키는 대형 해상 프로젝트가 진행 중이다.

이름하여 거가대교(巨加大橋). 부산신항을 방파제처럼 감싸고 있는 가덕도 끝자락과 거제도 북단을 연결하는 해상 교량을 일컫는다. 좀

상세히 살펴보면 이 연결 프로젝트는 해저터널과 해상 교량의 두 부분으로 나뉜다. 우선 가덕도에서 대죽도, 중죽도까지 3.7km구간은 해저터널을 건설하게 되는데, 국내 최초로 침매(沈埋)터널 공법을 적용한다는 점에서 의의가 크다. 즉 별도의 도크에서 미리 제작한 함체(콘크리트 박스)를 현장으로 예인해 와서 해저에 하나씩 매설해 나가는 방식이다. 해수의 부력을 활용할 수 있기 때문에 연약한 지반에서도 시공이 가능한 이점이 있는 반면, 해류의 저항을 이겨내면서 함체를 접합해야 하므로 고도의 기술과 정밀시공이 요구되는 첨단공법이다.

거가대교 현장에서는 길이 180m에 달하는 함체 18개를 이어붙일 계획이라고 한다. 이 침매터널 공법은 미국, 네덜란드, 일본이 기술강국으로 알려져 있다. 하지만 파도가 심한 외해(外海) 지역에서 이 공법을 적용하는 것은 우리가 처음이다. 완공되면 세계 최장의 침매터널로 기록된다 하니, 우리 토목기술을 한 단계 업그레이드시킬 수 있는 계기가 될 것으로 보인다.

다음으로 대죽도, 중죽도에서 저도를 거쳐 거제도 본섬으로 연결되는 3.5km 구간에는 사장교를 건설하게 된다. 현재 주탑과 교각 기초 공사가 완료되어 해면 위로 구조물이 서서히 윤곽을 드러내고 있는 상태다.

이 프로젝트에 투입될 총투자비는 2조2,709억 원, 이 중 27.75%는 국고보조금으로, 나머지 72.25%는 민자로 조달할 계획이다. 2004년에 착수한 공사가 계획대로 2010년에 준공되면 부산-거제 간을 단 40분에 주파할 수 있게 된다. 아득히 멀었던 바닷길이 지척으로 다가오는 것이다. 부산에서 마산-고성-통영을 돌아서 거제로 들어갈 수밖에 없는

거가대교

현재의 여건과 비교하면 시간 단축은 물론 물류비 면에서 엄청난 절감 효과가 발생할 것으로 기대된다. 바야흐로 안골포(安骨浦)를 중심으로 한 동남해안 일대의 해상지도가 바뀌고 있는 것이다.

부산신항 건설 현장인 동시에 거가대교의 실질적인 출발점이라 할 수 있는 곳이 안골포다. 여기는 임진왜란 당시 이순신 장군이 한산도에서 대승을 거둔 여세를 몰아 이곳에 집결해 있던 왜군 잔당 40여 척을 유인, 섬멸했던 승전장이다. 한적한 어촌이던 이곳에 21세기 해양물류의 전진기지가 구축되고, 국운 융성의 새로운 터전이 다져지고 있음은 결코 우연이 아니라는 생각이 든다. (2007년 11월 9일)

＊ 거가대교는 2010년 12월 14일 최종 완공·개통되어 지역 간 교통 편의 증진 및 물류비 절감에 크게 기여하고 있다. 반면, 거제의 생활권이 부산으로 흡수 됨에 따라 거제 지역 경제는 오히려 위축되는 부작용도 나타나고 있다.

바벨탑 경쟁

　도심 한복판에 우뚝 솟아올라 주변 건물들을 압도하던 초고층 빌딩. 마침내 공사를 끝내고 준공 테이프를 끊는 날, 각계각층의 내로라하는 유명인사들이 속속 모여들어 축하인사를 건네느라 부산하다. 하지만 바로 그 시각, 규격 미달 제품으로 시공된 전선(電線)이 과부하를 이기지 못하고 한쪽 구석에서부터 타들어가더니 위풍당당했던 건물은 삽시간에 대화마(大火魔)에 휩싸인다. 곧바로 아비규환의 현장에서 탈출을 위한 처절한 몸부림이 이어진다.

　오래전에 본 스티브 맥퀸 주연 영화 〈타워링〉의 장면이다. 영화가 던져 주는 메시지는 휴머니즘이라 할 수 있지만, 초고층 빌딩이 안고 있는 위험 요소도 함축적으로 보여 준 작품으로 기억한다.

　최근 들어 국내외를 가릴 것 없이 초고층 빌딩 건축이 붐을 이루고 있다. 한때 엠파이어 스테이트 빌딩이 고층건물의 대명사로 여겨진 적이 있었지만 이미 호랑이 담배 먹던 시절의 얘기가 되어 버렸다. 근래 들어서는 말레이시아의 '페트로나스 타워'와 대만의 '타이페이

영화 〈타워링〉 포스터

101'이 500m 언저리의 높이로 명성을 떨쳤는데, 그것도 한때일 뿐이
다. 삼성건설이 수주한 '버즈 두바이' 건물이 2009년에 완공되면 단
숨에 세계 최고층 기록을 경신하게 된다. 160층 규모에 높이는 무려
830m에 이른다. 기상천외한 발상과 과감한 투자를 통해 중동의 허브
로 떠오르고 있는 두바이에 새로운 명물이 추가되는 셈이다.

국내에서도 초고층 호텔, 오피스 빌딩, 아파트 건축 계획이 줄을 잇
고 있다. 현재 설계 또는 시공 중인 것만 해도 부산의 제2롯데월드와
월드비즈니스센터, 인천타워 등이 있고, 서울 시내에도 5개 정도 신
규 프로젝트가 구체화되고 있다. 70~80층 규모의 마천루급 아파트

건축계획도 줄줄이 대기하고 있다. 이젠 100층 내외에 높이 500m 정도의 건물로는 명함도 못 내밀 지경이다.

마치 광풍과도 같은 고층화 바람을 과연 어떻게 받아들여야 할까. 도시가 점점 고밀화되면서 토지 이용의 효율성이 강조되는 것은 당연한 귀결이다. 특히 원천적으로 가용토지가 부족하고 도시화가 급속하게 진행되고 있는 우리 같은 고밀도 국가의 경우는 더욱 그렇다. 날로 늘어나는 수요를 마냥 도시의 외연을 넓혀 수용할 수는 없는 노릇이니, 자연히 고층화로 눈길이 돌려진다. 초고층 빌딩이 도시 랜드마크로 활용되어 도시 브랜드를 높여 주는 효과가 있다는 점도 쉽게 떨치기 힘든 유혹이다.

하지만 이같은 긍정적인 면을 십분 이해하면서도 마치 경쟁이라도 하듯 초고층화로 치닫는 오늘의 현실은 어쩐지 위태롭고 무모해 보여 걱정스럽다. 과유불급(過猶不及)이라고 했다. 세상사에는 순리라는 게 있고, 욕심이 지나치면 화를 부르는 법이다. 도시 공간이 갖는 제약을 감안할 때 고층화가 불가피한 추세라 할지라도, 건전한 상식의 범위를 벗어나는 정도에까지 이르게 되면 사회적 공감과 지지를 끌어내기 어려울 것이다.

인간은 땅에 뿌리를 두고 살아가야 하는 존재다. 땅의 기운, 즉 지기(地氣)로부터 멀어져서 좋을 건 없다. 또 초고층 빌딩이 아니더라도 도시의 랜드마크로 삼을 수 있는 아이템은 얼마든지 널려 있다. 성경은 바벨탑 이야기를 통해 무엇을 경계하고자 했을까. 자연에 순응하지 않는 과도한 인간의 행위가 얼마나 혹독한 대가를 치르게 될지 진중하게 생각해 보아야 한다. (2007년 11월 16일)

도로(道路) 이야기 Ⅰ

현대인의 일상생활은 도로에서 시작되고 도로에서 마감된다고 해도 과언이 아닐 만큼, 도로는 우리 삶과 밀접하게 연관되어 있다.

그런데 막상 일반 국민들은 도로에 대해 얼마나 알고 있을까? 도로는 어떻게 구분되고, 노선번호는 어떤 기준으로 붙여지는지, 차로 폭은 몇 미터이며 갓길은 얼마를 확보해야 하는지, 도로표지에는 어떤 정보가 담겨 있는지… 등 알고 나면 나들이가 훨씬 즐거워질 것이다.

도로는 그 기능에 따라 고속국도 · 일반국도 · 지방도로 대별된다.

2006년 말 우리나라 도로 연장은 총 10만2,061km에 이르는데, 이 중 고속국도(고속도로)가 3,103km, 일반국도가 14,225km를 차지하고 있다. 산업화 시대를 거치면서 도로부문에서의 투자가 지속적으로 이루어져 이제는 전국 어디서나 쉽게 도로에 접근할 수 있게 되었다. 하지만 선진국과 비교하면 여전히 도로의 절대연장이 부족하고, 국토면적과 인구를 함께 고려하여 산출하는 국토 계수당 도로 연장(한국 1.47, 미국 3.78, 프랑스 5.20, 일본 5.35) 면에서도 수준 차이가 많이 나고 있다.

다음으로 도로 시설기준에 대해 알아보자. 요즘 건설하는 4차로 이상의 국도는 전반적으로 고속도로에 버금가는 시설 수준을 구비하고 있다. 그럼에도 막상 국도를 달려보면 고속도로에서만큼 시원시원한 느낌을 갖지 못하게 되는 것은 무엇 때문일까?

일차적인 원인은 노선 선정상의 차이 때문이다. 즉 고속도로는 속도와 이동성을 우선하여 최대한 직선에 가깝게 노선을 잡는 반면, 국도는 접근성을 중시하여 가급적 도시나 마을에 근접하여 건설하다 보니 상대적으로 곡선 구간이 많아지게 된다.

설계 속도 면에서도 고속도로는 시속 100~120km를 기준으로 하고, 국도는 60~80km를 기준으로 삼고 있다. 그 결과 곡선 구간에서 안전을 위해 확보해야 하는 최소 곡선 반경도 고속도로 쪽이 훨씬 커 완만한 커브를 이루게 된다. 또 하나 덧붙인다면, 고속도로는 차로 폭 3.6m, 갓길 3m를 확보하도록 하는 반면, 국도는 차로 폭 3.5m, 갓길 2m를 기준으로 삼고 있다. 국도가 전반적으로 약간 더 좁게 느껴지고, 국도를 운전할 때 더 조심스러워지게 되는 이유는 이와 같은 요인들이 복합되어 있기 때문이다.

이번에는 포장에 대해 살펴보기로 하자. 도로 포장은 아스콘 포장과 콘크리트 포장으로 구분되는데, 두 포장 방식은 여러 면에서 차이가 있다. 아스콘 포장은 시공이 신속, 간편하고 공사를 마치는 대로 즉시 차량 통행이 가능하며 승차감이 좋다. 반면 보수를 자주 해야 하고 특히 중차량(重車輛)의 통행이 많을 경우 쉽게 변형되는 단점이 있다.

이에 비해 콘크리트 포장은 내구성과 유지관리 면에서 우수하고, 중차량이 통행해도 쉽게 변형되거나 파손되지 않는 장점이 있다. 하지만

아스콘 포장공사 ⓒ 한국건설기술연구원

시공이 어렵고 공사를 마친 후에도 일정한 양생 기간이 필요하며 승차감이 떨어지는 것이 취약점으로 지적된다. 비용을 따져보면, 초기 공사비는 아스콘 포장이 콘크리트 포장의 절반에 못 미칠 정도로 저렴하다. 대신 수명이 짧고 유지보수비가 훨씬 많이 소요된다. 일장일단이 있지만 장기간으로 보면 대체로 콘크리트 포장 쪽이 유리한 것으로 평가된다.

예전에는 초기 투자가 적게 드는 아스콘 포장을 많이 하였지만, 최근 신설되는 고속도로와 중차량의 통행이 많은 국도에서는 콘크리트 포장을 선호하는 추세다. (2007년 11월 23일)

도로(道路) 이야기 Ⅱ

이번에는 도로 노선번호가 어떻게 붙여지는지 알아보자. 국도는 비교적 간단하다. 먼저 가장 기본이 되는 간선축 국도는 한 자리 숫자로 하고, 보조축에 해당하는 국도는 두 자리 숫자를 붙인다. 그리고 남북축에는 홀수번호를, 동서축에는 짝수번호를 부여한다. 한자리 숫자가 부여되는 간선축은 총 7개 노선인데, 아래와 같다.

남북 방향 : 목포~신의주선(1번), 남해~초산선(3번), 마산~중강진선(5번), 부산~은성선(7번)

동서 방향 : 신안~부산선(2번), 군산~경주선(4번), 인천~강릉선(6번)

고속도로 노선번호 부여 기준은 약간 복잡하다. 고속도로에는 기본적으로 두 자리 숫자를 부여하는데, 기본축이냐 보조축이냐에 따라 끝자리 숫자가 달라진다. 먼저 도로 연장이 긴 기본축은 끝자리에 5 또는 0을 부여한다. 예를 들어 남북 방향으로 가장 서쪽의 서해안고속도로는 15번, 그 다음인 호남고속도로는 25번이 된다. 동서 방향 중

가장 남쪽의 남해고속도로는 10번, 가장 북쪽에 있는 영동고속도로는 50번이 된다. 유일한 예외는 경부고속도로인데, 우리나라 최초의 고속도로라는 상징성을 감안하여 1번을 붙여 주었다.

한편 도로 연장이 중간 정도인 보조축의 경우, 끝자리는 남북 방향인 경우 (5가 아닌) 홀수를, 동서 방향은 (0이 아닌) 짝수를 부여한다. 이 원칙에 따라 제2중부선은 37번, 88고속도로는 12번이 된다.

연장이 짧은 지선(支線) 고속도로는 세 자리 숫자로 표기한다. 251번은 호남선의 지선, 551번은 중앙선의 지선인 식이다. 한편 대도시 순환고속도로는 해당 지역 우편번호에 맞추어 번호를 부여한다. 이에 따라 서울외곽순환고속도로는 100번이 되었다.

이제 도로표지판에는 어떤 정보가 담겨 있는지 살펴보자.

일반적인 도로표지판은 바탕이 녹색이고, 진행 방향에 있는 주요 지명과 이정(里程) 및 방향, 교차로와 분기점, 도로 노선번호, 행정구역 경계 등의 정보를 안내하고 있다. 특히 지명과 거리 표시가 기본이다. 표지판에 게시되어 있는 거리는 해당 도시 도로원표까지의 실제 주행 거리를 말한다. 거리의 기준이 되는 도로원표는 특별시, 광역시 및 시·군에 하나씩 두게 되어 있는데, 일반적으로 행정관청 소재지나 교통의 요충지 또는 해당 도시의 역사문화 중심지에 설치해 놓았다. 참고로 서울시 도로원표는 세종로광장 중앙에, 부산시 도로원표는 연제구 중앙로 부산시 청사 내에 설치되어 있다.

덧붙여 도로안전시설물 몇 가지를 소개한다. 도로 중앙분리대는 콘크리트 방호벽형 또는 가드레일형으로 대별된다. 사고가 날 경우 월선(越線)을 억제해 주는 면에서는 방호벽형이 더 낫다. 반면 가드레일형

서울시 도로원표

은 운전자에게 심리적 압박감을 덜 주고 충돌시 충격 흡수가 용이하다는 장점이 있다. 중앙분리대를 화단식으로 처리하는 경우도 있다. 화단식은 환경친화적이고 미관이 수려한 반면에, 조경수 관리가 어렵고 포장 덧씌우기를 자주 하다 보면 분리대가 점점 낮아지는 문제점이 있다. 또한 화단에 내린 빗물이 노면 밑으로 스며들어 동파를 야기하는 등 전반적으로 유지관리가 어려운 것이 단점이다.

한편 시선 유도 표지로는 갈매기 표지가 대표적이다. 그런데 종전에는 색상이나 갈매기 갯수가 들쭉날쭉하여 혼선이 있었으나 2002년부터 노란 바탕에 검은색 갈매기 표지 하나로 통일하여 설치하고 있다. 이밖에 차량 전조등 불빛을 반사시켜 시선을 유도하는 반사체(델리네이터)는 특히 야간이나 악천후일 때 운전자의 안전에 절대적인 기여를 하고 있는 시설물이다. (2007년 11월 30일)

다시 부르는 '가고파'

'내 고향 남쪽바다, 그 파란 물 눈에 보이네….'

지그시 눈을 감고 '가고파'를 듣고 있노라면 잔잔한 마산 앞바다의 정경이 아련히 떠오른다. '가고파'는 마산 사람뿐만 아니라 우리에게 두고 온 고향을 아름답게 추억하게 만들어 주는 국민가곡이라 해도 지나치지 않을 것이다. 그런데 언제부턴가 이 명곡을 들을 기회가 드물어졌다. 세대가 바뀌고 정서가 달라진 탓도 있겠지만, 어쩐지 '가고파'의 고장인 마산(馬山)의 쇠락과도 무관하지 않은 듯한 생각이 든다.

마산은 19세기 말 개항 이래 국내 대표적인 무역항으로 이름을 날렸고, 70년대 초 수출자유지역과 창원기계공업기지가 차례로 들어서면서 근대화를 견인하였던 산업도시다. 오랫동안 진주(晉州)와 선의의 라이벌을 이루며 수많은 인재를 배출하고 지역의 발전을 이끌었던 전통의 고도(古都)이기도 하다. 하지만 수출산업의 경쟁력이 급격히 떨어지고 1983년 경남도청이 창원으로 이전하면서 도시는 발전동력을 잃고 침체의 길로 접어들게 된다. 도시가 활력을 상실함에 따라 인구도 점점 줄어들어 이젠 40만 명도 위태로운 처지가 되었다.

그런데 최근 이같은 상황을 단숨에 타개할 수 있는 낭보가 전해졌다. 전국의 각 지자체가 치열하게 유치 경합을 벌였던 로봇랜드 사업자 선정이 일단락되어 마산이 인천과 함께 예비사업자로 선정된 것이다. 로봇산업은 반도체, 자동차, 조선, 나노, 바이오 분야 등과 함께 미래의 성장동력으로 꼽힐 뿐 아니라 연관산업 파급효과도 큰 전략산업이다. 최종사업자로 선정되어 계획대로 로봇산업의 중심지로 발전한다면 3조 원 가까운 생산 및 소득효과와 함께 직접적인 고용 창출 효과도 4만 명에 이를 것으로 추정된다. 말 그대로 마산 부활의 기폭제가 될 수 있을 것으로 기대된다.

그러잖아도 마산시는 근래 들어 외항 쪽 개발에 힘을 쏟으면서 재기를 위한 기지개를 켜고 있는 중이다. 새로운 컨테이너항을 조성하기 위한 가포만 매립공사가 한창이고, 수정만 일원에 조선기자재 단지를 유치하는 방안도 추진하고 있다. 마산만을 가로질러 마산과 창원을 잇게 되는 마창대교(馬昌大橋)도 웅장한 자태를 드러내고 있다. 2008년 6월쯤에 이 다리가 완공되면 지역 교통 개선에 기여함은 물론, 관광명소로도 각광받게 될 것이다.

고성과 진주 방면에서 마산·창원으로 통하는 길목이 되는 진동 부근은 고질적인 정체현상에 시달리고 있다. 이를 해소하기 위해 부산지방국토관리청이 국도 14호선과 국도 79호선 확장, 그리고 진동 우회도로 개설공사를 동시에 진행하고 있다는 점도 지역으로서는 매우 고무적이다. 2010년에 이들 공사가 모두 마무리되면 마산-진해-창원권의 물류 소통이 한결 원활해질 것이다. 또한 고성-통영과의 접근성

마산만 ⓒ한강일보

이 개선되어 장차 마산 로봇랜드-고성 공룡나라(당항포, 상족암)-한려수
도를 연결하는 광역 관광 벨트 조성도 가능해질 것이다.

　요컨대 마산이 오랜 침체의 터널을 벗어나 면모를 일신하게 될 여
건이 하나하나 영글어 가고 있는 중이다. '가고파'의 산실인 마산만
이 공해로 오염되었던 모습을 말끔히 씻어내고 첨단산업과 물류, 관
광을 아우르는 터전으로 탈바꿈하여 신해양시대를 힘차게 열어 나가
길 기대해 본다. (2007년 12월 7일)

＊ 마창대교는 2008년 7월 1일 개통되었다. 총 길이는 8.7km, 다리 구간은
　1.7km이며 왕복 4차선이다. 사장교로서 마산의 새로운 랜드마크 역할을 하
　고 있다.

올해의 키워드

해마다 연말이면 올해의 인물 또는 올해의 단어, 사자성어 등이 발표되곤 한다. 딱히 공신력을 가진 건 아니지만, 한 해의 큰 흐름을 읽어낼 수 있어 흥미롭다.

미국에서는 사전 출판사인 메리엄-웹스트가 자사 인터넷 사이트 방문객을 대상으로 투표를 통해 올해의 단어를 선정해 발표하고 있는데, 작년에는 'Truthiness', 금년에는 'Woot'를 올해의 단어로 꼽았다. Truthiness는 사실에 근거하지 않은 채 자신이 믿고 싶은 것을 진실로 받아들이려는 성향을 뜻하는 신조어인데, 명분 없이 이라크를 침공했던 부시 대통령을 빗댄 말이기도 하다. Woot은 컴퓨터 게이머나 네티즌들이 승리의 기쁨 등을 표현할 때 내뱉는 감탄사라고 한다.

일본의 경우 교토의 유서 깊은 절인 청수사(淸水寺)에서 매년 올해의 한자를 발표하는데, 금년에는 위(僞)를 선정했다는 소식이다. 선정 배경은 식품안전 분야에서 최고를 자부하던 일본에서 불량식품으로 인한 파문이 끊이지 않았음을 지적하고 있다는 설명이다. 2006년에는 집단 따돌림 때문에 자살하는 학생들이 늘어나는 사회현상을 걱정하면서 그 해의 한자로 명(命)을 선정하여 생명의 중요성을 강조한 바 있다.

우리의 경우는 어떨까? 배경은 사뭇 다르겠지만 우리가 올해의 한자를 꼽는다 해도 '僞'가 유력한 후보군에 들 것으로 보인다.

특히 하반기 들어 모든 언론을 도배하다시피 했던 신정아와 김경준 사건을 설명하는 데 이보다 더 기막힌 글자가 없을 듯싶다. 또 하나의 후보로는 '油'를 꼽을 수도 있겠다. 세계 경제 전반에 암운을 드리우고 있는 유가(油價) 급등 현상, 지구 온난화의 주범으로 꼽히는 화석연료의 남용, 그리고 세밑을 우울하게 만든 서해바다 기름 유출 사태까지 겪고 있기에 말이다.

내친김에 올해의 사자성어를 꼽는다면 어떤 말이 적절할까? 작년에는 교수들이 이구동성으로 '밀운불우(密雲不雨)'를 선정한 바 있다. 글자 그대로라면 먹구름은 겹겹인데 비는 내리지 않는다는 뜻이 되겠지만, '여건은 갖추어졌는데도 일이 성사되지 않아 불만이 쌓여 폭발하기 직전인 상황'을 빗댄 표현이라는 설명이었다. 올해는 교수들이 어떤 촌철살인의 말을 내놓을지 궁금하다.

오늘의 중국을 있게 만든 작은 거인 등소평은 실용주의를 표방하면서 저 유명한 흑묘백묘론(黑猫白猫論, 검은 고양이든 흰 고양이든 쥐 잘 잡는 게 좋은 고양이라는 이론)을 주창한 바 있다. 뜻은 전혀 다르지만 올해의 사자성어로 '黑猫白猫'는 어떨까? 요즘의 세태를 보면 서로 나는 깨끗하고 상대방만 검다고 핏대를 세우는 형국이니 해 보는 말이다.

한마디만 덧붙이자. 일전에 어느 기자가 올해의 인물을 '김경준'으로 꼽은 기사를 읽은 적이 있다. 게다가 그는 신정아와 김경준을 놓고 혼자서 한참 고민했노라는 후기까지 덧붙였다. 오죽했으면 그랬을까 싶어 쓴웃음이 나온다. 작년이라면 아마도 반기문 유엔 사무총장이 유력했을 터이고, 올해도 국민들에게 기쁨과 환희를 선사한 몫으로 치자면 김연아나 박태환 선수도 누구 못잖은데, 하필이면 김경준이라 니….

부디 내년에는 和, 進, 明, 喜, 愛 등 희망과 사랑의 메시지를 담은 글자가 올해의 한자로 선정되었으면 좋겠다. 또한 국민들로 하여금 한없는 자긍심을 가질 수 있도록 해 주는 분이 올해의 인물로 등장하게 되기를 간절히 소망해 본다. (2007년 12월 14일)

도시 브랜드, 국가 브랜드

대선(大選)의 열기를 좀 가라앉히고 시간을 잠시 되돌려보자. 도무지 오리무중이던 정국 상황에 삼성 사태까지 겹쳐 어수선하던 와중에 프랑스 파리로부터 한 줄기 낭보가 날아들었다. 2007년 11월 27일, 세계박람회기구(BIE) 총회가 여수를 2012년 엑스포 개최지로 최종 결정한 것이다.

엑스포가 어떤 행사이고 얼마만한 가치를 지니고 있는지에 대해서는 지난 1993년 대전 엑스포를 통해 경험한 바 있다. 하지만 차기 엑스포 개최의 의미는 그때와는 비교할 수 없을 정도로 크다. 전문가들은 여수 엑스포를 통해 10조 원의 생산유발효과와 4조 원의 부가가치 창출효과, 그리고 9만 명 이상의 고용유발효과를 창출할 수 있을 것으로 전망한다. 나아가 한국의 서남쪽 끝자락에 자리잡은 작은 항구도시 여수를 세계에 각인시키고 역동적인 남해안 시대를 여는 기폭제가 될 것으로 기대하고 있다.

이에 앞서 3월에는 대구가 2011년 세계육상선수권대회 개최지로 결정되었다. 내년 10월에는 경남에서 제10차 람사르 협약 당사국 총회도 열린다. 람사르 협약은 습지를 보전하고 현명하게 이용하기 위해 1971년 이란의 람사르(Ramsar)에서 채택된 국제환경협약으로서, 세계 154개국이 이 협약에 가입하여 습지 보전을 위한 공조활동을 전개하고 있다. 경상남도는 이 행사를 통해 우리나라의 국제적 위상을 제고하는 한편 자연(환경)유산을 관광자원화하고 생태관광 인프라를 구축하는 계기를 마련한다는 목표로 준비에 비지땀을 쏟고 있다.

그뿐이 아니다. 경상남도는 전 세계 유명 합창단이 한자리에 모여 경합을 벌이는 'World Choir Championship' 2009년 대회를 유치했다는 소식이다. 경상남도는 대회기간 중 합창 경연 외에도 세계 유명 합창단의 갈라콘서트와 민속댄스 공연, 전문가 세미나와 워크숍 등 부대행사도 곁들여 이 행사를 음악 엑스포 수준으로 꾸며 나갈 계획이라 한다.

이같은 대형 국제행사 외에도 근래 들어 각 지방자치단체가 앞다투어 다양한 형태로 도시 브랜드 알리기에 나서고 있다. 얼핏 떠오르는 것만 꼽아 보아도 고성 공룡엑스포, 함평 나비축제, 예천 곤충바이오엑스포, 진주 유등축제, 안동 국제탈춤페스티벌, 봉평 메밀꽃축제, 하동 토지문학제, 공주·부여 백제문화제, 보령 머드축제, 장성 홍길동축제 등등 일일이 열거하기 어려울 정도다. 그 성격도 다양해서 미니 엑스포 형태에서부터 역사·문화유산 계승, 지역 특산물 알리기, 문학·예술잔치 등 폭넓은 분야를 망라하고 있다.

바야흐로 도시 개성 시대요, 지역 경쟁력의 시대다. 각국이 수도를 비롯한 몇몇 대도시를 집중적으로 발전시켜 국가경쟁력을 키우던 패턴은 이미 옛날 얘기가 되어 버렸다. 이번에 여수와 경합했던 모로코의 탕헤르나 폴란드의 브로츠와프, 동계올림픽 유치에 나섰던 러시아 소치나 잘츠부르크, 또 세계육상선수권대회를 두고 우리와 경쟁했던 바르셀로나, 브리즈번 등이 모두 수도가 아니라는 점만 보더라도 세계는 도시 경쟁 시대로 빠르게 변모해 가고 있음을 실감하게 된다.

이같은 패러다임의 변화와 개방화 시대를 맞아 21세기 글로벌 경쟁의 파고를 어떻게 헤쳐나갈 것인가? 해답은 자명하다. 개별 도시를 기업하기 좋고 살기 좋은 터전으로 만들어 자생력을 키우는 것이 우선이다. 나아가 이를 바탕으로 전 지역의 잠재역량을 고루 배양하여 국가경쟁력의 총화가 최고조에 이르도록 노력하는 길밖에 없다. 국가는 각 도시와 지역이 특성을 살려 발전할 수 있도록 여건을 만들어 주는데 전념해야 한다. 중앙정부가 모든 걸 계획하고 이끌어 가던 시대는 지났다. (2007년 12월 21일)

* 여수 엑스포는 2012년 5월~8월까지 93일 일정으로 치러졌다. '살아 있는 바다, 숨쉬는 연안'을 주제로 내걸었으며, 12조 원 이상의 생산유발효과와 8만 명 이상의 고용유발효과를 거둔 성공적인 박람회로 평가되었다.

한 해를 보내고 맞으며

정해년의 마지막 날이다. 해마다 이맘때면 가장 많이 회자되는 말이 다사다난(多事多難)이란 네 글자이겠거니와, 올 한 해를 되돌아봐도 역시 예외는 아닐 것 같다. 하기사 하루하루 숨돌릴 새 없이 바쁘게 채워지고 빠르게 돌아가는 글로벌 시대에서 365일이라는 긴 시간이 무사무탈하게 흘러가기를 기대하는 것 자체가 애당초 무리한 바람인지도 모른다. 하지만 이런 현실을 알면서도 인위적으로 시간의 흐름을 구분지어 놓고 새로운 희망 속에 또 한 해를 맞이하고 싶어하는 것 또한 인간적이지 않은가.

이렇게 본다면 가족이나 지인들과 어울려 한 해를 마감하는 자리를 망년회(忘年會)라 부르는 것은 영 마뜩찮다. 물론 이 말은 고달픈 세상살이의 근심과 괴로움을 다 잊고 싶다는 망우(忘憂)에서 유래되었을 것이다. 하지만 역동성이나 진취성과는 거리가 멀고 너무 현실도피적이라는 생각이 든다.

근래 들어서는 같은 말이라도 송년회 또는 송년모임이란 용어가 더 널리 쓰이고 있는 듯하니 다행스러운 일이다. 기쁘고 행복했던 일들은 말할 것도 없고 쓰라리고 힘들었던 세월 또한 의미없이 지나간 것은 아닐 터이니, 우리에게 주어졌던 모든 시간을 소중하게 되새겨 보아야겠다.

2008년은 건국 60주년이 되는 해다. 또한 유엔은 2008년을 '지구의 해'로 지정하여 지구 온난화 문제를 비롯한 인류 공통의 과제 해결에 적극 나설 것임을 예고하고 있다. 한편 유럽 24개국은 12월 21일 0시를 기해 국경을 완전히 개방하였다. 1985년 룩셈부르크 쉥겐에서 맺어진 국경개방협약인 쉥겐조약(Schengen agreement)이 발효된 지 20여 년 만에 유럽 대륙의 4억 인구가 드디어 국경 없는 시대를 열어가게 된 것이다. 우리가 원하든 원치 않든 FTA도 빠르게 확산되어 지구촌이 개방경제로 나아가게 되리라는 점 또한 의심할 여지가 없다.

우리 사회도 연륜에 걸맞게 내적으로 성숙한 모습을 갖추고 이젠 무한한 가능성을 찾아 밖으로 눈길을 돌려야 할 때다. 좁은 한반도 안에서 아웅다웅할 여유도 없거니와 무한경쟁시대에 우리의 자존을 지키며 살아 남으려면 어차피 피할 수 없는 선택이다. 이런 의미에서 곧 출범하게 되는 새 정부의 시대적 소명은 중차대하며 그 성패 여하에 국가의 명운이 걸려 있다 해도 과언이 아니다. 개개 국민이 발휘하는 역량의 총화가 곧 국력으로 이어지는 것이니 우리 마음가짐과 세상을 보는 안목도 달라져야 하겠다. 더 이상 우리 사회가 지역이나 계층으로 나뉘고 이념으로 갈라서서 헛되이 힘을 소모하는 일은 없었으면 한다.

표변(豹變)이라는 말이 있다. 요즘은 부정적인 의미로 많이 쓰이지만

원래는 가을철이 되면 표범이 화사하게 털갈이를 한다는 데서 유래
한, 표범의 아름다운 변신을 뜻하는 말이다. 옛말에 '군자표변(君子豹
變)'이라 이른 것은 표범이 아름답게 털갈이를 하듯 군자는 신속하게
허물을 고치고 자기변혁을 함을 뜻하였다. 이는 '소인혁면(小人革面)'
에 대응되는 말이다. 즉 소인은 시류에 따라 얼굴색을 바꾸는 데 그치
는 반면, 사회지도층은 변해야 할 때 과감히 변해서 새로운 요구에 부
응하는 혁신을 이룬다는 것이다.

　새해에는 우리 모두 좋은 뜻의 표변을 도모하기로 하자. 그리하여
대한민국이 더 이상 변방국에 머무르지 않고 세계사의 주역으로 당당
히 자리매김할 수 있도록 힘을 모으자. (2007년 12월 28일)

해맞이

무자년을 여는 첫날은 몹시 추웠다. 기상청에서도 올겨울 들어 가장 매서운 한파를 예보하고 있었던 터라 단단히 무장하고 새벽 어스름 속에 해운대로 길을 나섰다. 아직 캄캄한 시간이었는데도 지하철은 해맞이길을 나선 인파로 북새통을 이루고 있었다.

전동차에 올라 찬찬히 주위를 살펴보니, 신기하게도 삶에 찌든 고달픈 모습은 찾아볼 수 없고 모든 이들의 얼굴색이 하나같이 밝고 활기차 있었다. 나만 유독 그렇게 느꼈던 걸까? 어쨌거나 새해 첫날 마주치는 이웃들에게서 산뜻한 희망과 생기를 느끼고 앞날에 대한 부푼 기대를 나누어 받는다는 건 기쁜 일이다.

해운대역에 내려 인파에 떠밀리면서 해맞이 축제가 열리는 백사장으로 향했다. 해운대는 포항의 호미곶, 울주의 간절곶과 더불어 남녘 바다에선 3대 해맞이 명소로 꼽히며 경향 각지에서 많은 이들이 찾고 있는 곳이다. 벌써 한켠에선 철인3종경기 동호인들이 일출시간에 맞춰 바다로 뛰어들기 위해 준비운동에 여념이 없다. 얇은 수영복만

걸치고도 추위를 아랑곳하지 않고 희열에 넘쳐 있는 그들이 부럽기 짝이 없다.

일곱 시 무렵 부산시장과 교육감이 휠체어에 탄 장애 어르신들을 모시고 식장에 도착했다. 무대 전면에 초청인사와 장애 어르신들이 나란히 자리잡도록 배려한 성의가 돋보였다. 시청 직원들이 나서서 어르신들께 따끈한 온수 대령하랴 담요 덮어 드리랴 동분서주하는 모습도 아름다웠다.

북소리와 함께 해맞이 축하공연이 시작되었다. 부산시립무용단이 펼치는 '백두대간'이란 주제의 역동적인 춤사위에 분위기가 한껏 고조되었다. 이어서 시립국악단 소속 박성희 명창이 새벽하늘을 우러르며 '천지여, 천지여'를 열창할 때는 가슴 깊은 곳으로부터 형언할 수 없는 감동이 솟구쳐 올랐다.

드디어 일출 시각. 수평선 너머가 붉게 물들기 시작하더니 곧 옅은 구름 사이로 시뻘건 불덩이가 불끈 솟아올랐다. 새 시대를 여는 축복의 해이자, 한민족에게 희망과 용기를 안겨 주는 구원의 해다. 해운대 앞바다에 도열한 어선들의 뱃고동과 경찰 헬기의 축하비행 속에 시민들은 새해 소망을 담은 풍선을 하늘 높이 날려보내며 벅찬 가슴으로 새해를 맞아들였다.

이쯤에서 왜 우리 민족이 정초의 해맞이에 이토록 유별나게 집착하는지 살펴보자. 내가 알기로 해맞이 문화가 세시풍속처럼 국민 속에 스며들어 있는 나라는 우리나라와 일본이 대표적이다. 일본이 늘상 입만 열면 천손민족이니 태양의 후예니 하고 떠들어대지만, 실상 태양의 후손으로 치자면 우리가 한참 윗길이다.

해운대 해맞이

우리 고대 설화에 등장하는 환인천제가 곧 태양을 상징하고, 흰옷을 즐겨 입어 백의민족이라 일컫는 것도 같은 맥락이다. 그뿐인가. 《삼국유사》를 보면 동해 바닷가에 살던 연오랑과 세오녀 부부가 일본으로 건너가 왕과 왕비가 된 것으로 나와 있다. 신라인들이 해마다 이들 부부를 제사 지내고 해와 달의 정기를 나누어 주도록 빌던 곳이 곧 경상북도 영일(迎日)이다.

이제 무자년 새날이 밝았다. 삼백예순다섯 날 어김없이 뜨는 해가 무슨 차이가 있으랴만, 누구나 새해 첫 태양만큼은 지순한 마음으로 대하고 싶은 것이다. 오늘 아침해를 맞으며 다짐한 초심을 잃지 않고 내게 주어진 귀중한 시간을 알차게 채워 나갈 것을 다짐해 본다.

(2008년 1월 4일)

눈(雪)

눈덮인 겨울 산하, 그 순백의 풍광은 보는 이들의 숨을 멎게 하고, 세상 시름을 잊게 하고, 또한 모든 걸 용서하게 만든다. 누구나 눈에 대한 추억 한두 개쯤은 소중히 간직하고 있기 마련이다. 실상 그 사연들이야 이루지 못한 애틋한 사랑일 수도, 추위와 공포에 떨던 아찔한 순간일 수도 있겠지만, 기억 속에서는 흐뭇하고 아름다운 편린만 남게 되는 법이다.

내게는 1986년 스페인 유학 시절 알프스를 여행하면서 잠시 들렀던 작은 도시 다보스의 호숫가에서 팔 베고 누워 바라보던 설산 풍광이 아직도 선명하게 남아 있다. (이곳에서 매년 세계 주요국의 정치·경제 리더들이 모여 글로벌 이슈를 논의하는 다보스포럼이 열린다.)

때로는 영화 속의 설경도 실제와 다름없는 감동을 선사한다. 〈닥터 지바고〉에서 시베리아 열차가 레일도 보이지 않는 눈밭을 가르며 내달리는 장면은 압권이다. 일본 영화 〈철도원〉이 영상으로 담아낸 북해도의 설원은 또 얼마나 아름다운가.

하지만 현실에서 맞닥뜨리게 되는 눈의 실체는 조금 더 복잡하다.

겨울 들어 첫눈이 내리면 꼭 젊은 연인들이 아니더라도 너나없이 설레임에 들뜨게 되고, 마냥 눈을 맞으며 걷고 싶어진다. 가로등 불빛을 적시며 내리는 소담스런 눈송이를 보고 있노라면 누구나 시인이 된다. 하지만 이런 낭만적인 밤이 지나고 아침을 맞으면 결코 녹록하지 않은 상황이 펼쳐진다. 채 치우지 못한 눈은 가로변에 거무튀튀하게 쌓여 질척거리고, 밤사이 얼어붙은 눈이 빙판으로 변해 출근길이 아수라장이 되곤 한다. 폭설이라도 내리면 곳곳의 도로가 끊겨 산간마을이 고립되고 눈사태로 고귀한 인명이 희생되는가 하면, 비닐하우스가 통째로 내려앉아 농민에게 깊은 시름을 안겨 주기도 한다. 겨울을 겨울답게 해 주는 눈은 이처럼 야누스적인 속성을 갖는다.

눈이 결코 반갑지만은 않은 사람들이라면 어떤 이들이 있을까? 우선 기상청 사람들이 떠오른다. 지난주만 하더라도 하필 대입 논술시험이 있는 날 예상보다 많은 폭설이 내려 수험생들이 큰 곤욕을 치렀다. 기상예보가 빗나가는 바람에 혼란이 가중되었다고 비난이 쏟아졌지만, 기상청인들 어디 그러고 싶어 그랬겠는가. 아무리 기술과 장비가 좋아졌다고는 해도 변화무쌍한 기상을 정확히 예측하는 것은 여전히 어려운 일이다.

한겨울 내내 도로 현장에서 제설작업을 하는 사람들도 빼놓을 수 없다. 눈이 내려 교통이 두절되거나 어려워지면 당장 일상생활에 불편을 겪고 산업활동이 영향을 받게 되기 때문이다. 겨울철 제설 책임은 건설교통부와 각 지자체가 나누어 맡고 있다. 그중에서도 국토의 신경망이라 할 국도가 원활하게 소통될 수 있도록 최일선에서 눈과

씨름하는 이들이 있으니, 곧 전국 18개 '국도유지건설사무소' 역군들
이다. (지금은 국토관리사무소로 개칭되었다.)

사실 요즘은 어지간한 눈이 내려도 도로를 이용하는 데 큰 불편을
느끼지 않는다. 누가 알아주지 않더라도 밤낮없이 현장에서 땀흘리고
있는 이들의 묵묵한 수고가 뒷받침되고 있기 때문이다. 오늘도 이들
과 함께 도로 현장을 지키고 있음에 무한한 보람과 긍지를 느낀다.

최근 이라크 바그다드에도 100년 만에 눈이 내렸다는 소식이다.

열사의 나라 이라크에 눈이라니, 분명 예사로운 일은 아니다. 부디
테러와 전쟁으로 갈기갈기 찢긴 이라크인들의 지친 마음을 달래주고,
나아가 중동에 평화를 안겨 주는 서설(瑞雪)이기를 바란다.

(2008년 1월 11일)

옛것의 소중함

부산 영도다리가 2011년 옛 모습대로 복원된다는 소식이다. 확정된 설계안을 보면 교통여건을 고려하여 현재의 왕복 4차로를 6차로로 넓히고 선박 대형화 추세에 맞춰 상판이 현재보다 조금 높게 설치될 뿐, 전체적인 형태는 옛 모습 그대로이고, 1966년 9월부터 중단되었던 도개(跳開) 기능도 되살린다는 것이다. 배가 지나갈 때는 남포동 쪽 상판을 75도까지 들어올리게 되는데, 상판을 완전히 드는 데 소요되는 시간은 약 90초가 되리라 한다.

영도다리가 어떤 다리인가? 현인 선생이 애절하게 노래하였듯이 6·25전쟁의 참화 속에 부산으로 밀려든 수많은 피난민들이 가족의 생사를 묻고 고향사람들을 만나 동병상련의 아픔을 나누었던 곳이다. 근대화 시절에는 하루에도 몇 번씩 다리가 오르락내리락하는 것 자체가 큰 볼거리였다.

김상국은 이 모습을 신나게 노래했다. "영도 다리가 끄떡끄떡, 쾌지나 칭칭 나~네." 말하자면 영도다리는 부산의 근대 역사와 함께

한 상징물이라 해도 과언이 아니다. 당장의 편의만 생각한다면 완전히 헐어 버리고 널찍한 현대식 다리를 새로 놓을 수도 있었을 텐데, 옛 모습을 되살리게 되었으니 참으로 다행스런 일이다.

유럽을 여행하다 보면 고풍스런 건물이 그대로 남아 있는 매력적인 도시의 풍취에 흠뻑 빠져들게 된다. 관청 건물이나 성당은 말할 것도 없고 허물어져 가는 성곽도, 가내수공업의 터전이었던 중세의 점포들도 옛 모습을 고스란히 간직하고 있다. 양쪽 건물의 처마가 맞닿을 정도로 좁은 골목조차도 전혀 불편하지 않고, 오돌토돌한 돌길의 감촉이 오히려 정겹게 느껴진다.

스페인의 옛 수도였던 똘레도(Toledo)가 전형적인 예인데, 곧 도시 전체가 역사의 집적이며 그 자체로 최고의 관광자원이다. 로마는 더 말할 것도 없다. 마카오도 좋은 케이스다. 16~17세기 포르투갈풍 건물과 거리 모습이 그대로 남아 있다. 특히 성 바오로성당은 도시의 랜드마크로 손색이 없다. 17세기 초에 지어진 이 건물은 1835년 대화재로 소실되고 성당 정면 벽체만 앙상하게 남아 있다. 하지만 그 상태로도 훌륭한 문화유산이다. 마카오를 찾는 사람치고 이곳에 들르지 않는 사람이 없을 만큼 최고의 관광명소다.

그럼 우리의 사정은 어떠한가? 우리는 애시당초 석조건축이 일반화되지 않은 탓에 옛 건축물이 오래 보전될 수 없는 한계를 안고 있다. 게다가 일제 강점기를 거치면서 소중한 전통과 문화가 악의적으로 왜곡되고, 부지불식간에 이를 폄하하는 의식이 자리잡게 된 점도 지적하지 않을 수 없다. 즉 일제는 우리 전통 건축물과 유산을 허례허식을 조장하는 온상으로 평가절하하거나 구습을 타파한다는 명분을

영도다리

내세워 마구 부수고 없애 버렸다. 이어서 우리 경제의 고도 성장기에
또 많은 역사적 유산이 대중의 무관심 속에 훼손되고 근대화라는 미명
아래 사라져 갔다. 참으로 안타깝고 딱한 일이지만 늦게나마 이를 바
로잡기 위한 노력이 점차 확산되고 있는 것을 다행스럽게 생각한다.

2007년에 경북 예천의 삼강나루 주막이 경상북도 민속자료로 지정
되어 보수 복원되는 길이 열렸고, 낙동강 소금배들이 분주히 오갔던
삼강나루터도 정겨운 옛 모습을 되찾게 될 것이라 한다. 다른 지역에
서도 앞다투어 이와 유사한 문화유산을 찾아내어 도시 브랜드를 높이
고 관광자원으로 활용하려는 복안을 내놓고 있다. 이젠 역사의 자취
와 문화의 향기가 곧 경쟁력인 시대다. (2008년 1월 18일)

＊ 영도다리(영도대교)는 2013년 11월 27일 복원·개통되었다. 매일 정오에 한
  차례 다리를 들고 내린다.

다시 돌아보는 '길'

얼마 전 KBS가 방영한 특집 프로그램 〈차마고도(茶馬古道)〉를 인상 깊게 보았다. 유구한 역사와 문화의 흐름, 그리고 우리네 삶의 원초적 의미에 이르기까지 많은 것을 생각하게 해 준 수작(秀作)이었다.

눈이 시리도록 맑고 순수한 자연이지만, 그 속에서 운명적인 삶을 살아가는 사람들의 모습은 눈물겹다. 심산유곡에 아슬아슬하게 난 길이 그들의 고단한 인생을 지탱해 주는 생명줄이다. 하지만 정작 그들은 불행해 보이지 않는다. 평생 염원해 온 성지순례, 그 극기의 여정에서도 주름진 얼굴 가득 신을 향한 경외심이 넘쳐나는 토착민들의 모습은 경이롭기까지 하다.

인류 문명의 발전과 함께해 온 길을 그 성격에 따라 무역로, 수송로, 그리고 순례길로 크게 나누어 본다면 차마고도는 대표적인 무역로에 해당할 것이다. 옛사람들은 살아남기 위해 험산준령 사이로 길을 내고, 고산오지에서의 삶에 불가결한 품목인 차와 소금, 곡식과 말을 교환하는 물물거래의 길을 오갔던 것이다.

같은 무역로라도 차마고도와 실크로드는 그 성격이 다르다. 차마고도가 생존을 위한 길이었다면 실크로드는 이문을 추구하는 장삿길로 분류할 수 있다. 총길이 6,400km에 달하는 실크로드는 중국 중원지방에서 시작하여 타클라마칸사막과 파미르고원, 중앙아시아를 거쳐 지중해에 이르는 세계 최장의 무역로이자 동서양의 문화를 이어준 교통로였다. 이 길을 통해 불교와 이슬람교가 중국에 전해졌고, 서역의 풍속과 문화가 동양에 알려졌으며, 중국의 주철기술과 양잠, 제지법 등 앞선 문화가 서방으로 흘러 들어갔다.

실크로드보다 약 1세기 앞서 선을 보인 로마 가도(街道)도 세계 문명사에서 빼놓을 수 없는 길이다. 로마인이 주로 군사용으로 건설했던 이 교통로는 고대 브리타니아에서 티그리스, 유프라테스강까지, 또 도나우강에서 스페인과 북아프리카 일대까지 아우르는 광대한 수송망으로 총길이가 80,000km에 달한다. 기원전 312년에 착공한 아피아 가도를 필두로 하여 아우렐리아 가도, 플라미니아 가도, 발레리아 가도, 라티나 가도가 차례로 건설되어 '모든 길이 로마로' 통하게 된다.

순례길이라면 산티아고길(Camino de Santiago)이 대표적이다. 프랑스 남단 국경도시 '생 장 피드포르'에서 시작하여 스페인 북부를 가로질러 이베리아반도의 서쪽 끝 '산티아고 데 콤포스텔라'에 이르는 약 800km의 길이다. 중세 이후 가톨릭 성지 순례자들의 발길이 끊이지 않았던 신앙의 길이자, 수많은 신화와 전설과 영웅담을 엮어 내고 있는 역사의 길이요 문명의 길이다. 오늘도 세계 도처에서 몰려든 길손들이 이 길을 하염없이 걷고 있다. 1993년에는 유네스코에 의해 길 자체가 세계문화유산으로 지정되었다.

차마고도 ⓒ KBS

　근래 들어 우리 주변에서도 전통과 문화가 깃든 옛길을 보전, 활용하려는 관심과 노력이 이어지고 있어 주목된다. 문화재청은 최근 문경새재와 죽령옛길을 명승으로 지정하고 원형 복원에 나서는 한편, 장원급제 행렬 등 문화행사도 지원할 계획이다. 경상남도는 충무공의 '백의종군로'를 옛 자취를 따라 복원하여 역사 교육의 장으로 활용한다는 계획을 내놓고 있다. 한·일 양국의 건축학자들을 중심으로 조선통신사(朝鮮通信使) 옛길과 경유지의 객관(客館) 등 건축유산을 보전하고 세계문화유산으로 등재하자는 움직임도 일고 있다.

　당대에 사람과 물자가 오고간 교통로로서 뿐만 아니라 세월을 넘고 역사를 이어주는 연결고리로서 '길'이 새롭게 조명되고 있다.

(2008년 1월 25일)

이 나이에 …하랴?

무자년을 여는 첫 혁신아카데미에 누구를 강사로 초빙할까 고심하다가 인제대 이만기 교수가 생각났다. 어렵사리 부탁을 했는데, 강좌의 취지를 듣고서는 망설임 없이 수락해 주었다.

이만기(李萬基), 그가 누구인가?

천하장사 10회, 백두장사 18회, 한라장사 7회 등 모두 49차례나 정상에 등극했고 통산승률 86.5%라는 전무후무한 기록을 가진 사나이, 모래판의 지존(至尊), 씨름의 달인, 씨름판의 황제… 어떤 수식어로도 모자랄 80년대 민속씨름의 절대강자가 아닌가. 182㎝의 키, 씨름선수로서는 아담 사이즈인 그가 일순에 온 힘을 모아 거구의 상대들을 힘차게 메다꽂고 두 팔을 활짝 벌려 포효하면 모래판은 열광의 도가니로 빠져들곤 했다.

장장 14년에 걸쳐 모래판을 호령했던 타고난 씨름꾼, 지금은 인제대 사회체육학과 교수로서 인생 제2막을 멋지게 이어가고 있는 그가 던진 화두는 '자기혁신'이었다. 어떤 프로강사에 견주어도 결코 뒤지지 않을 깔끔한 화술과 해박한 논리로 좌중을 압도하는 그의 열정적인 모습은 너무나 신선하고 감동적이었다.

그가 던지는 메시지는 분명했다. 명줄이 끊어지는 그 순간까지 쉬임없이 자기혁신을 해서 경쟁력을 높이라는 것. 개인도, 조직도, 기업도 현실에 안주하고 있어서는 미래가 없다는 것이다. 하긴 부단한 노력 없이 어영부영했던들 천하의 이만기가 있을 수 있었겠는가. 두 세대에 걸쳐 무적으로 군림했었지만 그도 늘 정상에서 일인자의 고독과 스트레스에 시달렸다고 토로한다. 모래판의 절대강자였기에, 관중들은 그가 쓰러질 때 오히려 더 박수를 치는 기이한 현상이 나타났고, 그럴수록 그는 심적인 압박을 떨쳐내기 위해 죽을 각오로 훈련에 매달렸다고 한다. 웨이트 트레이닝을 위해 역도선수 수준의 260kg 바벨을 들어올리고, 한겨울 칼바람 속에서도 타이어에 고무밴드를 매어 허리가 끊어질 정도로 수도 없이 당기고 또 당겼다는 것이다. 누구보다 강했던 그의 샅바 힘은 이런 혹독한 단련의 산물이었다.

그가 더욱 돋보이는 건, 천하장사로서 절정기를 구가하고 있을 때 이미 대학원 석사과정에 등록하여 장래를 대비하고 있었다는 점이다. 공부가 깊어지자 내친김에 아예 교수를 염두에 두고 박사과정에 도전했다. 그 무렵에는 은퇴 후에도 코치 또는 감독으로 계속 씨름판에 남으라는 당시 현대씨름단 감독의 권유를 뿌리치느라 삭발을 하고 도망다니기까지 했다 한다. 본인이 원하기만 했다면 얼마든지 편한 길이 열려 있었음에도 더 큰 성취와 발전을 위해 스스로 험로를 선택했다는 얘기다.

그의 혁신 마인드를 엿볼 수 있는 일화를 하나 더 소개하겠다. 교수

로서 첫발을 내디뎠을 무렵, 그는 처음으로 컴퓨터를 접하게 되었다. 운동만 하던 사람이 컴퓨터를 익히기란 그야말로 맨땅에 헤딩하는 격이었지만, 조만간 필연적으로 정보화사회가 도래할 것을 예견한 그는 피나는 노력 끝에 결국 컴퓨터를 이겨냈고, 지금은 웬만한 도사(?) 뺨치는 수준으로 컴퓨터를 다루고 있다는 것이다.

그는 단호히 말한다. 결코 "내가 이 나이에 …하랴?"는 말일랑 입에 담지도 말라고. 그건 곧 남은 인생을 포기하겠다는 것에 다름 아니라고. 이렇게 강조하는 그의 눈빛은 형형하고 온몸에서는 당장이라도 현역선수를 때려눕힐 듯한 에너지가 흘러넘쳤다. 씨름판에서도, 씨름판을 떠나서도 그는 정녕 '만기(萬技)의 李萬基'였다. (2008년 2월 1일)

설, 그리고 설(雪)

　중국 대륙이 설 명절을 앞두고 몰아닥친 60년 만의 폭설 때문에 온통 난리를 겪고 있는 모양이다. 호남성, 광동성, 절강성 등 대륙 동남부 일대를 강타한 폭설로 간선도로와 철도, 공항이 얼어붙고 송전탑이 무너지면서 전기와 용수 공급도 끊어져 도시 기능이 마비되었다고 한다. 가축이 무더기로 얼어 죽고 수십만 제곱킬로미터의 농경지가 유실되었다니 딱하다.

　무엇보다 중국 정부가 전전긍긍하고 있는 것은 춘절(春節, 우리의 설)을 맞아 고향을 찾으려던 귀성객들의 발이 묶이고, 이로 인해 민심이 흉흉해지고 있다는 점 때문이다. 후진타오 주석과 원자바오 총리가 연휴기간 내내 피해지역을 돌며 귀성객의 불편을 다독거리느라 애쓰는 모습이 사태의 심각성을 상징적으로 보여 준다.

　중국인들의 고향에 대한 애착, 그리고 설 명절을 고향에서 보내려는 귀성객들의 대이동 열기는 엄청나다. 그런데 주머니 사정이 넉넉하지 못한 서민들은 승용차나 항공기 이용은 엄두를 내지 못하고 열차에 절대적으로 의존할 수밖에 없다. 그러니만큼 기차역마다 귀성객들이 몰려 장사진을 친다. 달랑 입석표 한 장 손에 쥐고서 편도로 꼬박 이삼 일 걸리는 귀향길을 서서 떼밀려 가는 것도 마다하지 않는다. 그렇게 힘들게 찾은 고향에서 부모 친지와 함께하는 시간도 잠시뿐, 다시 되짚어 돌아오기에 급급한데도 매번 그 고생길을 반복하곤 하니 그 정서와 문화를 서양인들이 어찌 헤아릴 수 있겠는가.

아무튼 이번의 대혼란 사태는 평소 눈이 별로 내리지 않는 동남부 지방에 기록적인 폭설이 쏟아졌기 때문에 일어난 것이지만, 근본적으로 중국의 정치·사회 시스템이 후진성을 탈피하지 못하고 있어 사태를 악화시켰다는 지적이 나오고 있다.

이는 무엇을 말하는 것인가? 등소평이 죽의 장막을 걷어낸 이후 중국이 숨가쁘게 개혁 개방의 길을 달려와 오늘날엔 미국조차 함부로 대할 수 없을 만큼 경제대국으로 발돋움한 것이 사실이다. 하지만 이 같은 외형적 성장에도 불구하고 비민주적인 제도와 사회 시스템, 그리고 낮은 국민 의식 수준이 중국의 지속적인 발전에 걸림돌이 되고 있다는 얘기다.

필자가 존경하는, 자타가 공인하는 최고의 중국 전문가 한 분은 오늘날 중국이 안고 있는 문제점을 '3無'로 요약해 설명하고 있다. 즉 중국에는 야당이 없고, 언론이 없고, NGO가 없다는 것이다. 사실상 공산당이 모든 정책을 좌지우지하는 국가이고, 비록 겉으로는 수많은 언론매체가 있는 듯 보이지만 모두 어용언론에 머무르고 있으며, 시민 사회의 건전한 비판기능도 결여되어 있다는 뜻이다. 중국 공산당이 지배하는 통제 체제의 실상을 명료하게 드러내 보이는 지적이다.

중국의 춘절 인파

2003년에 겪었던 SARS(중증급성호흡기증후군) 사태도, 이번의 폭설 대란
도, 정상적인 민주국가에서라면 충분히 예방할 수 있었던 인재(人災)라
고 보는 견해에 공감한다. 인민해방군 병사들이 길가에 줄지어 서서
일일이 삽으로 눈을 걷어내고 있는 사진이 보여 주듯이 중국의 사회
인프라는 아직 허술한 면이 많다.

하지만 그보다도 위기를 사전에 경고하고 관리하는 시스템의 부재
와 안일한 인식이 더 큰 문제가 아닐까 싶다. 조직이든 사회든 국가든
제대로 경쟁력을 갖추고 발전하기 위해서는 탄탄한 인프라와 함께 이
를 운용하고 관리하는 수준 높은 소프트웨어가 불가결하다는 점을 다
시 한번 생각해 보게 된다. (2008년 2월 5일)

근조(謹弔), 숭례문

긴 연휴를 끝내고 모두 다시 일터로 돌아가기 위해 차분하게 마음을 추스리고 있던 초저녁 시간, TV를 통해 전해진 뉴스 속보를 접하고선 가슴이 철렁 내려앉았다. "저런, 저런, 저럴 수가…."

하지만 어둠 속에서 더욱 휘황한 자태를 드러내고 있던 숭례문의 누마루 사이사이로 희뿌연 연기가 배어나오는 걸 지켜볼 때만 하더라도, 설마 이토록 참담한 결과로 이어질 줄 상상이나 할 수 있었겠는가.

최초 불이 난 시각으로부터 정확하게 다섯 시간이 지난 2008년 2월 11일 01시 55분, 국보1호 숭례문은 시뻘건 불길을 이기지 못하고 무너져 내리고야 말았다. 갈수록 기세등등해지는 화염 속에서도 안간힘을 쓰며 버티던 숭례문이 기력을 다하고 쓰러지는 그 순간, 숨죽이며 지켜보던 대한민국 국민의 억장도 함께 무너져 내렸다.

뒤늦게 가슴을 쥐어뜯은들 무슨 소용이 있으랴마는, 눈앞에 드러난 허망한 현실이 차마 믿기지 않아 600년 풍설을 의연하게 버텨왔던 숭례문의 아련한 자취를 더듬어 본다.

숭례문 화재 ⓒ 위키백과

숭례문은 조선 개국 초인 1398년 도성의 사대문 중 하나로 건축되었다. 새 왕조의 틀을 잡고 도성을 설계했던 정도전이 숭례문이라 이름짓고, 양녕대군이 편액을 써 걸었다고 알려져 있다. 이후 세종 29년과 성종 10년에 중수하였고, 임진왜란과 병자호란, 그리고 일제 식민지배와 6·25동란 등 숱한 참화를 겪으면서도 늘 그 자리에 서서 늠름한 풍모로 우리 곁을 지켜왔다.

숭례문은 애초부터 불과 밀접한 관계가 있다. 즉 도성의 남문인 숭례문은 양방(陽方)으로 남자의 방위였고, 팔괘로는 이(離) 괘로 불에 해당하는 것으로 되어 있다. 이 화기(火氣)를 누르기 위해 원래는 문 남쪽에 남지(南池)라는 연못을 팠다고 하며, 숭례문 편액만 유독 가로로 썼던 것도 같은 연유라고 한다. 그 숭례문을 결국 잿더미로 만들어 버렸으니, 어찌 고개를 들고 역사와 후손을 대할 수 있을지 기가 막힌다.

지난번 중국이 겪었던 폭설 대란을 언급하면서 중국의 사회 시스템과 위기관리능력이 형편없다는 점을 지적한 적이 있다. 그런데 막상 서울 한복판에서 국보1호가 다섯 시간 동안이나 불길에 휩싸여 신음하고 있는데도 무기력하게 발만 동동거리고 있던 우리라고 그들보다 나을 게 뭐 있는가. 이것이 세계 10위권의 경제대국이라 자부해 온 우리의 실상이라니, 통탄스럽다.

로이터통신은 불타고 있는 숭례문 사진과 함께 이렇게 타전했다. "한국의 랜드마크가 사라졌다. 600년 역사도 함께 잿더미 속으로 사라졌다"라고. 입이 있다 한들 우리가 무슨 말을 하겠는가. 참으로 부끄럽고 또 부끄러울 따름이다.

시인은 붓을 들어 쓰라린 아픔과 회한을 토해 낸다.

숭례문이 타고 있다 역사가 불길에 휩싸인다.
아니 나라가 타고 있다.
이 겨레 떠받치며 살아온 정신의 기둥이 대들보가 서까래가
지붕이 무너져 내리고 있다.
발을 구르며 눈물을 쏟으며 우리들은 넋 놓고 보고 있었다.
… (중략) …
천벌을 내려다오
우리는 모두 나라를 역사를 문화를 불지른 방화범이었다.

허망한 마음 가눌 길이 없다. 황량한 겨울바람이 텅 빈 가슴을 훑고 지나간다. 숭례문이여, 용서하소서. 고이 잠드소서. (2008년 2월 15일)

에너지 비상(非常)

최근 한국석유공사 컨소시엄이 이라크 쿠르드 자치정부와 대규모 유전개발 MOU를 체결했다고 한다. 이번에 확보한 광구의 원유 매장량은 최소 15억에서 최대 20억 배럴로 추산되는데, 이는 우리나라 2년치 총 원유 수입량에 해당하는 물량이다. 이라크 중앙정부도 해외 투자 유치를 통한 유전개발사업에 적극적으로 나서고 있다. 2월 중순까지 투자 신청을 받아본 결과 미국과 유럽의 70여 개 에너지 기업이 입찰신청을 한 것으로 알려졌다. 그만큼 신규 유전 개발을 위한 경쟁이 치열해지고 있다는 얘기다.

석유는 오늘의 인류 문명을 지탱하고 있는 핵심 원천이라 할 수 있지만, 언젠가는 고갈되어 없어질 유한한 자원이다. 게다가 석유 소비에서 비롯되는 이산화탄소 배출과 이로 인한 지구 온난화 문제는 머지 않은 장래에 전지구적인 환경 재앙이 다가올 수 있음을 예고하고 있다. 탄소배출권이라는 새로운 개념이 중요한 경제재로 부각되고 있고, 세계 각국이 경쟁적으로 화석연료를 대체할 청정에너지 개발을 추진하고 있는 것은 이 때문이다.

아랍에미리트 정부는 2015년까지 온실가스 배출 제로 도시를 건설하겠다는 야심찬 계획을 발표한 바 있다. 마스다르(아랍어로 '자원'이란 뜻) 시티로 명명된 이 생태도시는 수도 아부다비 인근에 면적 6km² 크기로 건설될 계획인데, 도시가 필요로 하는 모든 에너지를 태양열 전지를 통해 공급하는 것으로 구상하고 있다.

충남 연기군 일원에 들어설 세종시도 이산화탄소 제로에 도전한다는 목표를 세워 두고 있다. 우선 건물 시공 단계에서부터 친환경 자재를 사용하도록 하고, 완공 후에도 태양열이나 지열 등 자연에너지 사용을 적극 유도해 나간다는 것이다.

EU는 지구 온난화 방지를 위해 2020년까지 역내 온실가스 배출량의 20%를 감축하기로 하고 이를 위한 세부 실천 계획을 담은 'EU 온난화 방지 패키지'를 채택한 바 있다.

화석연료를 대체할 신에너지원으로는 태양열이 가장 주목받고 있지만, 최근 들어 풍력도 새로이 각광받고 있다. 일례로 중국은 내몽고와 신강 지역의 드넓은 벌판에 사시사철 몰아치는 강풍을 이용하여 엄청난 규모의 풍력 발전을 끌어내고 있다. 지열을 이용한다거나 쓰레기를 태워 발생하는 열을 에너지로 바꾸는 방법도 점차 확산되고 있으며, 근래에는 사탕수수나 옥수수로부터 추출한 에탄올이 새로운 바이오 에너지로 주목을 끌고 있기도 하다. 바야흐로 청정에너지 확보를 위한 노력이 전방위적으로 진행되고 있는 형국이다.

우리나라는 매년 8억 배럴의 원유를 수입하고 있다. 수입량 면에서는 미국, 일본에 이어 세계 3위, 소비 기준으로는 세계 7위의 원유 소비국이다. 경제규모가 세계 11위 수준이고 에너지를 많이 소비하는 산업구조임을 감안하더라도 우리의 원유 소비가 과하다는 점을 지적하지 않을 수 없다. 더구나 우리는 원유 한 방울 나지 않는 자원빈국이 아닌가.

배럴당 100불을 넘나드는 고유가 시대를 맞아, 이대로 가다가는 국가의 지속가능한 성장이 에너지에 발목을 잡히지 않을까 걱정된다. 안정적인 원유 공급선을 확보하는 것 못지않게 청정한 대체에너지의 개발과 보급에 더욱 힘을 쏟고, 에너지 절약형 생활 패턴이 정착되도록 사회적 공감대를 넓혀 나가야 할 때다. 가정이든 나라 살림이든 모자라면 아껴쓰는 수밖에 없다. (2008년 2월 22일)

업그레이드 코리아

2008년 2월 25일, 이명박 정부가 공식적으로 출범했다. 이 대통령은 '선진화의 길, 다 함께 열어갑시다'라는 제목의 취임사를 통해 2008년을 대한민국 선진화 원년으로 선포하였다.

대통령 취임사에 담긴 선진화의 의미는 무엇인가?

광복 후 지금까지 60년 동안 우리는 잘 살기 위해 너나없이 피땀 흘려 일했다. 그 결과 절대빈곤을 벗어나 70~80년대 발전도상국 시기를 거쳐 이제 선진국 문턱에 바짝 다가서 있다. 이른바 선진국 클럽이라 불리는 OECD에 29번째 정회원국으로 가입한 지도 벌써 10년이 넘었다. 세계는 '한강의 기적'을 놀라운 눈으로 바라보았고, 아시아의 네 마리 용(龍) 중에 으뜸이라고 평가하였다. 비록 21세기의 문턱에서 예기치 않은 외환 위기를 맞기도 했지만, 국민적 역량을 결집하여 이를 빠르게 극복하고 다시 일어서는 저력을 보여 주었다.

하지만 이 모든 성과에도 불구하고 막상 대한민국이 선진국인지 물어온다면 선뜻 그렇다고 대답하긴 어려울 것이다. 선진국이란 어떤

나라인가. 국민소득이 2만 불을 넘어섰다고, 산업 고도화를 이루었다고, 또는 OECD에 가입하였다고 해서 모두 선진국으로 대접해 주지는 않는다. 기본적으로 그런 요건들을 갖춘 데 더하여 사회제도와 시스템이 성숙되고 원칙과 질서가 존중되는 품격 있는 국가로 자리매김해야 비로소 선진국으로 인정받을 수 있는 것이다. 중국이 대국이기는 해도 결코 선진국으로 평가받지 못하고 있는 이유다. 선진국은 당연히 대외경쟁력이 탄탄할 수밖에 없고 국민의 행복지수는 낮을래야 낮을 수가 없다.

이런 관점에서 보면 아직 우리가 선진국이라 평가받기에는 미흡한 점이 적지 않다. 수도 한복판에서 국보1호가 허망하게 불타 쓰러지는데도 속수무책으로 허둥대고 있는 것이 우리의 부끄러운 민낯이다. 새 정부가 표방하고 있는 선진화는 우리 사회 곳곳에 남아 있는 이런 후진적 요인들을 치유하여 총체적인 국가의 품격을 높여 나가는 과정으로 이해할 수 있을 것이다.

다음으로, 이런 선진화를 '다 함께 열어나가자'고 강조한 점에 주목한다. 이는 단순히 관련 정책을 정부 주도 방식으로 밀어붙이지 않겠다는 뜻만이 아니라 보다 넓은 의미를 함축하고 있다고 본다.

그간 우리 사회의 발전에 걸림돌이 되어 온 소모적인 이념논쟁을 끝내고 실용의 시대를 열어가자는 것이다. 물론 사회현상을 보는 관점은 각자 다를 수 있고, 다양한 의견이 표출될 수 있다. 이는 성숙한 민주사회의 기본요건이며, 지속적인 사회 발전을 위한 동력이기도 하다. 그러나 상대를 인정하지 않고 매사 편을 가르고 적대시하는 이분법적 사고와 행태는 곤란하다.

이명박 대통령 취임식(2008년 2월 25일)

바야흐로 냉혹한 글로벌 경쟁의 시대이다. 우리 내부의 역량을 결집하지 않고서는 국가경쟁력을 기대할 수 없다. 선진화를 다 함께 열어나가자고 한 것은 반목과 갈등을 넘어 사회적 통합의 길로 함께 나아가자는 호소에 다름 아니다.

새 정부는 이미 '디자인 코리아' 프로젝트를 강력히 추진해 나갈 것임을 밝힌 바 있다. 도시를 비롯한 국민의 일상생활 공간에 공공디자인 개념을 접목시켜 국가이미지를 구축하고 고유한 문화정체성을 확립해 나가는 작업이다. 바람직한 방향 설정이다. 내친김에 '디자인 코리아'를 넘어 사회 모든 분야의 소프트웨어까지 성큼 끌어올리는 '업그레이드 코리아'가 이루어지기를 기대해 본다. (2008년 2월 29일)

즐기며 일하기

새 정부가 출범한 이후 많은 것들이 달라지고 있다. 국무회의만 하더라도 개회시각이 아침 여덟 시로 당겨졌을 뿐만 아니라, 일이 있으면 수시로 임시국무회의를 열어 난상토론을 하게 될 것이라 한다. 부처 업무보고도 아침 일곱 시 반에 현장에서 받는다는 방침이다. 요컨대 새 정부의 일처리 행태는 'Early Bird'와 'No Holiday'로 특징지워질 것 같다. 공직자뿐만 아니라 우리 사회 구성원 모두에게 새로운 각오와 분발이 요구되고 있다.

그렇다면 변화된 환경과 늘어나는 업무량에 따르는 스트레스를 극복하고 일의 효율을 높여 나가려면 어떻게 해야 할까? 해답은 간단하다. 즐거운 마음으로 일하는 것이다. '피할 수 없으면 즐겨라!'는 말이 있다. 눈앞에 닥친 일거리를 짜증스럽게 여기면 스트레스가 쌓여 자신의 건강을 해치게 되고, 일의 능률도 오르지 않는다. 당연히 일의 결과물도 충실해질 리가 없다. 민간기업이라면 생산성이 떨어지고, 공공부문이라면 정책이나 행정서비스의 질이 부실해질 수밖에 없다.

《논어》옹야편 제18장에 이런 구절이 있다.

"도(道)를 아는 자, 좋아하는 자만 못하고, 좋아하는 자, 즐거워하는 자만 못하다(知之者 不如好之者, 好之者 不如樂之者)." 부연하자면, 알기만 하고 좋아하지 않는 것은 앎이 지극하지 못한 것이요, 좋아만 하고 즐거워함에 미치지 못한다면 이는 좋아함이 지극하지 못한 때문이라는 것이다. 세상 이치의 끝은 즐거움과 통한다는 쯤으로 해석할 수 있을 법하다.

일전에 LA갤럭시 축구팀이 브랜드 홍보차 방한하여 국내 프로팀과 친선경기를 갖고 돌아갔다. '프리킥의 마술사'라 불리는 데이비드 베컴이 팀과 함께 왔는데, 며칠 동안 국내 언론과 팬들의 관심과 환호는 온통 이 미남 스타에게 몰렸다. 그가 국내 유소년 선수들을 지도하면서 던진 말이 인상적이다.

"다들 좋은 자질을 지녔다. 지금은 축구를 즐기는 게 가장 중요하다."

축구선수의 첫걸음으로 '즐겨야 함'을 강조한 것이다. 기초를 다지는 과정은 단조롭고 지루하다. 매일매일의 훈련도 마지못해 끌려다니듯 하면 성과가 떨어질 수밖에 없다. 베컴의 조언도, 즐기며 연습하다 보면 잠재력이 드러나고 저도 모르게 창의력과 응용력이 몸에 붙는다는 사실을 강조한 것이라고 본다.

물론 일을 하다 보면 늘상 즐거운 마음을 유지한다는 것이 말처럼 쉽지는 않다. 지금까지 몸에 배인 생활 패턴이 바뀌는 데 따르는 고통도 만만치 않을 것이다. 적절한 휴식과 재충전의 시간이 주어져야 사고의 폭이 넓어지고 창의성이 발휘된다는 말도 일리가 있다. 더구나 지금은 불철주야 땀흘려 일하는 것이 능사인 시대가 아니다.

하지만 어쩌랴. 날로 어려워지고 있는 세계 경제 여건 속에서 새 정부에 대한 높은 국민적 기대에 부응하려면 너나없이 각오를 새로이 할 수밖에 없다. 밝은 표정과 즐거운 마음은 전염성이 있다고 하지 않는가. 각자가 맡은 위치에서 늘 즐겁게 일하다 보면 우리 사회 전체가 따뜻한 기운으로 감싸이게 되고, 대한민국도 선진 일류국가에 성큼 다가서게 될 것으로 믿는다. (2008년 3월 10일)

새롭게 열어가는 국토

엄청난 산고(産苦) 끝에 새 정부의 조직 개편이 마무리되어 국토해양부가 국토관리 총괄부처로 자리잡아 힘찬 발걸음을 내디뎠다. 이제 땅과 바다, 그리고 하늘을 아우르는 보다 넓은 시각에서 우리 국토를 활기찬 삶의 터전으로 가꾸어 나가야 할 책무가 주어진 것이다.

21세기 글로벌 경쟁의 파고를 헤치고 선진 일류국가로 도약하려면 우리 국토를 건강하고 경쟁력 있는 공간으로 만들어 나가는 것이 선결 과제임을 생각한다면, 우리에게 주어진 소명은 그만큼 막중하다.

건강한 국토란 무엇을 뜻하는가? 여러 가지로 정의할 수 있겠지만, '환경적으로 지속가능한 발전이 보장되고 재해로부터 자유로운 국토'라고 보면 크게 틀리지 않을 것이다.

오늘날엔 어떤 명분의 개발 프로젝트라 하더라도 환경 측면에서의 철저한 검증 없이는 추진하기 어렵다. 이로 인해 때로는 시급한 국책 과업이 지장을 받기도 하지만, 국토가 우리 당대뿐만 아니라 후손들과 대대로 공유해야 할 생존기반임을 생각한다면 이같은 흐름은 자연스러운 시대적 요구로 받아들일 수밖에 없다. 한순간에 닥치는 재해는 또 국토에 얼마나 치명적인 상처를 안겨 주는가. 수마에 찢겨 나가고 산불로 인해 잿더미로 변해 버린 산하, 그리고 시커먼 기름으로 뒤덮인 바다의 참상을 겪으면서 국토를 건강하게 가꾸고 지키는 것이 얼마나 지중한 과제인지 새삼 깨닫게 된다.

국토를 경쟁력 있는 공간으로 만들어 가는 것도 우리에게 주어진 몫이다. 우리 국토면적은 약 99,000km²(북한까지 합쳐도 222,000km²)에 불과하다. 면적 기준으로만 보면 세계 110위에 해당하는 소국이면서 인구밀도는 472인/km²에 달하는 고밀도 국가다. 좁은 공간을 효율적으로 활용하는 지혜를 짜내지 않을 도리가 없다.

물리적으로 공간의 이용 효율을 높이는 것 못지않게 국토의 외연을 넓혀 나가는 노력도 중요하다. 흔히 우리의 강역을 일컬어 삼천리 강산이라고 말한다. 부산에서 서울까지를 대략 천 리, 서울에서 의주까지를 천 리, 그리고 의주에서 두만강 끝까지를 또 천 리로 보아 종횡으로 삼천리를 우리 영토의 범위로 한정지은 것이다. 그러나 광활한 만주벌판을 누볐던 고구려가 우리의 역사이며, 가깝게는 근세 초까지만 해도 간도 일대가 우리가 실효적으로 지배했던 영역이었음을 상기하면 이런 인식은 온당하지 않다. 평소의 의식이 장래의 행동을 결정지을진대, 우리 강역을 삼천리로 국한하는 이런 표현은 되도록이면 쓰지 않는 것이 좋다.

우리는 또 전국 곳곳이란 의미로 방방곡곡(坊坊曲曲)이라 말한다. 원래 방(坊)은 동네, 즉 '사람 사는 곳'을 뜻하며 곡(曲)은 '산천이나 길의 굽이굽이'로 풀이된다. 어쨌거나 우리가 발딛고 살아가는 '땅'을 전부

로 보는 시각에서 비롯된 말이다. 반면 일본의 경우는 같은 뜻으로 진진포포(津津浦浦)라고 쓴다. 모든 나루와 포구를 말하는 것이니, 늘 눈길을 바다 너머에 두었던 그들의 외향적 의식을 엿볼 수 있는 대목이다. 우리에게 시사하는 바가 크다.

국토는 유한한 공간이지만 우리 안목과 지혜 여하에 따라 얼마든지 넓게 쓸 수 있다. 해외에 산업단지를 조성하거나 농업투자를 통해 생산기반을 마련하는 것은 좋은 대안이 될 수 있다. 양자 또는 다자간 FTA를 적극 추진하여 세계로 경제 영토를 넓혀 나가는 전략도 필요하다. 그 큰 틀을 짜고 하나하나 실행해 나가는 것이 국토해양부에 맡겨진 시대적 과제다. (2008년 3월 17일)

＊ 2008년 2월 이명박 정부가 출범하면서 기존의 건설교통부와 해양수산부가 통합되어 국토해양부로 개편되었다. 그 후 2013년 2월 박근혜 정부 출범에 따른 조직 개편으로 해양수산부가 다시 분리되어 나가고 국토교통부로 개칭되어 오늘에 이르고 있다.

티베트

티베트 유혈시위 사태가 수그러들 기미를 보이지 않고 있다. 사망자 수만 최소한 100여 명에 이른 것으로 보인다. 티베트 정신세계의 발원지인 조캉사원에 피신해 있는 시위 주도자들을 검거하기 위해 중국 당국이 곧 공권력을 투입할 것이라는 전망까지 나오고 있어 라싸 일원에는 일촉즉발의 위기감이 감돌고 있다고 한다. 티베트는 어떤 곳이고, 이번 티베트 사태의 본질은 무엇인가?

티베트인이라면 오늘날 중국이 장족(藏族)이라 부르는 민족을 말하며, 티베트는 중국의 행정구역상 서장자치구(西藏自治區, 면적 122만km²)를 일컫는다. 하지만 원래의 티베트는 청장고원(靑藏高原) 일대의 더 넓은 영역에 걸쳐 있었다. 이들은 예부터 저(底) 또는 강(羌)이라 불리며 유목생활을 해왔지만, 7세기 초에 손챈캄포라는 불세출의 영걸이 나타나 비로소 통일국가를 이룬다. 이후 독자적인 왕조를 유지해 오다가 1253년 원(元)나라 헌종(憲宗)의 무력 침공을 받으면서부터 중국의 영향력 아래 들어가게 된다. 중국은 이를 근거로 티베트를 원대(元代)

이래 중국의 영토였다고 주장하고 있지만, 청대(淸代)를 거쳐 근대에 이르기까지도 티베트는 엄연히 독립정부를 유지해 왔다.

이 평화로운 땅을 1950년 중국이 침공하여 무력으로 복속시키면서 티베트의 비극이 시작되었다. 1959년 대규모 봉기 때는 티베트인 8만 7천여 명이 사망했다. 그 해 티베트의 정신적 지도자 달라이 라마는 인도로 망명하여 다람살라에 티베트 망명정부를 세운다. 뒤이어 문화혁명을 거치면서 6천여 개에 달했던 불교사원 대부분이 파괴되고 무려 36만 명의 승려가 사망하거나 강제 환속되어 티베트 고유의 전통과 사회체제 자체가 붕괴되기에 이르렀다. 최근에는 2006년 청장철도(靑藏鐵道) 개통을 계기로 중국화가 가속화되고 한족의 이주도 계속 늘어나면서 심각한 정체성의 위기를 맞고 있다.

그렇다면 중국이 국제사회의 비난을 무릅쓰면서까지 티베트에 집착하는 것은 무엇 때문일까? 그 근저에는 민족문제가 자리잡고 있다. 중국은 한족(漢族) 이외에 55개 소수민족으로 구성된 다민족국가다. 비록 겉으로 보기엔 공산당 지배하에 일사불란한 사회체제를 유지하고 있지만, 소수민족들의 분리독립 불씨는 언제라도 점화될 여지가 있으며, 이는 중국 당국이 가장 염려하는 아킬레스건이다.

특히 인구 540만 명인 티베트가 떨어져 나갈 경우, 그보다 인구도 많고 한족과는 문화와 전통이 전혀 다른 회족(980만), 위구르족(840만), 몽고족(580만)들도 들썩이게 될 것은 짐작하기 어렵지 않다. 중국 당국이 이들 지역에 끊임없이 한족을 이주시키고 동북공정과 서남공정을 통해 주변 지역의 역사를 통째로 중국사(中國史)에 편입시키려는 무리수를 두고 있는 것도 바로 이 때문이다.

포탈라궁 (티베트 라싸)

　일각에서는 북경올림픽을 앞두고 있는 만큼 중국 정부가 마냥 강경책으로 일관하지는 않을 것이라는 전망을 내놓기도 한다. 하지만 적어도 티베트 문제에 관한 한 중국 정부의 입장은 단호하다. 달라이 라마 측과 대화에 나서 자치권을 다소 강화해 주는 정도의 타협을 모색할 수는 있을지 몰라도, 그 이상을 기대하기는 어렵다.

　국제사회가 제어하기에는 이미 중국은 너무 커버렸다. 시시각각 다가오는 중화의 물결에 맞서 정체성을 지키고 종족을 보전하려는 티베트인들의 절절한 호소는 눈물겹다. 차마고도(茶馬古道)를 오가며 순박한 삶을 살아가던 티베트인들에게 언제쯤 평화와 안식이 찾아들 것인지 안타깝다. (2008년 3월 24일)

대만(臺灣)의 선택

2007년 우리 영화계에서는 〈디워〉가 큰 화제를 불러일으켰다. 심형래 감독이 온갖 어려움을 무릅쓰고 집요하게 파고든 결과, 우리 SF영화의 수준을 한 단계 올려놓으면서 미국 시장에서도 기대 이상의 호평을 받았다. 그 심형래 감독이 지난날 코미디계를 주름잡을 당시의 대표적인 캐릭터가 바보 '영구'였다. 그가 익살스러운 표정으로 "영구 없~다" 하고 너스레를 떨면 모두 박장대소하며 즐거워하였다.

살아가는 무대는 사뭇 다르지만 이웃 대만에도 영구가 있다. 바로 3월 22일 대만 총통선거에서 집권 민진당의 셰창팅(謝長廷) 후보를 누르고 승리한 국민당의 마잉주(馬英九) 당선자다. 선거 막판에 터진 티베트 시위사태가 악재가 되지 않을까 우려했지만, 결과는 압승이었다.

마잉주 당선자는 여러 면에서 이명박 대통령과 닮았다. 수도 타이페이 시장을 역임한 경력도 그렇고, 실용주의를 표방한 정책노선도 유사하다. 그가 공약으로 내건 633플랜은 우리 새 정부가 추진하고 있는 747정책의 복사판으로 보일 정도다. 즉 매년 경제성장률 6%를 달성하고, 2016년까지 1인당 국민소득 3만 불을 넘어서며, 2012년 이후에는 실업율을 3% 이하로 묶는다는 것이다. 이명박 정부가 한동안 다소 불편했던 미국과의 관계 개선에 역점을 두고 있듯이, 마잉주 정부도 민진당 정권 내내 대립각을 세웠던 중국과의 관계 복원에 적극 나설 것임을 공언하고 있다. 대만은 2005년 1인당 국민소득 면에서 한국에 추월당했는데, 지난 수년 동안 세계 경제의 동력인 중국을 제대로 활용하지 못한 것이 그 원인이라고 보고 있기 때문이다.

이같은 사정에 비추어 보면 대만의 신경제정책, 이른바 마잉주 노믹스는 크게 세 갈래로 전개될 것으로 전문가들은 전망하고 있다. 먼저 중국과의 긴밀한 교류를 통해 대만의 첨단기술과 중국의 자본, 노동력을 결합한 상생발전 모델을 모색할 것으로 예상한다. 현지 언론은 심지어 마잉주 정부의 등장으로 54년 만에 제3차 국공합작이 시작되었다고 표현할 정도다.

다음으로 종전의 중소기업 위주의 정책을 일부 수정하여 세계적인 대기업 브랜드를 육성하는 한편, 궁극적으로 대만을 동아시아의 금융·물류 허브로 육성하는 데 역량을 집중할 것으로 전망한다. 이렇게 보면 마잉주 노믹스는 상당부분 우리가 앞으로 추진해 나갈 경제전략과 겹치게 될 것이 분명하다. 지난 8년간 대만이 주춤하고 있는 사이에 대중국 관계에서 반사이익을 누려 온 우리로선 긴장할 수밖에 없는 대목이다. 하지만 지나치게 걱정할 필요는 없다. 산업구조나 경제체질 면에서 대만과 우리는 차이가 크다. 또한 생각하기에 따라 적당한 라이벌은 우리를 끊임없이 분발하도록 만드는 자극제가 될 수도 있다.

대만 사회의 변화를 엿볼 수 있는 사례 한 가지만 덧붙인다. 바로

마잉주 당선자 부부

마잉주 당선자의 부인 저우메이칭(周美靑) 여사에 관한 얘기다. 뉴욕주
립대를 졸업하고 은행 법무팀에서 일하는 커리어우먼인데, 지극히 서
민적인 생활인으로 알려져 있다. 남편의 당선 다음날에도 평소와 다
름없이 청바지 차림으로 집을 나서 버스로 출근하였다 하여 화제가
되었다. 보석과 명품 치장을 즐기고 상품권 뇌물을 받아 구설수에 올
랐던 천수이벤(陳水扁) 총통의 부인 우수전(吳淑珍) 여사와 대비되는 모
습이다. 막 스타트 라인을 떠난 한국과 대만의 두 실용주의 정부가 앞
으로 어떤 행보를 펼쳐나갈지 기대된다. (2008년 3월 31일)

＊ 마잉주 총통은 2012년 재선에 성공하여 2016년까지 대만을 이끌었다. 2016년
  5월 출범한 차이잉원 정권(민진당)은 마잉주 정권과는 달리 대중(對中) 강경
  노선을 취하고 있다.

영남알프스

　한반도의 등뼈인 태백산맥이 남쪽을 향해 힘차게 내려뻗다가 마지막 용틀임을 하며 솟구친 곳, 이름하여 영남알프스다. 최고봉인 가지산(1,240m)을 비롯하여 운문산, 재약산, 영취산, 신불산, 간월산, 고헌산 등 해발 1,000m 이상의 산군(山群)을 지칭하는데, 이름 그대로 알프스에 버금갈 정도의 빼어난 풍광을 지니고 있다.

　산세가 그윽하여 산자락 곳곳에는 통도사, 석남사, 운문사, 표충사 등 이름난 사찰이 고즈넉하게 자리잡고 있다. 사자봉 아래로는 125만 평에 이르는 국내 최대의 억새평원인 사자평이 있고, 굽이굽이 계곡에는 크고 작은 폭포와 소(沼)가 자태를 뽐내고 있어 사시사철 사람들의 발길이 끊이지 않는다.

　그런데 듣자 하니 경남도와 밀양시가 민자를 유치해 이 영남알프스 일대에 대규모 풍력발전단지 건설을 추진하고 있다 한다. 구상중인 사업계획을 보면 주봉인 가지산에서 재약산 사자봉까지 5.7km 구간에 풍력발전기 22기를 건설하고, 여기서 생산된 전력을 언양변전소까지 보내기 위해 따로 송전철탑 수십 기를 세운다는 것이다. 국제유가가 연일 사상 최고가를 경신하고 있고, 화석연료의 과다 사용이 문제가 되고 있는 작금의 현실에서 친환경에너지를 개발·보급하고자 하는 취지를 이해하지 못할 바는 아니다.

그렇다 하더라도 일은 가려서 해야 하고 순리를 따라야 하는 법이다. 낙동정맥의 기가 올올이 뭉쳐 있는 산자락마다 풍력발전기가 우뚝우뚝 서고 능선과 계곡을 따라 송전철탑이 들어선 모습을 상상해 보라. 그것으로 영남알프스는 이름조차 무색해지게 될 것임은 불문가지다. 영남알프스가 갖고 있는 유무형의 가치와 풍력발전을 통해 얻게 될 경제적 이익을 형량해 볼 때 득(得)보다 실(失)이 클 수 있는 만큼 신중하게 판단해야 할 사안이라고 본다.

이참에 금정산 송전철탑에 대해서도 한마디 덧붙인다. 금정산은 부산과 양산시의 경계를 이루고 있는 산으로, 그리 높지는 않지만 어머니의 품처럼 넉넉하고 편안한 산이다. 나무와 물이 풍부하고 화강암의 풍화로 인해 형성된 기암절벽도 곳곳에 산재해 있다. 부산 시민의 절대적인 사랑을 받고 있는 진산이다. 부산을 대표하는 명찰 범어사(梵魚寺)도 품고 있다. 범어사는 금빛 물고기가 구름을 타고 하늘(梵天)에서 내려와 노닐었다는 전설에서 유래한 절이다. 그런데 낙동강변을 따라 기차여행을 하면서 바라보면 금정산 서쪽 사면은 온통 송전철탑으로 뒤덮여 있다. 흉물스럽기 그지없다. 꼭 저렇게밖에 할 수 없었는지, 볼 때마다 울적하다.

산은 원래 모습 그대로일 때가 가장 산답다. 어쩔 수 없이 인위적으로 구조물을 설치하더라도 최소한의 범위에 그치는 것이 도리다.

금정산 송전철탑 ⓒ 두산백과

　서울은 세계의 대도시 가운데서도 경관 면에서 몇 손가락 안에 들 정도로 평가받는다. 운치 있는 한강과 더불어 도시를 포근하게 감싸고 있는 준봉들이 온전히 거기 있기 때문이다. 영남알프스도 지금의 모습을 잃는다면 그만큼 사람들의 발길도 멀어지게 되리라.

　울주와 밀양을 갈라놓고 있던 가지산 밑으로 가지산터널이 새로 뚫려 더 많은 사람이 영남알프스를 찾아 즐길 수 있게 되었다. 그들이 명산의 정취에 취하고 영봉의 기를 흠뻑 받아갈 수 있으려면, 영남알프스를 온전히 보전하는 심모원려(深謀遠慮)가 필요하다. 풍력발전단지 건설 계획은 재고해 주기를 바란다. (2008년 4월 7일)

월광욕

부산 해운대구가 해운대 달맞이길 2.2km를 문탠로드(Moontan Road)
로 지정하였다고 한다. '문탠'이라…. 하기사 따사로운 햇볕으로 마
사지하는 '선탠'이 있는 마당에 달빛 즐기기를 '문탠'이라 이름 붙인
다 하여 이상할 건 없겠다.

아무튼 이 길은 달빛 아래를 걸으면서 건강을 얻고 사색도 할 수 있
는 길로 꾸며질 전망이다. 전체 구간을 5대 테마 거리로 조성하는 한
편, 매달 보름을 전후하여 달빛명상기체조, 달빛음악제, 달빛영화제,
달빛촬영대회 등 다양한 프로그램을 선보일 계획이라 한다. 달빛이
인간의 감성을 회복하고 생리작용 강화에도 도움이 된다는 연구 결과
를 바탕으로 한 구상인데, 밑천 들지 않는 달빛까지도 관광상품으로
개발해 낸 아이디어가 놀랍고 신선하다.

예부터 달은 우리네 정서와 밀접하게 맞닿아 있다. 유교문화권에서
는 희로애락의 감정을 곧이곧대로 드러내는 것을 상스럽게 여겼고,
은인자중을 군자의 덕목으로 평가하였다. 말하자면 밝고 강렬한 태양

보다는 은은하고 부드러운 달빛이 더 어울리는 문화라고나 할까. 숱한 시인묵객들은 즐겨 달을 노래했고, 전원에서 유유자적하게 음풍농월(吟風弄月) 하는 삶을 지족으로 여겼다. 뿐만 아니라 우리 일상생활의 질서 그 자체가 달이 차고 기우는 섭리에 맞추어져 있다고 해도 과언이 아니다. 인간의 시야가 드넓은 우주의 영역까지 확대된 오늘날에도 만물이 24절기에 따라 움직이고 있는 걸 보면 신비로울 따름이다.

달은 또 인간의 정서를 맑게 순화시켜 주는 특효약이다. 아무리 무뚝뚝하고 감성이 메마른 사람일지라도 교교한 달빛을 대하노라면 한없이 순수하고 여린 마음으로 돌아가기 마련이다. 휘영청 밝은 보름달은 보름달대로, 아스라한 그믐달은 또 그것대로 나름의 빛깔과 멋을 지닌 채 우리에게 다가온다. 그래서인지 동서양을 막론하고 정인(情人)들은 늘 달빛 아래서 애틋한 사랑을 속삭였다. 베토벤은 잔잔한 호숫가에 달빛이 내려앉는 느낌을 절묘하게 음악으로 표현해 냈다. 그 유명한 월광소나타다.

물론 그 달도 옛날 같지 않은 지는 오래다. 이미 40년 전에 닐 암스트롱이 달에 발자국을 남긴 이후, 인류는 이미 달을 훌쩍 건너뛰어 더 멀리 우주로의 행보를 이어가고 있다. 그리고 마침내 한국도 그 대열에 동참하기에 이르렀다. 1969년 7월 아폴로 11호가 달에 착륙하는 모습을 흑백 TV로 지켜본 기억이 아스라한데, 바로 엊그제에 자랑스러운 한국인 이소연이 처음으로 우주로 날아오른 것이다. 2008년 4월 8일을 기해 우리 곁에도 우주공간이 성큼 다가온 셈이다.

그렇다면 이제 우리에게 달의 존재는 한낱 과학적 탐구의 대상으로만 남게 될 뿐인가? 아마도 그렇게 되진 않을 듯하다. 꾸준한 우주

탐사 경험이 축적되어 달의 실체에 대해서도 많은 부분이 과학적으로 규명되긴 했지만, 달은 여전히 우리 마음 한켠에 신비로움으로 남아 있다. 탁 트인 들녘에 누워 밤하늘의 별과 달을 바라보노라면 세상 시름을 잊게 되고 누구라도 감상에 젖지 않을 수가 없다. 팍팍한 삶을 살아가는 소시민의 눈에 비친 달에는 오늘도 옥토끼가 계수나무 아래서 방아를 찧고, 월궁 속의 항아가 다소곳이 인사를 건네고 있다. 화창한 봄날 저녁 해운대 달맞이길을 찾아 꽃향기 맡으며 문탠을 즐겨 보는 것도 꽤 괜찮은 호사가 될 듯싶다. (2008년 4월)

해저터널

물과 물 또는 섬 사이의 좁은 바다 길목을 일컬어 해협(海峽)이라 한
다. 길목이 좁은 까닭에 당연히 물살이 빠르고 암초도 많아 위험한 곳
이다. 이 해협을 사이에 두고 있는 양 지역은 지리적으로는 가깝더라
도 대체로 성격이나 문화가 이질적이다.

예컨대 영불해협은 가장 좁은 곳으로 치면 48km 정도에 불과하지
만 오랫동안 유럽 문화와 제도를 영국풍과 대륙풍으로 갈라놓은 경계
선이었다. 유럽과 아프리카를 잇는 지브롤터해협은 문명세계와 야만
의 경계였으며, 보스포러스해협 또한 유럽과 동방을 구분짓는 선이었
다. 멀리 갈 것도 없이 대한해협만 하더라도 고작 50km지만 마주하
고 있는 한·일 양국의 정서적·심리적 거리는 아득히 멀기만 하다.

이처럼 단절의 장이었던 해협이 속속 터널로 이어지고 있다. 지구
촌이 하나로 통합되어 가고 있다는 증좌이기도 하다. 해저터널의 역
사는 1843년까지로 거슬러 올라간다. 폭 200m인 템즈강 아래로 세계
최초의 하저터널이 건설된 것이다. 그로부터 1세기 반이 흐른 1994년

영국의 도버와 프랑스의 칼레를 잇는 길이 50km 유로터널(Euro Tunnel)
이 완성되기에 이른다. 이 터널은 해저 45m 깊이에 건설된 철도 전용
터널로, 직경 7.6m의 쌍굴과 중간에 있는 직경 4.8m의 서비스 터널
로 구성되었다. 이 터널이 건설되면서 초특급 유로스타를 통해 3시간
이면 런던과 파리를 오갈 수 있게 되었다.

세계에서 가장 긴 해저터널은 일본의 세이칸 철도터널이다. 혼슈
북쪽 끝인 아오모리(靑森)와 홋카이도 남단인 하코다테(函館) 사이의 쓰
가루해협을 연결하며, 1964년에 착공하여 1988년에 개통하였다. 해
저 100m 깊이를 통과하는 구간 23km를 포함하여 총연장이 53.85km
에 달한다.

그런데 조만간 세계 최장 해저터널의 기록이 다시 쓰여질 전망이다.

아시아와 북미대륙을 갈라놓고 있는 베링해협을 해저터널로 연결
하는 구상이 가시화되고 있기 때문이다. 이 해협의 가장 좁은 목인 러
시아 쪽 데쥬노프곶과 알래스카의 프린스 오브 웨일즈곶 사이를 연결
한다고 가정할 경우, 터널은 해저구간 85km를 포함하여 총연장이
102km 정도에 이를 것으로 추정된다. 이 프로젝트는 푸틴 대통령이
오랫동안 꿈꿔 왔던 것으로 알려져 있는데, 푸틴이 사실상 재집권에
성공한 터라 실현 가능성이 꽤 높아 보인다.

해저터널 건설 계획은 더 있다. 스페인과 모로코는 지브롤터해협을
통과하여 스페인 남단 타리파와 모로코 탕헤르를 연결하는 총연장
40km의 해저터널을 오는 2025년까지 건설하기로 합의하였다. 중국
정부도 언젠가는 대륙과 대만을 해저터널로 잇겠다는 장기 도로망 구
상을 2005년도에 발표한 바 있다. 한 · 일 간 해저터널 건설 방안도

유로터널

오래전부터 논의되고 있다.

　최근 경기도가 평택과 중국 웨이하이 사이의 바닷길 374km를 해저 터널로 연결하는 계획을 제안하였다. 제주도와 전남도는 공동으로 제주에서 보길도 사이 73km를 해저터널로 연결하는 방안을 내놓았다. 구상이야 얼마든지 할 수 있지만 너무 나갔다는 느낌이 든다. 유로터널조차 최근까지 계속 적자에 허덕였다는 사실은 시사하는 바가 크다.

　해저터널 건설에는 엄청난 비용이 소요되고 환경문제 등 고려해야 할 요소도 많다. 경제성이 있어야 함은 기본이다. 외국과 연결되는 해저터널이라면 안보 상황도, 정치적 득실도 고려해야 한다. 혹시라도 표를 의식하여 남 따라 장에 가는 격이어서는 곤란하다. (2008년 4월)

역사 읽기

　김훈의 소설《남한산성》을 읽었다. 370년 전 이 땅의 신민(臣民)들이 죽지 못해 견뎌 내야 했던 그 혹독한 겨울을 그린 작품이다.

　새로이 대륙의 지배자로 떠오른 청나라 이십만 대군의 침공, 대세를 읽지 못하고 명분에만 집착하다가 황망히 남한산성으로 쫓겨 들어간 조선의 군신(君臣), 아무런 대항 수단도 없는 절망적인 상황에서도 하염없이 되풀이되는 공허한 갑론을박, 애꿎은 민초들이 겪어 내야 했던 고초…. 이 모든 일들이 마치 눈앞에서 벌어지고 있는 장면처럼 생생하게 다가왔다. 김훈 작가 특유의 간결하고도 스피디한 문체가 돋보인다.

　병자호란 내내 청나라와의 관계를 어떻게 개념 지을 것인지를 두고 대립했던 인물이 김상헌과 최명길이다. 척화론의 선봉에 섰던 청음 김상헌은 호란이 끝난 후 심양으로 끌려가면서 처연한 심정을 시로 읊었다. '가노라 삼각산아, 다시 보자 한강수야….'

　학창시절에 공부한 국사 교과서는 대체로 김상헌을 비롯한 삼학사

(三學士)를 충절의 표상으로 평가한 반면, 화친을 주장했던 최명길은 나약하고 사대적인 인물로 기술해 놓았다. 아마도 의(義)를 중시했던 유교적 가치관의 영향이 컸을 것이다.

그런데 과연 그 시대와 인물을 그렇게 바라보는 것이 타당한가? 욱일승천하는 청나라 이십만 대군이 강토를 쑥밭으로 만들면서 시시각각 조여오고 있는데, 군신이 모두 좁은 산성에 갇힌 채 추위와 굶주림에 지친 백성들과 불과 수천의 군사로 무엇을 어떻게 해볼 수 있었겠는가.

처한 현실이 그러했음에도 명나라와의 의리를 지키지 못하고 오랑캐에게 무릎을 꿇을 바엔 차라리 나라가 망하는 게 낫다는 식의 명분론이 득세하였다니 어이가 없다. 무모하고 무책임할 뿐이다. 그보다는 한때의 굴욕을 감수하고서라도 난관을 수습하여 나라와 백성의 안위를 살핀 연후에 후일을 도모하는 것이 진정한 용기가 아닐까. 역사를 제대로 이해하기 위해서는 냉철한 시대 인식이 필요하다는 점을 다시 생각해 보게 된다.

역사 얘기가 나온 김에 한 가지만 더 짚고 넘어가겠다. 요즘 들어 안방극장에서는 사극이 부쩍 인기를 끌고 있다. 〈주몽〉에 이어 〈대조영〉과 〈연개소문〉의 영웅담이 펼쳐지더니, 이번엔 〈대왕세종〉과 〈이산〉이 동시에 방영되고 있다. 성군으로 추앙받는 세종과 조선 후기의 개혁 군주인 정조를 다룬 작품들이다. 바라건대 스토리 전개에 보다 신중을 기해 주었으면 한다. 이 두 분이 우리 역사에서 차지하는 상징성이 지대하고 학생들에게 미칠 교육적 효과도 크기 때문이다.

극적인 흥미를 위해서 얼마간의 상상을 가미하는 건 이해한다 하더

남한산성

라도, 그것이 도를 넘어서는 수준이라면 곤란하다. 대군(大君)이 저잣 거리에서 무뢰배에게 무방비로 봉변을 당하는가 하면, 때로는 홍길동 식의 활극을 펼치기도 한다. 중전이 한밤중에 사복을 입고 궐 밖의 사 가(私家)에 나와 같은 파당의 조정 중신들에게 투쟁 전략(?)을 지시하는 장면은 뒷골목 조폭세계를 보는 듯하다. 일반적인 상식으로는 납득이 가지 않는다.

우리는 역사를 이해하면서 국가관을 형성하게 된다. 그런 만큼 역 사는 사실에 충실해야 한다. 부끄러운 역사도 우리 역사다. 엄격한 고 증은 기본이다. 우리가 일본 역사 교과서 왜곡을 규탄하고, 중국의 허 황된 동북공정을 경계하는 것도 이 때문이다. 어떤 경우라도 객관적 인 사실을 의도적으로 재단하는 것은 옳지 못하다. 하물며 역사를 재 밋거리 삼아 가벼이 다루는 것은 경계해야 마땅하다. (2008년 4월)

지리산(智異山)

4월 중순, 산청에 있는 삼성연수원에서 워크숍을 갖고 이어서 극기훈련을 겸하여 지리산 천왕봉에 올랐다. 며칠째 궂은 날씨가 이어졌던 터라 내심 걱정했는데, 이날은 눈부신 햇살과 훈풍이 우리의 등반길을 열어 주었다. 중산리에 이르는 국도는 깨끗하게 다듬어져 있고 눈앞에 펼쳐진 초록빛 산과 계곡의 풍광은 한 폭의 그림처럼 아름답다. 과연 산청(山淸)이란 지명이 거저 붙여진 게 아니라는 생각이 든다.

지리산(智異山).

'어리석은 사람도 이곳에 머물면 지혜로운 사람으로 달라진다' 하여 이름 붙여졌다는 명산이다. 멀리 백두대간이 흘러왔다 하여 두류산(頭流山)이라 불리기도 하고, 옛 삼신산의 하나인 방장산(方丈山)으로도 알려져 있다.

《사기》에 기록된 삼신산은 봉래산, 영주산, 방장산을 일컫는데, 이 산에 우거진 주옥(珠玉)으로 된 나무 열매를 먹으면 불로불사한다고 알려진 영험한 산이다. 산세가 험준하다기보다는 주봉인 천왕봉(1,915m)

과 노고단, 반야봉 세 봉우리를 중심으로 동서 100여 리에 펼쳐친 거대한 산군(山群)이 주변을 압도하는 형세다.

중턱에 있는 법계사(法界寺)에 이르는 등산로 주위는 온통 산죽(山竹)밭이다. 푸르른 산죽을 보노라니 한국전쟁의 희생양이 되어 지리산 골짜기를 이리 뛰고 저리 타넘으며 모진 생명을 이어갔던 사람들 생각이 난다. 지리산 공비 또는 빨치산이라 불렸던 사람들이다. 소설 《지리산》이나 《남부군》을 보면 이들이 밤이슬을 피하기 위해 늘상 산죽을 엮어 숙영지를 마련했던 것으로 묘사되어 있다. 이들은 허황된 이념을 악착같이 붙들고서 핏발선 눈으로 지리산의 눈밭 속을 헤매고 다녔다. 무엇을 위한 싸움이고 몸부림이었는가. 허망하고 가련할 뿐이다.

그런데, 문득 이들이 왜 하고 많은 산 중에서 지리산을 택했을까 하는 엉뚱한 생각이 들었다. 아마도 지리산이라면 어떤 잘못도, 어떤 다툼도 너그럽게 용서해 줄 수 있다고 생각했던 건 아닐까? 물론 그럴 리는 없다. 지리산이 마치 온 세상의 손가락질을 받는 구제불능 탕아까지도 감싸고 안아주는 어머니 품처럼 그윽하고 넉넉한 모습을 지녔기에 해본 생각이다.

어쨌거나 불과 반세기 전까지 그토록 살벌하게 치고받던 이념 투쟁의 모습은 이제 역사의 무대 뒤로 사라지고 있다. 세계는 낡은 사상이나 이념 대신 저마다 실리를 추구하는 각축장으로 변하고 있다. 언제부터인가 혈맹이니 맹방이니 하는 용어들도 잘 쓰지 않는다. 바야흐로 글로벌 경쟁 시대요, 각국이 실익을 따져 주판알을 굴려보고 합종연횡의 길을 찾아나서는 경제전쟁 시대다.

지리산 철쭉 ⓒ 문화체육관광부

우리뿐만 아니라 대만에도, 동남아와 중남미 각국에도 실용정부가 새로이 둥지를 틀었다. 기나긴 세월 동안 잠자고 있던 아프리카도 자원을 등에 업고 서서히 제 목소리를 내고 있다.

한시절 비극적인 이념 투쟁의 생생한 현장이었던 지리산. 빨치산과 토벌대가 밤낮없이 대치하여 팽팽한 긴장감이 흐르던 이곳도 이젠 건강을 찾고 휴식을 취하려는 실용파들로 넘쳐나고 있다. 더 이상 아픈 상처의 흔적은 찾아볼 수 없다. 삼신산의 영험한 기운이 해묵은 상처를 깨끗이 씻어가 버린 모양이다. 철쭉 만개한 지리산은 눈부시도록 아름답다. (2008년 5월)

성화(聖火)

누가 일러 4월을 잔인한 달이라고 했던가. 티베트인들의 독립과 자
존을 위한 처절한 몸부림, 그리고 이를 용납하지 않으려는 중국의 강
경한 태도로 인해 빚어진 충돌 국면이 좀처럼 해결의 실마리를 찾지
못하고 있다. 국제사회의 압박에도 불구하고 중국은 한발짝도 물러설
기미를 보이지 않고 있다.

이 갈등의 연장선상에서 북경올림픽 성화 해외 봉송이 곳곳에서 차
질을 빚었다. 특히 지난달에 있었던 성화 서울 봉송 행사는 거의 난장
판으로까지 치달아 세계의 뉴스거리가 되고 말았다. 중국 유학생들이
떼로 몰려나와 경찰의 제지에도 아랑곳없이 핏발선 눈으로 마구 행패
를 부렸다. 이웃 나라의 수도 한복판에서 말이다. 이 모습을 지켜보노
라니 얼핏 문화대혁명 당시의 광기(狂氣)가 연상될 정도로 섬뜩하기까
지 했다.

올림픽 성화는 무엇이고, 우리 인류에게 어떤 의미를 던져주는가?

불은 고대로부터 인류에게 특별하고도 신성한 존재였다. 무엇보다

도 불은 밝음(明)을 뜻한다. 인류 역사의 발전은 불의 발견에서부터 비롯되었다고 해도 과언이 아니다. 또한 불은 깨끗함의 상징이다. 불은 만물을 태움으로써 한순간에 유(有)를 무(無)로 변화시킨다. 불교의 다비의식도 육신을 태워서 무로 돌아가는 것이 곧 열반과 통한다고 보는 데서 연유한다. 이처럼 신성시한 불이었으니 고대 그리스 시대 이래로 인류 평화의 제전인 올림픽을 횃불로 밝혀 온 것은 결코 예사로운 일이 아니다.

성화는 깨끗한 경쟁과 우호, 그리고 평화로운 공존을 표방하는 올림픽의 상징이다. 1948년까지는 단순히 '올림픽 불(Olympic fire)'로 불렸지만 1950년 올림픽헌장에서 '성화(Sacred olympic fire)'로 규정되면서 위상이 높아졌다. 이 성화를 봉송하는 의식은 원래 아크로폴리스에 있는 프로메테우스 제단에서 아테네 여신의 제단까지 2.5km 구간을 달렸던 것인데, 1936년 제11회 베를린올림픽 때부터 장거리 릴레이 봉송으로 바뀌어 오늘에 이르고 있다.

성화는 평화와 공존 그리고 화합의 제전인 올림픽을 축하하고, 피부색이나 이념 또는 계급의 구분 없이 모든 세계인이 동참해 줄 것을 염원하면서 달린다. 이 성화 봉송길이 시위와 폭력으로 얼룩진 것은 심히 유감스러운 일이다. 사태가 이 지경에 이른 데는 중국의 책임이 적지 않다. 티베트인들의 절절한 목소리에 귀를 기울여 주지 않고 강경일변도로 치달아 문제를 키운 것이다. '하나의 세계, 하나의 꿈(One World, One Dream)'을 올림픽 슬로건으로 내세운 것이 무색하게 되었다.

중국은 등소평 이래 일관되게 유지해 온 대외전략인 '도광양회(韜光養晦)'를 버리고 앞으로는 '화평굴기(和平崛起)'로 전환할 것임을 천명

성화 채화

하고 있다. 즉 은인자중하면서 내부 역량을 축적해 나가는 단계를 벗어나, 이제 세계 무대에서 평화적으로 우뚝 서겠다는 의지를 밝힌 것이다. 중국이 한껏 높아진 위상에 걸맞게 합당한 대접을 받겠다는 것을 나무랄 생각은 없다. 하지만 이번 성화 봉송 과정에서 보여 준 중국의 태도를 보면 '굴기(崛起)'만 내세울 뿐 '화평(和平)'은 안중에 없는 듯하여 씁쓸하다.

중국이 진정 세계를 이끌어가는 지도적 국가의 반열에 오르려면 그에 상응한 도덕성을 갖추고 국제사회에 대한 책임과 의무를 다해야 한다. 사상 최초로 에베레스트 정상에 올라 성화의 불꽃을 휘날리는 이벤트를 벌이며 분위기를 띄웠음에도 세계 여론의 반응이 시큰둥한 까닭이 무엇인지 중국은 깊이 새겨야 한다. (2008년 5월)

우공(牛公) 수난시대

미국산 소고기 수입을 둘러싼 갈등으로 나라가 온통 어수선하다. MBC 방송 보도가 불러온 파문이다. 국민 건강과 직결되는 먹거리 문제이니만큼 누구나 관심을 갖는 건 당연하다.

하지만 핵심 이슈가 되고 있는 광우병에 관한 부분은 근거없이 부풀려지고 있는 면이 적지 않다. 과학적 근거나 실증적 통계자료에 입각하기보다는 다분히 감정을 앞세운 막연한 우려가 빠르게 확산되어 걷잡을 수 없게 되어 버린 형국이다. 오랜 세월 우리 곁을 지키며 애환을 함께해 온 소인데, 어쩌다가 하루아침에 이렇게 애물단지 신세가 되어 버렸는지 안쓰럽기만 하다.

소가 어떤 동물인가. 농경사회에서 소는 우리네 삶과 떼려야 뗄 수 없는 가족 구성원이었다 해도 과언이 아니다. 평생 묵묵히 논밭을 갈고 수레를 끌며 일을 거들다가 마침내는 그 육신까지 바쳐 우리 밥상을 풍요롭게 하는 것으로 생을 마감한다. 예부터 소는 농가의 가장 중요한 자산으로서 부와 풍요, 그리고 힘을 상징하였으며 인내와 근면의 대명사이기도 했다. 소는 순박하고 근면하며, 우직하면서도 성실하다. 소에게서는 긴장감이나 성급함을 찾아볼 수 없다. 소의 정서는 여유와 평화에 닿아 있다. 사람으로 치자면 작은 일에 일희일비하지 않는 너그러운 대인(大人)의 풍모와 유유자적하는 은자(隱者)의 이미지다.

소는 12간지 중 두 번째인 축(丑)에 해당하는 동물인데, 이렇게 된데에는 재미있는 얘기가 전해진다. 옥황상제가 동물들을 불러모으면서 선착순으로 순서를 정하기로 했는데, 쥐란 녀석이 내내 소 잔등에 올라타고 가다가 골인 직전에 뛰어내려 일등을 차지했다는 것이다. 소의 너그러우면서도 우직한 면을 보여 주는 대목이다.

성정이 이렇다 보니 본래 소는 잘 다투지 않는다. 영남지방을 중심으로 성행해 온 소싸움이란 것도 실은 사람들이 멍석을 깔아놓고 억지로 싸움을 붙이는 놀이판일 뿐이다. 게다가 소는 싸우더라도 뒤끝이 깨끗하다. 상대가 머리를 돌리고 꽁무니를 빼면 그것으로 그만이다. 도망가는 상대를 뒤쫓아가 치명타를 가한다든지 넘어진 상대를 눌러 짓밟는 따위의 치사한 행위는 하지 않는다.

절에 가면 흔히 대웅전 벽면을 빙 둘러 소를 그려놓은 벽화를 볼 수 있다. 소를 찾아서 고삐를 채우고 길들이며 결국에는 사람과 소가 일체가 되는 과정을 단계별로 표현한 '십우도(十牛圖)'다. 이때의 소는 사람이 갖고 있는 불성(佛性)을 상징한다. 말하자면 불교 수행의 본질을 소를 찾아 길들이는 것에 비유한 셈인데, 소를 찾는다는 뜻의 심우(尋牛), 소를 놓아 버린다는 방우(放牛), 소를 길들인다는 목우(牧牛) 등도 모두 같은 맥락에서 나온 용어들이다. 또 전통적으로 풍수에서는 소가 비스듬히 누워 있는 형상인 산세를 와우혈(臥牛穴)이라 하여 명당으

십우도

로 친다. 그 어디에도 소를 부정적으로 보는 인식은 찾아볼 수 없다. 그럼에도 요즘 소가 이토록 논란거리가 되고 있으니 딱한 노릇이다.

'호시우보(虎視牛步)'라는 말이 있다. 호랑이가 먹이를 노리듯이 사물을 날카롭게 보되, 행동은 소처럼 진중하게 하라는 말이다. 작금의 소고기 파동을 보면서 이 말을 새삼 떠올리게 된다. 무턱대고 분위기에 휩쓸려 부화뇌동할 일이 아니다. 무엇이 사태의 본질인지, 또 어떻게 대응하는 것이 슬기로운 길인지 냉철하게 판단한 연후에 의연하게 행동하는 성숙된 자세가 절실한 때다. (2008년 5월)

대지진

2008년 5월 12일 14시 28분, 대륙 깊숙한 곳에서 거대한 땅울림이 있었다. 곧이어 삽시간에 모든 것이 무너져 내렸다. 말 그대로 경천동지(驚天動地), 그리고 망연자실. 지금 중국 대륙이 울부짖고 있다. 언론이 전하는 현장의 실상은 참혹하기만 하다.

진앙지인 원촨(汶川)은 마을 전체가 폭격을 맞은 듯 폐허로 변해 버렸고, 사천성과 산서성, 감숙성, 운남성 일원에 걸친 피해지역 일대는 그야말로 아비규환이다. 무너진 더미에 깔려 애타게 구원을 기다리는 가냘픈 손, 싸늘한 주검으로 드러난 자식을 부여안고 오열하는 어머니, 시커먼 흙먼지를 뒤집어쓴 채 부모를 찾아 헤매는 아이, 부모형제의 생사를 수소문하다 지쳐 주저앉은 가족….

시시때때로 내보이는 자연의 힘 앞에서 인간이 쌓아올린 문명이란 것이 얼마나 보잘것없는 것인지를 극명하게 보여 준다.

중국 당국의 발표에 의하면 지진 발생 일주일째인 5월 19일 현재 확인된 사망자 수가 3만 명 이상이라고 한다. 진도 7.8로 기록된 이번

지진은 강도 면에서 당산대지진(1976년, 진도 7.8)이나 일본의 관동대지진(1923년, 진도 7.9)과 비슷한 수준이다. 이 두 지진의 사망자 수가 각각 24만 명, 14만 명이었던 점에 비추어 보면 희생자 수는 앞으로도 훨씬 더 불어날 것으로 추정된다. 더욱이 여진(餘震)이 연이어 나타나고 있는데다 전염병 우려까지 겹쳐 상황은 매우 심각해 보인다.

사천성(四川省)이 어떤 곳인가. 그 이름에서 짐작할 수 있듯이 사천성은 장강(長江)을 비롯한 네 개의 큰 강이 흐르고 고산준봉이 병풍처럼 에워싸고 있는 거대한 분지다. 옛사람들이 하늘이 내린 곳간이라 하여 천부지국(天府之國)이라고 일컬었을 만큼 물산이 풍부하고 천혜의 자연자원을 품고 있는 곳이다. 시선(詩仙) 이백(李白)이 여기서 태어났고, 시성(詩聖) 두보(杜甫)는 이곳의 풍취에 반하여 장강변에 초당을 짓고 여생을 보냈다. 사천성은 또한 산세가 험하여 접근하기 어려운 지역으로도 정평이 나 있다. 이백은 사천성에 이르는 길의 험준함을 이렇게 시로 읊었다.

危乎高哉!
蜀道之難 難於上靑天
아찔하게 높고도 험하구나
촉으로 가는 길 험난하여 하늘로 오르는 것보다 어렵도다

제갈량이 유비에게 천하삼분지계(天下三分之計)를 제시하면서 촉(蜀)땅을 근거지로 삼을 것을 건의한 배경도 여기에 있다. 위(魏)·오(吳)나라에 비해 세력이 약했던 유비로서는 험준한 지세에 기댈 수밖에 없다고

보았기 때문이다. 말하자면 천혜의 피난지이자 은신처인 셈이다. 중국의 십승지지(十勝之地)를 논한다면 당연히 첫손에 꼽힐 사천성이 자연재해로 아수라장이 되고 말았으니, 아이러니가 아닐 수 없다.

　이번 지진은 유라시아 지각판에 속한 티베트 고원이 동쪽으로 이동하면서 사천성 용문산(龍門山) 단층을 건드린 것이 원인이라고 전문가들은 추정했다. 결국 티베트가 요동친 셈인데, 일부 네티즌들은 이를 두고 티베트인들의 독립·자치 요구를 유혈 진압한 중국에 대한 부처님의 분노로 해석하기도 한다. 하지만 설마 그러랴. 아무러면 부처님이 죄없는 중생들을 애꿎게 희생시킬 리는 만무하지 않은가. 옷깃을 여미며 삼가 이번 재난으로 희생된 사람들의 명복을 빈다. 아울러 함께 마음 아파하며 따뜻한 구호의 손길을 보내 준 지구촌 이웃들에게도 경의를 표한다. (2008년 5월)

눈높이 맞추기

사업 현장의 애로를 듣기도 하고 직접 눈으로 확인해야 할 일도 많은 까닭에 현장 구석구석으로 자주 발품을 팔며 다닌다. 더구나 도로를 건설하고 유지 관리하는 것이 일이어서 자연히 교통표지판을 유심히 들여다보게 되는데, 그때마다 영 개운치 않다. 표지판마다 친절하게 병기(倂記)해 놓은 영문 안내 표기 때문이다. 표지판에 영문을 함께 표기하는 것은 외국인의 이해와 판단을 돕기 위한 것일진대, 과연 현재의 영문 표기방식이 수요자인 외국인의 눈높이에 맞춘 것인지 생각해 보지 않을 수 없다.

단적인 예를 들어보자. '잠실대교'를 Jamsildaegyo(Br)로 표기해 놓았는데, 아무래도 어색하다. 괄호 속에 Br이 있으니 그 실체가 교량인 줄은 짐작하겠지만, 외국인의 눈에는 괄호 앞의 영문 전체가 고유명사로 인식되지 않겠는가. 하지만 엄밀히 말하면 이 경우의 고유명사는 '잠실'로 보는 게 타당하다. 그렇다면 Jamsil Bridge 또는 줄여서 Jamsil Br.로 표기하는 것이 이치에 맞다. 굳이 대교(大橋)를 강조하려면 Jamsil Grand Bridge로 해도 무방하겠다. 외국인에게는 아무런 의미도 전달되지 않는 –daegyo를 길게 늘여 붙이고 괄호 속에 Br을 따로 덧붙이는 수고를 왜 하고 있는지 이해하기 어렵다.

이런 예도 있다. '용인서부경찰서'를 안내하면서 영문으로는 Yongin Seobu Police St.으로 병기해 놓고 있다. 이것은 더 어색하다. 우선 외국인이 Seobu를 '서부'로 제대로 발음해 줄지 의문이다. 더구나 이 경우의 '서부'는 방위를 나타내는 말에 불과하다. 그렇다면 당연히 West Yongin Police St.으로 표기해 주는 것이 외국인에 대한 길 안내의 취지에 맞다. 그곳을 처음 찾아온 외국인이라 할지라도 '아하, 용인시의 서쪽 지역을 관할하는 경찰서가 근처에 있구나' 하고 짐작은 할 수 있지 않겠는가.

현재 도로표지판의 영문 안내 표기는 '도로표지 제작 · 설치 및 관리지침'에 따르고 있는데, 이 지침에서는 '외국인이 이해하기 쉽도록 합리적이고 논리적으로 표기해야 한다'는 원칙을 제시하고 있다. 영문 표기 서비스의 대상이 외국인임을 분명히 하고 있는 것이다. 이 지침에 따라 현행 도로표지판이 과거에 비해 깔끔하게 정비된 것은 사실이다. 하지만 공감하기 어려운 부분도 적지 않다. 표지판을 이용하는 외국인 수요자의 눈높이에 맞추어 고칠 것은 고쳐 나가는 노력이 필요하다고 본다.

조금 다른 얘기지만, 중국 지명을 한글로 표기하는 방식도 재고의 여지가 있다. 우리 언론에서는 중국 관련 뉴스를 보도하면서 중국의 지명이나 고유명사를 현지 발음 그대로 옮겨 적고 있다. 웬만큼 중국어를 아는 사람에게도 얼른 눈에 들어오지 않는다.

일례로 최근 대통령이 방중기간 중에 북경올림픽 주경기장을 둘러 보았는데, 당시 관련기사를 보면 '궈자티위창'을 방문하였다고 되어 있다. 대체 한국인 중 몇 퍼센트가 이걸 제대로 이해할 수 있을까? '궈자티위창'은 '國家體育場'을 중국어 발음 그대로 옮긴 것이다. 또 북경의 관문 공항은 '서우두 공항'으로 표기하고 있는데, 이를 '수도 (首都) 공항'으로 표기하면 훨씬 쉽게 이해될 것이다.

현지 발음대로 표기하는 것이 글로벌 시대에 부합된다는 논리에 따른 것이라고 짐작되지만, 한자문화가 생활화되어 있는 우리 현실과는 맞지 않는다. 군이 현지 발음을 내세운다면 최소한 괄호 속에 한자를 병기해 주는 것이 옳다. 매일매일 신문을 읽는 수요자가 누구인가?

(2008년 6월)

광장문화, 마당문화

미국산 소고기 수입을 둘러싸고 촉발된 촛불집회가 좀처럼 수그러들 기미를 보이지 않고 있다. 사태가 장기화되면서 집회 참가자들의 면면이 조금씩 바뀌고 주장하는 내용도 이것저것 뒤섞이면서 순수성을 잃어가는 양상을 보이고 있어 더 걱정스럽다. 이 과정에서 서울시민 모두가 공유해야 할 시청앞 광장은 밤마다 촛불과 시위 행렬에 자리를 내어주고 있는 형국이다.

지난 6월 3일이 새 정부 출범 100일째였으니 정상적이라면 시청앞 광장은 화려한 축하 공연 무대가 되었을 것이다. 그 시청앞 광장이 축하 무대는커녕 갈등과 대립의 접점이 되고 있으니 참으로 안타까운 일이다.

원래 서구의 광장은 도시 중심축에 자리하여 물자와 정보가 교류되는 소통의 장이었으며, 도시 역사와 문화가 축적되는 상징적인 공간이었다. 유럽 각국을 다녀보면 꼭 대도시뿐만 아니라 시골의 작은 도시나 마을에도 어김없이 앙증맞은 광장이 터를 잡고 있는 모습을 볼 수 있다. 규모가 크든 작든 시민들이 광장에 대해 갖고 있는 애착과 프라이드는 대단하다. 런던의 트라팔가광장이나 마드리드의 마요르 광장, 또 로마의 트레비분수광장이 넓어서 유명한 게 아니다. 서구에서 광장은 곧 도시의 역사이고 개성이다. 이에 비하면 동양권에서는 광장이 흔치도 않았거니와 그 기능이나 효용 자체가 서구와는 사뭇 다르다. 시민들의 곁에 녹아 있는 공간이 아니라 체제나 국력 과시용으로 조성된 경우가 많다. 북경의 천안문광장은 남북 길이가 880m, 동서 폭은 500m에 달하여 100만 명을 수용할 수 있다고 자랑한다. 하지만 실상을 보면 휑뎅그레하니 크기만 할 뿐, 시민이 편하게 접근하여 여유 있는 시간을 보낼 수 있는 곳이 아니다.

우리의 옛 여의도광장도 마찬가지다. 말이 광장이지 1.3km 길이에 폭 300m의 넓은 아스팔트 포장도로에 불과하였다. 일 년에 몇 차례 국가행사나 퍼레이드가 벌어졌을 뿐, 애당초 시민을 위한 휴식처가 아니었고 도시 문화공간과도 거리가 한참 멀었다.

우리의 경우에는 마을 마당이 오히려 서구의 광장에 가깝다. 요즘 엔 보기 드물어졌지만 옛날 시골에는 대개 마을 사람들이 함께 사용하는 널찍한 공터인 마을 마당이 있었다. 타작마당이라고도 했다. 여기서 곡식을 말리기도 하고 타작도 했다. 대보름 달집놀이나 풍물놀이의 무대였고 연날리기, 줄다리기, 씨름 등 세시풍속을 즐긴 곳이기도 했다. 북청 사자놀이나 고성 오광대, 통영 오광대 등 마당놀이도 여기서 연유한다. 주민친화적인 공간이라는 점에서 서구의 광장과 다를 바 없다.

우리 선조들은 공간을 비워 놓고 필요에 따라 다양하게 쓰는 지혜

런던 트라팔가광장

가 탁월했다. 대청마루가 그렇고 온돌방이 그렇다. 대청마루는 손님을 맞는 객청인 동시에 주부들이 다듬이질이나 바느질을 하는 작업장이며 아이들의 놀이공간이기도 했다. 서구의 주택은 침실이 있고 거실과 식당도 따로따로 구분되어 있다. 반면에 우리 온돌방은 밥상을 놓으면 식당이요, 서탁을 펼치면 서재가 되고, 바둑판이나 찻잔을 차려놓으면 거실이 된다. 차곡차곡 개어 두었던 이부자리를 펼치기만 하면 또 침실이 되니 얼마나 효율적인 공간 활용인가.

이런 지혜를 되살린다면 우리의 도시 광장도 문화예술의 향기가 넘치는 아름다운 공간으로 가꾸지 못할 이유가 없다. 그러기 위해서라도 우선 몸살을 앓고 있는 시청앞 광장을 제자리로 돌려놓자.

(2008년 6월)

촛불

당나라 헌종 때의 문인이자 사상가로 한유(韓愈)라는 사람이 있다. 당나라 산문학의 종장(宗匠)으로 추앙받고 당송팔대가의 반열에 오른 인물이다.

그에 관해서는 유명한 일화가 있다. 어느 날 서당 훈장이 학동들의 지혜를 가늠해 보기 위해 문제를 하나 내었는데, "각자 가장 적은 돈으로 한 가지 물건을 사서 서당 안을 가득 채워 보라"는 것이었다. 학동들이 며칠 동안 저마다 머리를 짜낸 끝에 이런저런 물건들을 들고 왔으나 훈장의 마음에는 들지 않았다. 그런데 가만히 지켜보던 소년 한유가 슬며시 품 안에서 초 한 자루를 꺼내 불을 붙여 방을 밝혔고, 그제서야 훈장은 무릎을 치며 그의 총명함을 칭찬했다는 것이다.

비단 이 얘기가 아니더라도 촛불이라면 자연스레 '어둠을 밝히는' 효용이 먼저 떠오른다. 이때 밝힌다는 것은 암흑을 걷어내는 빛일 수도 있고, 무지나 허구를 바로잡는 진리일 수도 있다. 제사를 지낼 때 꼭 촛불을 켜놓는 것도 조상신이 강림하는 길목을 밝혀서 제대로 찾아

오시게 하려는 뜻을 담은 절차일 것이다. 대학을 일컬어 진리의 횃불이라고 표현하는 것도 같은 이치다.

세상이 발전하면서 장식용 외에는 실생활에서 거의 쓰임새가 없어진 초가 요즘 들어 특별한 용도로 각광을 받고 있다. 새로운 시위문화의 형태로 떠오르고 있는 촛불집회가 그것이다. 돌이켜보면 과거 언로(言路)가 막혀 있던 시절의 집회와 시위는 참으로 격렬했었다. 쇠파이프와 각목, 그리고 화염병이 난무하고 거리는 최루탄 연기로 자욱하기 마련이었다.

그랬던 집회문화가 사뭇 달라졌다. 손에손에 촛불을 들고 진중하게 집단의사를 표명하는 방식으로 바뀌고 있는 것이다. 집회에 촛불을 들고 나오는 것은 어떤 의미일까? 촛불은 속성 자체가 은은하다. 또한 쉽게 꺼질 수 있으니 만큼 조심스럽게 다루어야 한다. 애초부터 과격 시위나 격렬한 다툼과는 어울리지 않는 물건이다. 그렇다면 촛불집회는 '집단 의사를 표시하되 과격하지 않고 질서있게 진행하겠다'는 전제를 깔고 있다고 봐야 할 것이다. 평화로운 촛불집회는 민주화된 우리 사회의 새로운 문화코드로 자리잡을 공산이 크다.

그런데 미국산 소고기 수입을 둘러싸고 촉발된 최근의 촛불집회가 시간이 지날수록 애초의 순수성을 잃고 다분히 정치색을 띠어 가고 있는 듯하여 염려스럽다. 시위가 점점 과격해지고 진압하는 경찰과 충돌하는 양상이 벌어지고 있는 것도 안타깝다. 언제부턴가 도심 곳곳에 컨테이너 차단벽까지 등장했다. 누구의 잘잘못을 따지기 전에 구국의 영웅인 충무공 동상이 칙칙한 컨테이너 더미에 포위되어 있는 듯한 모습은 차마 보기에 민망스럽다.

촛불집회 참가자들에게 부탁하고 싶다. 이번의 연속 집회를 통해 다수의 국민이 무엇을 아쉬워하고 있는지, 어떤 변화를 바라고 있는지는 이미 충분히 표출했다고 본다. 정부도 문제가 심각하다는 점을 인식하고 최선을 다해 국민들이 납득할 만한 조치를 취하겠다고 나선 만큼 이젠 일상으로 돌아가 차분히 진행 경과를 지켜보기로 하자.

40일 넘게 촛불집회가 이어지면서 우리는 이미 적지 않은 대가를 치르고 있다. 대외신인도 하락, 경제활력 저하, 시민 일상생활의 불편, 나아가 계층 간·이념 간 갈등의 골에 이르기까지…. 이 모든 후유증을 치유하는 것은 결국 우리 모두가 감당해 내야 할 부담이 아닌가.

(2008년 6월)

대체에너지

금년 초만 하더라도 곧 유가(油價) 100불 시대가 도래할 것이라는 예측을 두고도 긴가민가했는데, 벌써 유가는 배럴당 140불에 육박하고 있다. 연말 안으로 170불선까지 치솟을 수도 있다는 아찔한 전망도 나오고 있다.

70년대 오일쇼크에 비견되는 이 충격파로 인해 지금 세계 경제가 요동치고 있다. 더구나 석유 한 방울 나지 않으면서 통상(通商)으로 먹고사는 우리에겐 그 충격이 이만저만이 아니다. 당장 화물연대와 건설기계노조 파업으로 이미 엄청난 사회경제적 손실을 보고 있다. 물가관리에도 비상이 걸렸다.

문제는 유가가 우리 스스로 통제할 수 없는 외생변수라는 점인데, 그렇다고 손놓고 있을 수는 없는 노릇이다. 먼저 일상생활 전반에 걸쳐 에너지를 절약하는 지혜를 짜내고 실행하는 노력이 필요하다. 우리나라는 매년 8억 배럴의 원유를 수입하고 있다. 세계 7위의 원유 소비국이기도 하다. 산업구조 자체가 원유를 많이 쓸 수밖에 없긴 하지만, 우리 경제력에 비추어볼 때 원유 소비가 과도하다는 것은 분명하다. 이는 국민의식의 문제이기도 하다.

다음으로 새로운 시장을 찾아서 자원을 선점하는 치밀한 전략이 필요하다. 지난번 국무총리가 중앙아시아 지역을 순방하면서 자원외교를 펼친 것도 그런 노력의 일환이다. 이와 함께 대체에너지원을 적극 개발하여 원천적으로 석유 의존도를 낮춰 나가야 한다.

대체에너지 개발을 비롯하여 친환경경제로의 전환이 시급하다는 점에 대해서는 미국 지구정책연구소의 레스터 브라운(Lester R. Brown) 소장의 주장을 경청할 필요가 있다. 이 시대 세계 환경정책의 대부로 불리는 그는 화석연료에 의존하는 현재의 세계 경제 체제를 플랜A로 지칭하면서, 하루빨리 신재생에너지를 기반으로 하는 플랜B로 바꾸어 가야 한다고 강조한다. 즉 풍력, 조력, 태양열 등 고갈되지 않는 자원을 써서 에너지 효율성을 높이자는 것이다.

덴마크는 이미 전체 발전량 중 20%를 풍력발전으로 충당하고 있다. 독일도 풍력발전 의존도가 7%를 넘고 있다. 중국은 내몽고와 신강자치구의 황량한 벌판에 사시사철 불어대는 바람을 이용하여 엄청난 풍력발전을 생산해 내고 있다. 아이슬란드는 일찍부터 지열에 주목하여 난방 수요의 90%를 지열로 해결하고 있다. 전통적인 석유 수출국인 알제리도 대규모 태양열 발전 프로젝트를 추진하고 있다. 불모지인 뜨거운 사막을 에너지원으로 활용하려는 것이다.

우리나라에서도 최근 들어 태양광이나 풍력발전 등 대체에너지에 대한 관심이 높아지고 있다. 삼면이 바다인 우리는 해양에너지도 훌륭한 대안이 될 수 있다. 이미 시화호에는 총 25만kw의 발전용량을

시화호 조력발전소

가진 조력발전소가 건설되고 있다. 조석 간만의 차가 큰 우리 서해안은 세계적으로도 손꼽을 만한 조력발전 여건을 갖추고 있다. 울돌목의 빠른 조류를 이용한 조류발전소 프로젝트도 진행 중이다. 좁은 수로가 얽혀 있는 우리 서남해안은 조류발전의 적지이기도 하다.

물론 당장 화석연료를 신재생에너지로 다 바꿀 수는 없다. 당분간 신재생에너지는 보조 역할에 머물 수밖에 없다. 하지만 시간이 걸리더라도 화석연료의 비중을 줄이고 그 몫을 원전이나 신재생에너지로 대체하는 방향으로 나아가야 한다. 자연에 순응하는 청정에너지 개발에 더 많은 관심과 투자가 필요한 시점이다. (2008년 6월)

울릉도

섬은 외롭다. 뭍에서 떨어져 있다는 사실 자체로 그렇다. 망망대해에 떠 있는 섬은 그래서 애잔한 감상을 불러일으킨다. 주위에 비슷한 섬들이 무리지어 있으면 그나마 좀 낫겠지만 이웃조차 없이 홀로 선 섬은 더욱 보기에 애처롭다. 거친 동해바다 한가운데 오롯이 떠 있는 울릉도가 그런 곳이다. 면적 72.56km² 화산섬으로서, 예부터 도둑, 공해, 뱀이 없고 향나무, 바람, 미인, 물, 돌이 많다 하여 3無5多의 섬으로 불린다.

울릉도는 포항에서 바닷길로 217km, 시속 47노트짜리 쾌속선을 타고서도 꼬박 세 시간을 달려야 가닿을 수 있는 곳이다. 울릉도의 정취는 독특하다. 제주도와도 사뭇 다르다. 두 곳 다 신생대 제3~4기 사이에 형성된 화산섬이지만 울릉도는 두 번의 화산 폭발이 연속으로 일어나서 생긴 이중화산의 특징을 갖고 있다. 섬을 통틀어 유일한 평지인 나리분지와 그 속의 알봉이 이를 잘 나타내 준다. 제주도가 방패를 엎어놓은 형태로서 완만하게 바다로 이어진 반면, 울릉도는 종상

화산(鐘狀火山)으로서 급경사이며 해안도 대부분 절벽이다. 지질은 전반적으로 밀도가 높고 단단한 조면암과 안산암으로 형성되어 있다. 식생도 다양하여 650여 종의 다양한 식물이 자란다.

이같이 천혜의 조건을 갖춘 울릉도이지만 어지간히 큰맘 먹지 않고서는 막상 찾아가기가 쉽지 않다. 우선 육지로부터의 접근성이 취약하다. 교통편은 포항과 묵호에서 울릉도를 오가는 하루 1~2편의 여객선이 전부다. 헬기장이 있지만 비상 수송수단으로만 활용되고 있다.

섬 내부의 교통 여건도 개선이 시급한 실정이다. 우선 울릉도의 관문인 도동항부터가 너무 비좁고 접안시설도 노후해서 여객 처리에 어려움을 겪고 있다. 도로 사정은 더 심각하다. 해안을 끼고 일주도로(지방도 926호)가 나 있긴 하지만 노폭이 좁고 굴곡이 심한데다가 포장 상태도 변변찮다. 더욱이 전체 44.2km 중 섬 동북단인 섬목에서 내수전까지의 4.4km 구간이 아직 개설되지 않은 상태로 남아 있어 일주도로의 기능을 전혀 발휘하지 못하고 있다. 60년대 초 일주도로 공사를 시작했음에도 아직 이런 수준에 머물러 있으니, 그동안 우리가 울릉도에 대해 얼마나 무심했었는지 자책하지 않을 수 없다.

최근 들어 울릉도의 이같은 어려움을 해소하기 위한 노력이 여러모로 강구되고 있어 그나마 다행이다. 무엇보다도 지방도 926호선을 국가지원지방도(國家支援地方道)로 지정하는 방안이 긍정적으로 검토되고 있다. 이 방안이 성사되면 대폭적인 국비 지원을 받게 되므로 미개설 구간 4.4km의 연결은 물론이고 기존 도로상태 개선에도 숨통이 트일 것으로 기대된다. 사동 쪽에서는 5천 톤급 여객선이 접안할 수 있는 새 항구 건설공사가 진행 중이다. 아직은 구상 단계이긴 하지만

울릉도 일주도로

섬 남단인 가두봉 인근에 소형 비행장을 건설하는 방안도 공감대를
넓혀 가고 있다.

  울릉도는 그 자체가 훌륭한 관광자원일 뿐만 아니라 전략적으로도
매우 중요한 곳이다. 우리 땅 독도를 확고히 지켜나가기 위한 보루와
다름없다. 그럼에도 늘 울릉도를 떠올리면 마치 혼자서 젖먹이 동생
을 보살펴야 하는 소년가장 같은 처지가 연상된다. 울릉도가 없다면
독도는 얼마나 더 외롭겠는가. 늦었지만 지금부터라도 국가차원에서
울릉도에 보다 적극적인 관심과 지원을 보내 주는 것이 도리라고 생
각한다. (2008년 7월)

* 다행히 울릉도 일주도로는 미개통 상태로 남아 있던 4.4km 구간의 난공사를
  모두 끝내고 2019년 3월 29일 전 구간을 개통하였다. 착공일로부터 무려
  55년이 걸렸다.

명품 다리

현대인의 삶은 길과 따로 떼어서 생각하기 어렵다. 길은 가장 기본적인 소통의 매개수단이기 때문이다. 하지만 그 길을 만들고 관리하는 대가가 갈수록 커지고 있는 것이 고민이다.

경부고속도로를 만들 당시만 하더라도 km당 건설 비용이 1억 원 정도에 불과했는데, 오늘날은 국도의 경우 150~200억 원, 고속도로는 km당 평균 300억 원 이상의 비용이 소요되는 실정이다. 사정이 이렇다 보니 현장에서는 자연히 설계 단계에서부터 최대한 예산을 적게 쓰는 쪽으로 의사결정을 하게 되고, 시설물의 미관에 대한 고려는 뒷전으로 밀리기 일쑤다.

다리(교량)의 경우를 보자. 국토 대부분이 산악지형인데다 크고 작은 하천이 많은 우리나라의 경우는 도로상에 교량이 많을 수밖에 없다. 그런데 고속도로나 국도를 달리다 보면 그 수많은 다리들이 거의 천편일률적으로 밋밋한 일자(一字) 형태로 되어 있음을 알 수 있다. 독특한 개성미나 미관은 찾아볼 길이 없다. 왜 그럴까? 토목기술이 딸린다거나 미감(美感)이 부족해서가 아니다. 기획 설계 단계에서부터 늘 예산을 염두에 두지 않을 수 없는 것이 우리 현실이기 때문이다. 예산 당국은 언제나 총소요사업비를 빠듯한 수준에서 정해 놓고 그 범위 내에서 사업을 추진할 것을 종용하고, 현장에서는 이에 맞추어 어떻게든 공기 내에 공사를 마무리하기에 급급하다. 이런 현실에서 개성 있는 다리, 아름다운 다리를 기대하는 것은 그야말로 연목구어(緣木求魚)인 셈이다.

눈을 밖으로 돌려보자. 유럽 곳곳에 남아 있는 로마시대의 석조 아치교들을 보면 기술적인 정교함도 놀랍거니와 하나같이 주변 경관과 절묘하게 어우러져 있어 감탄하지 않을 수가 없다. 로마인들은 수많은 수도교(水道橋)를 건설했는데, 그중에서도 스페인 세고비아의 수도교는 아치형 구조물의 압권이라 할 만하다. 오늘날에도 세계 곳곳에서는 다양한 자재와 첨단공법으로 건설된 다리들이 저마다 독특한 조형미를 뽐내며 보는 이의 눈길을 사로잡고 있다. 우리가 잘 알고 있는 몇몇 사례만 살펴보자.

먼저 런던의 타워 브리지. 빅토리아 시대인 1894년에 만들어진 이 다리는 중후한 고딕 양식의 주탑이 인상적이다. 우리 옛 영도다리와 같이 템즈강을 지나는 선박들에 길을 내주느라 지금도 가끔씩 다리를 들어올린다고 한다. '낡은 옷걸이'라는 애칭을 갖고 있는 시드니의 하버 브리지는 단순한 싱글 아치형이지만 깔끔한 외관을 자랑하면서 시드니항의 상징으로 자리잡고 있다. 샌프란시스코의 랜드마크격인 금문교는 대표적인 장대현수교로서, 미국 토목학회에서도 7대 불가사의의 하나로 꼽고 있는 걸작이다. 일본이 자랑하는 아카시 대교는

하버 브리지

고베와 아와지섬을 연결하는 거대한 현수교로, 주경간이 1,990m에 이른다. 홍콩 첵랍콕공항의 관문인 청마대교(靑馬大橋) 역시 해상에 세워진 현수교인데 전망대에서 바라보는 야경이 일품이다.

　우리라고 이런 멋진 다리를 가지지 못할 이유가 없다. 마음먹기 나름이다. 도로를 달리면서 예쁘고 개성미 넘치는 다리를 만나는 것은 커다란 즐거움이다. 그 즐거움의 가치로 말하자면 건설 비용이 다소 늘어나는 데 따르는 부담을 상쇄하고도 남는다. 최근 건설교통부가 발표한 '한국의 아름다운 길 100선'에도 멋진 교량구간이 많이 포함되어 있다. 예산당국이 이 점을 전향적으로 배려해 주기를 간절히 바란다. (2008년 7월)

신음하는 성류굴

찜통더위에 시달리다 보면 시원한 바닷바람이 그리워지게 마련이다. 특히 탁 트인 동해바다를 만나면 세상 시름을 잊게 된다. 문제는 동해바다까지 이르는 교통이 불편하다는 점인데, 이를 해결하기 위해 동해안을 종주하는 국도7호선 확장공사가 한창 진행 중이다. 아직 2차선 병목구간으로 남아 있는 영덕~울진 구간이 확장 개통되면 부산에서 포항, 울진, 강릉으로 이어지는 동해안의 명소들을 둘러보기가 한결 수월해지게 된다.

막바지 공정을 점검하기 위해 울진 현장을 들렀다가 돌아오는 길에 인근의 성류굴(聖留窟)을 찾았다. 아주 오래전 난생처음으로 구경했던 종유동굴이 바로 성류굴이었기에 감회가 새로웠다. 하지만 오호 애재라! 오늘의 성류굴은 마치 세월의 상처를 안은 채 버림받은 퇴기(退妓)마냥 볼품없는 모습으로 신음하고 있었다.

경북 울진군 근남면에 위치한 성류굴은 우리나라에서 가장 유서깊은 동굴의 하나다. 고려말 학자 이곡(李穀)이 쓴 《관동유기(關東遊記)》에도 언급되어 있는 걸 보면 일찌감치 그 존재가 알려졌던 것 같다. 임진왜란 때 굴 앞에 있던 절의 불상을 굴 안으로 피난시켰는데, 이때부터 '聖佛이 留한 굴'이라는 뜻으로 성류굴이라 부르게 되었다고 한다. 선유산 절벽에 자리잡고 있어 선유굴이라고도 하는데, 주굴의 길이가 472m, 전체 길이는 약 800m에 달하는 석회동굴이다. 특히 동굴 앞을 감싸고 흐르는 왕피천의 물길 일부가 동굴 안으로 이어져 있다. 다른 종유동굴에서는 찾아볼 수 없는 독특한 구조다. 이 소중한 자연 자원이 형편없이 망가져 가고 있으니 참으로 안타깝다.

먼저 주차장에서 매표소에 이르는 길가의 너저분한 광경이 몹시 거슬린다. 각종 기념품 가게와 음식점들이 좁은 길목을 가로막고 있어, 동굴을 찾는 사람들은 시끌벅적한 호객 소리에 시달리며 가게 탁자 사이를 비집고 다녀야 할 판이다. 모처럼의 여유와 호젓한 분위기는 초장부터 망가져 버린다.

동굴 안으로 들어가면 사정은 더 기가 막힌다. 무엇보다도 성류굴을 세상에 알린 석순과 종유석들이 제대로 남아 있는 게 없다. 온통 허리께가 싹둑싹둑 잘려나간 채 애처로운 상처를 드러내고 있다. 억겁의 세월이 빚어놓은 그 신비로운 작품을 훼손하고 도려내 가는 이들의 심사는 대체 어떻게 생겨먹은 것인가. 사태가 이 지경이 되도록 행정당국은 도대체 뭘 하고 있었는지 이해할 수 없다. 상태로 보아서는 오랫동안 조직적으로 훼손이 진행되었음이 분명한데, 당국이 뒷짐을 지고 있지 않고서야 어찌 이런 참담한 일이 벌어진단 말인가.

석순과 석주를 적셔 주는 물기도 쪼그라들고 바닥의 웅덩이들도 수량이 많이 줄어든 듯 보였다. 종유동굴의 원천이 물이라는 점을 생각

성류굴 ⓒ 울진군청

하면 걱정스러운 일이다. 관람 통로를 온통 철제 바닥으로 깔아놓은 것도 문제다. 시끄럽기도 하거니와 미세한 진동이 오랫동안 지속되면 동굴에 좋은 영향을 줄 리가 없다. 고무 쿠션이라도 깔아놓으면 좀 나을 텐데, 도무지 성의있게 관리하고 있는 흔적을 찾아볼 수가 없다. 하기사 어찌 이것을 당국의 탓으로만 돌리랴. 양식(良識)의 실종을 보고도 무덤덤해져 버린 우리 모두 책임에서 자유로울 수 없다.

  국민소득 3만 불이나 세계 10위의 경제력을 운위하기에 앞서 이런 부끄러운 모습부터 치유하는 것이 우선이다. 그렇지 않고서는 결코 세계 무대에서 제대로 대접받을 수가 없다. 신음하고 있는 성류굴을 대할 면목이 없다. (2008년 7월)

독도

일본이 기어이 넘지 말아야 할 선을 넘어서고 말았다. 어렵사리 회복한 한·일 간 우호관계를 뿌리째 흔들어 놓을 뇌관을 결국 건드려 버린 것이다. 사태의 전말은 이렇다. 일본 정부는 7월 14일《중학교 사회과목 새 학습지도요령 해설서》를 공표했다. 여기에 종전에는 없던 독도 영유권 관련 내용을 해괴하게 꼬아서 삽입해 넣은 것이다. 우리 정부의 강력한 경고에도 불구하고 이를 밀어붙인 일본 정부의 처사에 지금 온 대한민국이 들끓고 있다.

이번 일은 국가의 자존과 정체성이 걸린 문제다. 더구나 앞으로 한·일 관계를 이끌어 갈 일본의 미래 세대를 오도(誤導)하는 단초가 된다는 점에서 결코 묵과할 수 없다. 독도는 역사적으로나 지리적으로나 국제법적인 기준으로나 분명한 대한민국의 영토다. 이에 관해서는 그동안 숱한 연구 결과와 실증적 자료들이 이미 나와 있다. 일본 스스로도 근대에 이르기까지 독도가 한국땅임을 인정해 온 사료는 무수히 널려 있다. 저들이 금과옥조처럼 내세우고 있는 근거래야 겨우 1905년에 공표한 시마네현 고시(告示)에 불과하다. 조선의 자주권을 침탈해 놓고서 생떼를 쓰기 시작한 것이다. 이는 역사적 진실을 외면하는 것일 뿐 아니라 인류의 평화와 공동 번영이라는 보편적 가치를 부정하는 억지에 다름 아니다.

일본은 이 땅에서 36년간 식민지배를 자행하였다. 그 후유증은 우리 사회 곳곳에 악령처럼 스며들어 아픔을 주고 있다. 그럼에도 우리는 그 상처조차 보듬어 안고서 함께 새로운 미래를 열어가자고 손을 내밀고 있는데, 그에 대한 회답이 고작 이런 것인가? 독일이 과거의 잘못을 뉘우치면서 끊임없이 인류 평화에 공헌하는 길을 찾아가고 있는 것과는 너무나 대조적인 행태다. 제국주의의 흔적을 지우지 못한 채 묵은 상처를 덧나게 하고 있으니 이는 이웃에 대한 도리가 아니다.

분란을 일으킨 방식은 더욱 문제다. 저들의 소위 '학습지도요령'이란 것은 교사들이 학생을 가르치는 지침으로서, 각료회의 의결을 거쳐 확정되는 만큼 법적 구속력이 있고 교사들은 반드시 이 지침에 따라 수업을 진행해야 한다. '학습지도요령 해설서' 또한 실질적으로 교사들을 기속하는 보조자료다. 결국 이번 조치는 이제 막 자의식을 형성해 가는 어린 학생들에게 국가가 주도하여 그릇된 역사를 주입시키는 세뇌교육에 나서겠다는 셈이다.

우리 정부는 즉각 단호한 대응을 표명하고 나섰다. 강력한 항의를 표하고 주일대사를 귀국시키는 한편, 독도에 대한 실효적 지배를 강화하는 조치들을 취해 나가기로 했다. 당연한 일이다. 그동안 독도 문제에 관한 한 이른바 '조용한 외교' 전략을 기조로 해왔지만, 상황이 헝클어진 만큼 이에 상응한 대처가 필요한 시점이다. 이번 일을 유야무

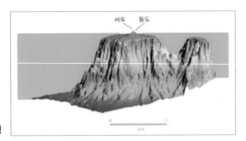

독도 해저지형

야 넘긴다면 일본은 점점 더 노골적인 행태를 보일 것이기 때문이다.

동해바다를 지키며 늠름하게 솟아 있는 독도, 언제 보아도 아름답다. 우리 눈에는 동도와 서도의 두 봉우리만 보이지만 해면 아래로는 거대한 해산대(海山帶)가 펼쳐져 있다. 그곳엔 천연가스보다 더 질 좋은 하이드레이트라는 광물이 무진장 묻혀 있는 것으로 추정된다. 대한민국 자존의 보루이자 자원의 보고인 독도, 결코 잃을 수 없는, 잃어서도 안 되는 우리 땅이다. (2008년 7월)

북경올림픽, 그 명과 암

북경올림픽이 코앞으로 다가왔다. 중국 전역은 이미 올림픽 열기로 달아오르고 있다. 세계적인 영화감독 장예모(張藝謀)가 총연출을 맡고 있는 개막식 행사가 어떤 볼거리를 선사할지도 초미의 관심사다. 특히 성화가 어떻게 점화될 것인지에 대해 소문이 무성한데, 중국인의 정서에 비추어볼 때 용(龍) 아니면 봉(鳳)이 등장할 가능성이 높아 보인다.

중국인은 전통적으로 그들이 용손(龍孫)이라는 믿음을 갖고 있다. 얼마 전엔 세계 205개국의 국기를 이어붙여 '올림픽 용(龍)'을 만들고, 이를 만리장성에서 펼쳐보여 화제가 되기도 했다. 올림픽 주경기장의 외관이 새둥지 형상인 점으로 미루어, 봉황과 관련된 점화 방식이 될 것이라는 추측도 나오고 있다. 어쨌거나 중국은 이번 올림픽을 계기로 명실공히 세계 무대의 주역으로 올라서기 위해 절치부심하고 있다.

올림픽은 이미 체육인들만의 행사 차원을 넘어 전 세계인이 동참하는, 말 그대로 지구촌 축제가 되고 있다. 개최국은 올림픽 기간 중의 특수(特需)는 물론이고 경제 전반에 걸쳐 활기가 오랫동안 지속되는 효과를 누리게 된다. 뿐만 아니라 각종 제도와 인프라가 정비되고 국민 의식이 성숙되며, 국가브랜드가 높아지는 부수적인 효과를 기대할 수 있다. 한마디로 국가와 국민이 한 단계 업그레이드되는 것이다.

중국도 이를 잘 알기에 몇 년 전부터 각고의 노력을 기울여 왔다. 지난 3~4년 간 중국 전역이 온통 공사판이었다고 해도 과언이 아니다. 물론 중국 경제가 고성장을 지속하고 있는 데 따른 현상이지만, 올림픽 준비를 염두에 둔 정부의 정책적 지원도 크게 한몫 한 것도 사실이다. 그 결과 하드웨어적인 면에서는 괄목할 만한 성과를 거둔 것으로 보인다. 그럼에도 어쩐지 뭔가 부족하다는 느낌을 지울 수가 없다.

우선 티베트 사태를 둘러싸고 전 세계와 대립각을 세움으로써 국가 이미지가 적잖이 실추되었다. 지나친 민족주의의 발로는 성화 봉송 과정에서도 곳곳에서 마찰을 빚는 결과를 초래했다. 서울 구간 봉송 행사는 격렬한 폭력사태로 얼룩져 버렸다. 프랑스는 한때 올림픽 불참을 심각하게 검토하기까지 했다. 올림픽 안전을 내세워 비자발급 심사를 지나치게 강화한 탓에 관광객 수도 평년 수준을 크게 밑돌아 여행업계와 호텔업계가 울상이다. 한편 물가가 크게 올라 중국 관광 메리트가 줄어들어 올림픽 특수는커녕 올림픽 한파(寒波)라는 말까지 나올 지경이라 한다. 식품 검역기준이나 사회질서범에 대한 단속과 처벌도 크게 강화되어 여러 부작용을 낳고 있다는 소식이다. 한마디로 국민의 일상생활은 올림픽으로 인해 훨씬 더 팍팍해졌다는 얘기다.

이같은 현상을 바라보면서 선진사회라는 것이 하루아침에 거저 얻을 수 있는 게 아니구나 하는 생각을 하게 된다. 오랫동안 꾸준히 축적한 역량을 바탕으로 하여 제도와 문화가 정비되고 그것을 사회 전체가

북경올림픽 개막식 ⓒ 시선뉴스

무리없이 소화하고 받아들일 수 있을 때 비로소 선진사회가 열리는
것이 아닐까. 마치 물이 자연스럽게 땅에 스며들 듯 말이다.

　이 말은 결코 올림픽을 준비하는 중국의 노력과 정성을 폄하하자는
것이 아니다. 올림픽을 치르면서 중국이 모든 면에서 면모를 일신하
기를 진심으로 바란다. 그것이 이웃에 있는 우리에게도 좋은 일이다.
북경올림픽, 이 축제마당이 '하나의 세계, 하나의 꿈(One World, One
Dream)'이라는 슬로건에 걸맞게 인류 평화와 공존의 길로 향하는 디
딤돌이 될 수 있을지 지켜보자. (2008년 7월 28일)

＊ 관심을 모았던 북경올림픽 성화 점화는 최종 성화주자였던 체조스타 리닝이
　　허공을 가르며 날아올라 성화대에 불을 붙이는 극적인 장면을 연출했다.

자전거의 부활

사상 유례없는 고유가 시대를 맞아 에너지 절약이 사회적 화두가 되고 있다. 정부는 에너지 절약에 대한 공감대를 확산하기 위해 승용차 홀짝제 운행, 엘리베이터 운행 제한, 실내온도 27도 유지 등 공공부문 에너지 절약대책을 수립하고 7월 15일부터 시행에 들어갔다.

아닌 게 아니라 요즘 주유소에서 기름을 넣어 보면 5만 원 정도로는 눈금의 반도 채워지지 않는다. 기름값이 장난이 아닌 것이다. 사정이 이렇다 보니 많은 사람들이 자연스럽게 경차나 자전거 쪽으로 눈길을 돌리고 있다. 특히 건강 증진에도 도움이 되는 자전거가 새롭게 부각되고 있다.

정부도 자전거 이용을 적극 권장한다는 방침을 정하고, 제도적인 지원방안 마련에 나섰다. 그동안 자전거를 도로교통법상 차(車)로 분류하여 자동차에 준하는 규제를 적용해 온 것이 적절치 않다고 보고, 법령 개정을 통해 이를 시정하기로 한 점이 특히 눈에 띈다.

사실 많은 사람들이 잘 모르고 있지만, 자전거도 도로상에서 끼어

들기 금지, 안전운전 의무 등 자동차와 동일한 규제를 적용받는다. 자전거를 타고 가다가 교통사고를 내게 되면 운전면허 소지자에게는 벌점이 부과되고, 횡단보도에서 사고를 내면 교통사고처리특례법상 중과실에 해당하여 처벌을 받는다. 앞으로는 이같은 무리한 법 적용이 합리적으로 개선될 전망이다.

요는 제도도 제도려니와 우리의 도시 사정이 애시당초 자전거 친화적으로 되어 있지 않다는 점이 문제다. 현재 전국적으로 자전거도로는 약 9,000km인 것으로 집계되고 있다. 얼핏 보면 양적인 면에서는 상당한 듯하지만 실제로 일반인은 자전거도로가 그만큼 많이 있는지를 체감하지 못하고 있다. 아마도 강변 고수부지나 공원, 녹지 등에 설치된 레저용 자전거도로를 제외하면 그 수치가 훨씬 떨어질 것이기 때문이다.

사실 제대로 복장을 갖춰 입고 힘차게 페달을 밟으며 출근하는 사람들을 보면 마냥 부럽고 나도 그 대열에 동참하고 싶다. 하지만 막상 실천에 옮기기는 쉽지 않다. 자전거도로가 턱없이 부족할 뿐더러 시내 곳곳에 장애요소들이 너무 많이 도사리고 있기 때문이다. 지금 같은 도로 사정에서 자녀들에게 자전거 통학을 시켜놓고 마음 졸이지 않을 부모가 얼마나 있을지 모르겠다. 사정이 이런지라 경남 창원시가 진작부터 '자전거도시'를 선언하고 자전거 이용을 적극 권장하고 나선 것은 신선해 보인다. 지금부터라도 새로이 조성되는 신도시는 물론이고 기존 도시들도 도시재정비 과정에서 이 문제를 좀 더 심도 있게 검토하여 개선해 주었으면 좋겠다.

전 지구적으로 환경문제와 신재생에너지에 대한 관심은 갈수록 높아

창원시 공영 자전거 '누비자'

지고 있다. 탄소배출권을 거래하는 시장규모도 급속도로 성장하고 있다. 우리나라가 온실가스 의무감축 대상국가에 포함되는 것은 시간문제다. 사정은 그렇지만 우리 경제는 원천적으로 수출에 의존할 수밖에 없는 구조인 만큼 산업부문에서 온실가스를 감축하는 것은 한계가 있다. 그렇다면 답은 분명하다. 생활부문에서의 노력으로 이를 극복해 나가야 한다.

자전거 이용을 활성화하는 것이 좋은 마중물이 되기를 기대한다. 비싼 돈 주고 답답한 헬스클럽 안에서 억지로 땀을 뺄 것이 아니라, 탁 트인 공간에서 자전거를 타고 바람을 가르는 건각의 대열에 동참하는 것이 더 낫지 않겠는가. 건강을 지키면서 살림도 절약하는 일석이조의 길이니 말이다. (2008년 8월 4일)

신지애가 대견한 이유

2008년 8월 4일 새벽에 끝난 LPGA 브리티시 오픈에서 한국의 기대주 신지애가 마침내 큰 산을 넘었다. 단독 2위로 마지막 라운드에 들어갔지만 18홀 내내 침착하게 경기를 운영한 끝에 경쟁자들을 여유있게 따돌리고 우승컵을 들어올린 것이다. 이미 KLPGA 무대를 평정하여 '지존'으로 불려온 데다가 LPGA에서마저, 그것도 메이저대회에서 당당히 우승함으로써 명실공히 세계 여자 골프계의 새로운 강자로 우뚝 서게 되었다.

1988년 4월생이니까 이제 갓 스무 살을 넘긴 앳된 소녀인 신지애, 과연 어떤 점이 그녀를 이렇게 강하게 만든 것일까?

새벽까지 흥미진진하게 중계를 지켜본 내 눈에 무엇보다 뚜렷하게 각인된 것은 그녀의 퍼팅 솜씨였다. 특히 2m 내외의 짧은 퍼팅은 어김없이 홀 뒷면을 때리며 집어넣는 그 배짱에는 혀를 내두르지 않을 수 없었다. 지켜보는 사람들이 오히려 조마조마할 정도인데 정작 본인은 대수롭지 않은 표정이다. 그만큼 자기확신이 있다는 얘기다. 동그스

름한 얼굴에 선한 눈빛을 가진 작은 소녀의 어디에서 그런 강한 자신감이 뿜어져 나오는지 놀라울 따름이다.

신지애는 성장과정에서 많은 아픔을 겪은 선수다. 5년 전 교통사고로 어머니를 잃었고, 그 후로는 단칸방에서 두 동생을 돌보며 힘겹게 운동을 해왔다고 한다. 아마도 일찍 찾아온 이런 시련이 어린 소녀를 차돌처럼 단단하게 성숙시켰지 않았나 싶다. 보이지 않는 어머니의 눈길도 그녀에게 큰 힘이 되고 있을 것이다.

같은 조에서 경기했던 일본의 '후도 유리'는 이같은 자기확신 면에서 신지애와 확연히 대비된다. 1타 앞선 단독 선두였던 후도 유리는 경기 내내 힘없이 끌려가는 모습이었고, 눈빛이나 자세에서 도통 자신감이라고는 찾아볼 수가 없었다. 처음부터 승부는 기울었던 셈이다.

또 하나 신지애가 가진 남다른 무기를 꼽으라면 그건 바로 긍정적인 마인드다. 그녀는 늘 천진한 웃음을 잃지 않는다. 심지어 티샷 OB를 내고서도, 평범한 어프로치샷에서 뒷땅을 쳐도 낙담하지 않고 싱긋 웃어넘길 뿐이다. 그래서 얻은 별명이 미소천사다. 이것은 억지로 되는 게 아닌, 남다른 자산이다. 현재 LPGA 최강자로 평가받는 로레나 오초아(Lorena Ochoa)조차 종종 자신의 플레이를 자책하며 흥분하는 걸 보더라도 신지애의 마인드 컨트롤이 얼마나 뛰어난지 짐작할 수 있다.

신지애는 어려운 가운데서도 늘 불우한 이웃들을 돕는 선행을 계속해 온 선수로도 잘 알려져 있다. 그녀가 미소천사로 불리는 또 다른 이유이기도 한데, 이 역시 아무나 할 수 있는 일이 아니다.

신지애는 자그마한 체구의 선수다. 미셸 위(Michelle Wie)처럼 큰 키에

서 뿜어져 나오는 폭발적인 장타를 가진 것도 아니고 플레이 자체가 화려하지도 않다. 유복한 환경이 아니었으니 당연히 미국 물을 먹을 기회도 없었다. 그야말로 토종 선수다. 어느 것 하나 내세울 게 없는 불리한 여건이었기에 그녀가 일궈 낸 성과가 더욱 값져 보인다.

신지애 스토리는 우리에게 많은 것을 생각하게 해 준다. 주어진 환경을 원망하고, 일이 잘못되면 남의 탓으로 돌리고, 작은 실패에도 좌절하고 심지어 삶을 팽개치기까지 하는 세태에 희망의 불씨를 던져준다. 그래서 그녀가 더욱 대견하고 기특하다. (2008년 8월 11일)

* 신지애는 2015년 이후에는 주로 일본투어에서 뛰고 있다. 장타보다는 정교한 샷이 뛰어난 신지애로서는 일본 무대가 더 낫다고 판단했을 것이다. 실제로 그녀는 현재 JLPGA 최강자로 군림하고 있다.

콘크리트 문명

20세기를 대표하는 물질문명이라면 어떤 것들을 들 수 있을까?

여러 가지가 있겠지만 아마 콘크리트도 그중의 하나에 포함될 듯
싶다. 오늘날 토목이나 건축 현장을 불문하고 콘크리트 없는 공사는
상상하기 어렵다. 레미콘 공급이 끊기거나 믹서트럭 기사들이 파업이
라도 할라치면 전국의 공사 현장이 올스톱될 정도다.

콘크리트는 시멘트가 물과 반응하여 굳어지는 수화반응(水和反應)을
이용하여 골재를 시멘트풀로 둘러싸서 다진 것이다. 인류 문명사를
들춰 보면 콘크리트의 역사는 아득한 옛날로부터 시작된다. 이미 기
원전 2000년경 크레타섬에서 태동된 미노아 문명 시절에도 석회 모
르타르가 사용되었고, 로마인들은 더 나아가 입자가 고운 화산회에
석회석을 섞어서 만든 모르타르를 사용한 것으로 알려져 있다.

오늘날과 같은 형태의 콘크리트가 등장한 것은 19세기 초에 포틀랜
드 시멘트(Portland cement)가 발명되고서부터인데, 이후 19세기 중엽에
철근콘크리트의 개념이 도입되면서 인장강도가 크게 개선된다. 이어

서 1926년 미국에서 믹서트럭이 개발된 것을 계기로 시간과 거리의 한계를 극복하여 현재에 이르고 있다. 우리나라의 경우는 일제 강점기에 콘크리트를 처음으로 접하게 되었고, 50년대 전후(戰後) 복구공사와 60년대 경제개발 시대를 거치면서 산업현장을 중심으로 콘크리트가 널리 쓰이게 되었다.

콘크리트는 인류의 삶을 개선하게 해준 물질임에 틀림없지만 그 속성에 따른 취약 요소를 안고 있고, 부작용도 만만치 않다. 무엇보다도 콘크리트는 원래 비균질, 비탄성적이라는 한계가 있어 제조공정에 얼마나 세심한 주의를 기울이느냐에 따라 품질이 크게 좌우된다. 공사현장에서 늘 콘크리트의 제조와 타설 과정을 꼼꼼하게 점검해야 하는 것도 이 때문이다. 또 콘크리트는 암석처럼 인장강도에 비해 압축강도가 매우 크고 연성(延性)이 없어 인장응력에 균열이 발생하기 쉽다. 따라서 외부 충격을 받을 경우 자칫 대형사고로 이어질 여지가 크다. 예컨대 지진이 발생하면 어김없이 콘크리트 건물이나 도로, 교량 등의 균열과 붕괴가 뒤따르게 되어 2차 피해가 커진다.

환경에 미치는 영향을 어떻게 줄여 나갈 것인가 하는 것도 쉽지 않은 과제다. 예컨대 아파트를 비롯한 콘크리트 건물은 건조과정에서 포름알데히드 등 각종 유해가스가 발생하는 문제점을 안고 있다. 신축 아파트 입주민들이 한동안 새집증후군에 시달리게 되는 건 이 때문이다. 시멘트를 가공하는 과정에서 발생하는 6가크롬도 발암물질로 알려져 있다.

또 다른 문제가 있다. 콘크리트 구조물의 수명은 길게 잡아도 100년 정도에 불과하다. 19세기 말을 기준으로 보더라도 초기 구조물들은

콘크리트 타설작업

이미 내구연한을 넘기고 있다는 얘기다. 그렇다면 앞으로 콘크리트 폐기물이 계속 쏟아져 나오게 될 것인데, 이를 어떻게 처리할 것인지도 고민거리다.

콘크리트는 우리 생활에 풍요와 편리를 안겨 주는 동시에 잘 다루지 않으면 커다란 해악을 끼칠 수도 있는 양면성을 지닌 존재다. 이미 우리 주변 곳곳에서 탈콘크리트 문명을 추구하는 흐름이 감지되고 있다. 콘크리트로 뒤덮인 회색 도시를 벗어나고픈 욕구가 현대인의 마음 한켠을 차지하고 있다. 문밖을 나서면 바로 숲과 늪지, 냇물과 계곡을 만나고 개펄 내음을 느낄 수 있도록 도시를 다시 가꾸는 것이 새로운 트렌드로 떠오르고 있다. 귀거래사(歸去來辭)의 21세기 버전인 셈이다. (2008년 8월 18일)

누가 그들을 울리는가?

2008년 여름을 뜨겁게 달군 북경올림픽도 막바지에 접어들고 있다. 자랑스러운 대한 건아들이 연일 전해 오는 승전보는 무더위를 식혀 주는 최고의 청량제가 아닐 수 없다. 내리 호쾌한 한판승을 거두며 금맥 사냥에 시동을 건 최민호, 마린보이 박태환, 최강의 면모를 다시 보여 준 남녀 양궁팀, 역도의 사재혁과 장미란, '우생순'의 감동을 이어가고 있는 여자 핸드볼팀, 배드민턴 코트를 주름잡은 이효정과 이용대…. 그들이 있어 우리는 행복하다. 세계 강자들과 당당히 겨뤄 정상에 선 우리 젊은이들이 마냥 대견하고 사랑스럽다.

하지만 옥의 티라고나 할까. 우리 선수들의 선전에 가슴 졸이고 환호하면서도 마음 한켠에 아릿한 아픔이 스며들 때가 있다. 그들이 흘리는 눈물 때문이다. 최민호는 결승에서 상대를 후리치고서 시상식 내내 연신 눈물을 닦았다. 개인전 금메달을 놓친 여자 양궁 선수들은 마치 커다란 죄라도 지은 듯 풀이 죽어 울먹였다. 국민적 성원과 기대가 정작 그들에게는 엄청난 압박이었을 것이다. 유도의 왕기춘과 김재범도 사력을 다해 값진 메달을 따고서도 눈물을 훔쳤다. 외국 선수들이 동메달 하나만 목에 걸어도 환하게 웃으며 기뻐하는 것과는 확연하게 다른 모습이다.

아마도 금메달을 딴 선수는 그동안 숱하게 흘렸던 땀과 혹독한 단련의 시간들이 주마등처럼 스치며 감정이 북받쳐 올랐을 것이다. 또한 금메달을 놓친 선수들은 진한 아쉬움을 가눌 길이 없었으리라. 하지만 그런 감정이야 외국 선수들도 마찬가지일 텐데, 왜 유독 우리 선수들의 눈물이 이토록 짠해 보이는가.

각 방송사들이 앞다퉈 중계하고 있는 올림픽 특집방송을 보노라면 끄트머리에 꼭 국가별 메달 순위를 내놓는데, 이것부터가 문제다. 엄밀히 보면 '메달 순위'가 아니라 '금메달 순위'다. 이 기준으로 친다면 동메달은 아무리 많아도 은메달 하나보다 못하고, 은메달은 아무리 많아도 금메달 하나보다 못하다.

사정이 이러니 선수들이 금메달에 울고 웃지 않을 수가 없다. 지켜보는 국민들도 금메달 아니면 어쩐지 시큰둥한 반응이다. 서구 언론들은 대개 총메달 수를 발표하고 있는데, 유독 동양권 국가들만 금메달 수를 따진다. 그런데 실상 IOC는 국가별 순위라는 것을 공식적으로 인정하고 있지 않다. 올림픽의 기본 정신이 세계 평화와 국가 간 우의에 있다고 보기에 순위 경쟁에 큰 의미를 두지 않는 것이다.

우리는 왜 이토록 유별나게 금메달에 집착하는가. 혹시 우리 사회에 만연해 있는, 1등이 아니면 제대로 대접받지 못하는 풍조 때문은 아닐까. 꼭 금메달이 아니더라도, 아니 메달을 따지 못하더라도 선수들이 쏟아부은 열정과 땀방울은 다 소중하고 가치가 있다. 할 수 있다는 의지 하나만으로 외로이 카누경기에 출전한 이순자, 비록 꼴찌였어도 결승선을 통과한 그녀의 얼굴엔 희열이 가득하다. 근육 경련에도 불구하고 초인적인 투혼을 보여 준 이배영, 그는 스포츠맨으로서 끝까지 최선을 다하고자 했다. 그리고 결과를 담담하게 받아들이고 환하게 웃어 주었다.

　얼마나 멋진가. 비인기종목의 설움을 딛고 사력을 다해 뛰어 준 하키 선수들도 자랑스럽다. 불모지나 다름 없는 국내 하키 여건을 생각하면 정말 놀라운 성과가 아닐 수 없다. 스포츠는 감동이다. 도전하는 그 자체만으로도 아름답다. 메달을 따고 못 따고는 그 다음이다. 선수들이여, 고개 숙이지 말게. 그대들 모두는 영웅이라네.

(2008년 8월 25일)

부산 교통 이모저모

부산은 높은 산을 등지고 바다에 면해 있는 전형적인 항구도시다. 도시 배후에 가용토지가 부족했던 탓에 자연히 동서로 길게 도시축이 형성되었다. 한편 50년대 임시수도 시기를 거치면서 일시에 전국 도처에서 많은 인구가 몰려드는 바람에 계획적으로 도시가 발전하기는 어려운 여건이었다. 부산에서 살아보면 시내 교통 사정이 다른 도시와는 사뭇 다르다는 점을 느끼게 되는데, 이것도 부산의 지형 여건과 발전 배경, 시민의 기질 등과 무관하지 않다.

첫째, 부산에서 운전하려면 바짝 긴장해야 한다. 흔히 부산에서 운전할 수 있으면 전국 어디에 가더라도 걱정할 필요가 없다고들 한다. 그만큼 도로사정이 나쁘고 다들 운전을 험하게 한다는 말일 것이다.

부산은 대체로 동서 방향 간선축에 교통량이 집중되고 있다. 또한 중구, 동구 등 구도심지역의 도로는 폭이 좁고 커브와 경사도 심하다. 여기에 컨테이너 트럭 등 대형 화물차들이 간선도로를 끊임없이 오가고 야간에는 이면도로 곳곳을 주차공간으로 점유하여 사정을 더 어렵게 만들고 있다. 이런 열악한 여건에서 살아남기 위해서인지 부산 사람들은 대체로 운전을 난폭하게 한다. 마구 차선을 바꾸며 곡예운전을 한다. 택시를 타 보면 예사로 신호위반을 해대는 통에 영 마음이 편치 않다. 사정이 어려울수록 서로 양보하고 질서를 지켜야 할 텐데, 유감스러운 현실이다.

둘째, 부산에는 시내에 터널이 많다. 60년대 초에 건설된 부산터널(영주터널)에서부터 2004년에 개통된 연산터널까지 총 37개에 이른다. 어느 한 곳에서라도 문제가 생기면 시내교통이 큰 혼잡을 겪을 수밖에 없는 취약점을 안고 있는 셈이다. 이들 터널 중 수정, 백양, 황령 등 3개소는 유료터널인데, 시내의 터널을 돈 내고 오가는 것에 대해 부산 시민들은 의외로 담담하게 받아들인다.

셋째, 음주운전에 관한 한 부산에서는 아예 꿈도 꾸지 말아야 한다.

부산의 음주운전 단속은 전국에서 첫손 꼽을 만큼 강도 높게 시행되고 있다. 저녁나절은 물론이고 한낮이나 새벽이나 가리지 않는다.

또한 8차선 대로나 이면도로, 터널 출구나 고속도로 톨게이트 등 장소도 불문이다. 그야말로 시도 때도 없다. 당하는 사람이야 투덜대겠지만, 이같은 강력한 단속에 공감하며 앞으로도 지속되기를 바란다. 평소 운전도 험하게 하는데 거기에 음주까지 곁들이면 어떤 참극으로 이어지겠는가. 아찔하다.

끝으로 부산 교통의 자랑거리 하나를 소개한다. 어느덧 부산의 명물로 자리잡은 '등대콜' 얘기다. 등대콜은 '전국에서 제일 깨끗하고 친절하며 안전한 택시'를 모토로 하여 2007년 4월에 출범한 브랜드 택시다. 기사들은 단정한 복장에 친절하다. 경력과 자질 면에서 뛰어

부산 등대콜 택시

난 개인택시 기사를 엄선하여 주기적으로 친절교육을 실시하고 문제가 있는 기사는 수시로 퇴출시키는 자율선도 시스템을 운영한다. 모든 차량에 카드결제기와 현금영수증 발급기를 장착하고 1일 2회 이상 청결상태를 점검한다. 안심귀가 서비스나 외국인 통역 서비스 등 차별화된 서비스도 제공하고 있다. 시민들의 반응도 좋아서 첫해 2,500대로 출범하였지만 올해 1,500대를 증차하여 운영 중이다.

옥의 티라면 전화를 해도 통화중일 때가 많다는 점인데, 관제사를 더 충원해 주면 좋겠다. 등대콜이 보다 질 좋은 서비스를 통해 'Dynamic Busan!'을 알리는 첨병으로 자리매김하기를 기대한다.

(2008년 9월 1일)

길을 열어가며

요즘 지역 곳곳을 다녀보면 도로 사정이 예전과는 많이 달라졌음을 느끼게 된다. 예컨대 국도를 정비하면서 지역 간 간선 기능을 고려하다 보니 되도록 기존 도시나 마을을 우회하여 길을 내는 경우가 많아졌다. 하염없이 돌고돌아 오르내리던 고갯마루에 새로 터널이 뚫리고, 예전 도로는 한적해져 버리는 경우도 적지 않다.

과거에는 마을과 논밭 그리고 도로의 눈높이가 거의 같았지만 지금은 논밭 한가운데를 높다랗게 도로가 가로질러 가는 정경이 낯설게 다가오기도 한다. 이런 변화는 모두 좁고 구불구불했던 기존 도로를 개량해 나가는 과정에서 나타나고 있는 모습들이다. 물론 이는 보다 안전하고 편리한 교통 서비스를 제공하려는 노력의 결과이지만, 막상 일을 진행하다 보면 적지않은 어려움에 봉착하기도 한다.

적어도 80년대까지는 농심(農心)이 순박하기도 했거니와 도로 신설이 어떻게든 지역 발전에 도움이 된다는 인식이 넓게 자리잡고 있었다. 따라서 어지간한 문제는 공공의 이익이라는 가치에 묻혀 넘어가

곤 했다. 하지만 이젠 사정이 판이하게 달라졌다. 아무리 국가나 지역사회의 발전을 명분으로 내세워도 주민들은 그것이 나에게, 또 우리 마을에 어떤 영향을 미치게 될지 이해득실을 조목조목 따진다. 지맥이 끊어진다거나 마을공동체가 단절된다는 정서적인 거부감에서부터 일조권, 조망권, 소음 피해를 비롯하여 포괄적인 환경권에 이르기까지 요구도 다양하다.

작은 마을 진입로까지 자동차 전용도로에 직접 연결시키라며 막무가내로 집단시위를 벌인다. 조상의 분묘는 절대로 손댈 수 없다면서 아예 드러눕는 경우도 비일비재하다. 이같은 권리의식의 고양을 탓하고자 하는 게 아니다. 다만 지역의 고유한 정서와 문화, 나아가 주민들의 섬세한 마음자락까지 다독여 공감을 얻지 않고서는 어떤 도로사업도 추진하기가 어려워졌다는 현실을 말하려는 것이다.

환경보전과 관련하여 야기되는 어려움도 결코 녹록하지 않다. 국토 대부분이 산지이고 소하천이 많은 여건에서는 다리를 놓고 터널을 뚫고 산자락을 스치지 않고서는 애시당초 길을 내기가 불가능하다. 불편함을 숙명처럼 안고 살아가겠다면 모르되 편리하게 소통하고 보다나은 삶을 영위하려면 주어진 자연환경에 최소한도로 손을 대는 것은 피할 수 없다는 얘기다.

이 또한 이른바 밀어붙이기식 공사가 통했던 시절이 있었지만 이젠 어림도 없다. 시공 중에는 물론이고 공사 전후에 걸쳐 지속적으로 환경영향평가가 이루어지는데 어느 하나도 소홀히 할 수가 없다. 절개사면을 녹화, 복원하고 생태이동통로를 마련하는 것은 기본이다. 그럼에도 환경단체를 비롯한 시민사회의 요구는 날로 늘어나고 있다.

때로는 도를 지나치는 면이 없지 않지만 어떻게든 설득하고 포용하지 않을 도리가 없다.

하지만 이렇게 애를 쓰고 있음에도 일반인의 시선은 여전히 차갑다. 누구를 원망하겠는가. 환경친화적인 도로를 건설할 수 있도록 더 고민하고 노력하는 수밖에.

길을 내면서 겪게 되는 어려움이 어디 이뿐일까마는 어쩌랴. 하나하나 지혜롭게 해결해 나갈 수밖에 없다. 사실 그동안 관행으로 여겨 밀어붙이거나 덮고 지나가던 일들도 적지 않았다. 깊이 고민하면 더 나은 방안을 찾아낼 수도 있을 것이다.

요컨대 역지사지(易地思之), 열린 마음으로 일에 임하는 자세가 필요하다. 국민들도 길이 우리와 더불어 다음 세대에게 더 나은 삶을 열어 주는 매개임을 이해하고 따뜻한 사랑의 눈길을 보내 주었으면 하는 바람이다. (2008년 9월 8일)

슈퍼맘

구스타브에 이어 다시 대형 허리케인 아이크가 미국을 강타한 가운데 2008년 9월의 미국 사회는 또 다른 메가톤급 폭풍을 맞고 있는 형국이다. 공화당 부통령 후보로 혜성같이 등장한 세라 페일린(Sarah L.H. Palin) 바람이 그것이다. 메케인 후보가 페일린을 러닝메이트로 발표했을 때만 해도 여성이라는 이점과 참신성 면에서 나름대로 괜찮은 카드일 수 있겠다는 정도였는데, 막상 무대에 올려놓고 보니 그야말로 대박이다. 줄곧 오바마 후보에게 끌려가던 메케인의 지지율이 수직상승하여 역전에까지 이르고 있으니 놀랄 만도 하다. 페일린 효과 말고는 달리 설명이 되지 않는다.

그렇다면 미국을 뒤흔들고 있는 이 페일린 바람을 어떻게 봐야 할까?

내 나름대로 느낀 점을 피력하자면 이렇다. (물론 전적으로 개인의 소감이다.) 우선 그녀는 젊고 당차다. 1964년생이니까 아직 40대 초반이다. 메케인 후보가 고령이라는 취약점을 멋지게 커버해 준다. 힐러리 못지않게 야무진 이미지를 지닌 데다가 연설은 당당하고 자신감에 넘친다. "나는 언론으로부터 좋은 평을 얻으려고 가는 게 아니라 위대한 미국 국민들에게 봉사하기 위해 워싱턴으로 간다"는 한마디로 그녀가 중앙정치 경험이 없다고 꼬집던 언론을 잠재워 버렸다. 거기다가 상큼하고 예쁜 외모는 덤이다. 하지만 이것만으로 페일린 바람을 설명하기에는 뭔가 부족하다.

그녀는 2남3녀를 둔 어머니다. 석유업체 BP의 근로자로 일하는 남편 토드는 에스키모 혈통이라 한다. 그녀 자신도 명문이라고는 할 수 없는 아이다호대학을 졸업했고 경력도 변변치 않다. 미국 사회의 주도층에 끼어들 만한 든든한 배경이 없을 뿐 아니라, 오히려 올해 열일곱 살인 둘째 딸 브리스톨이 혼전 임신한 상태이고, 막내아들 트리그는 다운증후군을 앓고 있는 등 결코 평탄하지 않은 가정사를 안고 있다.

하지만 그녀의 가족 사랑은 남다르다. 그녀는 당당하게 말한다. "어떤 가정도 속을 들여다보면 이런저런 기복이 있기 마련이다. 문제도 있고 그만큼 기쁜 일도 있다"라고. 부통령 후보자의 가정도 자신들과 별반 다르지 않다는 동류의식, 주지사라는 공직을 수행하는 한편으로 가정도 알뜰하게 꾸려 나가는 그 열정, 이에 더하여 아픈 가정사를 있는 그대로 밝히는 진솔함이 많은 미국민의 마음에 와닿지 않았나 생각된다. 사회생활과 가사, 육아를 병행하는 활동적인 여성을 슈퍼맘이라 칭하는데, 페일린이야말로 슈퍼맘의 전형이라 할 만하다. 지금 불고 있는 페일린 바람을 슈퍼맘 신드롬이라고 불러도 이상하지 않을 것같다.

얼마 전 막을 내린 북경올림픽에서 마흔한 살 나이에도 은메달 3개를 목에 걸었던 아줌마 수영선수 토레스를 기억한다. 수영선수로서는

세라 페일린

환갑을 넘긴 셈인데도 젊은 선수들과 당당하게 겨루는 용기를 보여
준 사람이다. 그녀가 최근 뉴욕의 한 패션쇼에서 모델로 무대에 올랐
는데, 두 살짜리 딸 테사를 품에 안은 채였다. 그녀 역시 이 시대 슈퍼
맘의 또 다른 모델이다.

　사회는 빠르게 변화하고 있다. 능력 있는 여성은 더 이상 가사일에
발목 잡혀 자신의 역량을 사장시키려고 하지 않는다. 서구 사회는 말
할 것도 없고 전통적 가치관이 뿌리깊은 유교문화권에서도 변화의 바
람은 비켜가지 않는다. 철저한 남성 중심 사회인 일본조차도 여성인
고이케 유리코 전 방위상이 차기 총리 후보로 유력하게 거론되는 정
도다. 이 시대 슈퍼맘들이 어떤 활약을 하며 사회를 이끌어 갈지 기대
하며 응원한다. (2008년 9월 16일)

환경권

요즘은 무엇이건 소유보다 사용을 중시하는 것이 트렌드인 듯하다. 이를테면 휴대폰이나 정수기 같은 물건은 거의 공짜 수준으로 판매하고 대신 사후관리(A/S) 과정에서 잇속을 챙기는 마케팅 기법이 성행한다. 이와 관련하여 최근 '시애틀 추장의 편지'에 관한 흥미로운 얘기를 들었는데, 요지는 이렇다.

1850년대만 하더라도 지금의 미국 워싱턴 주 일대는 시애틀(Seattle)이라는 인디언 추장이 실질적으로 통치하고 있었다고 한다. 당시 피어슨 미국 대통령이 이 시애틀 추장에게 그 땅을 팔라는 제안을 했는데, 추장은 대통령에게 다음과 같은 따끔한 답신을 보냈다는 것이다.

"어떻게 땅과 하늘을 사고팔 수 있나? 신선한 공기와 물, 모두가 우리 것이 아닌데 어떻게 그것을 사겠다는 것인가?"

자연은 소유의 객체가 될 수 없으며, 인간은 하늘이 내려준 자연을 오직 잠깐 사용할 뿐이라는 준엄한 메시지가 담겨 있는 일화다.

근래 들어 주목을 끌고 있는 환경권이라는 개념도 넓게 보면 주어진 자연을 온전하게 사용하고자 하는 욕구와 맥이 닿아 있다. 일반적으로 환경권이란 '인간이 건강한 생활을 영위할 수 있고, 쾌적하고 좋은 생활환경을 향유할 수 있는 권리'로 정의된다. 오염되지 않은 땅, 깨끗한 물, 맑은 공기 등 좋은 자연환경 속에서 살 수 있는 권리는 물론이고, 넓게는 문화유산이나 도로, 공원, 의료서비스 등 인공적 생활환경에 대한 청구권까지를 아우른다.

시야를 좀 좁혀 보자. 도로 건설과 관리를 주된 업무로 하다 보니 늘상 이 환경권과 연관되는 문제에 부닥치게 된다. 특히 요즘 어느 현장에서나 빠지지 않고 제기되는 것이 조망권과 일조권, 그리고 소음 피해 구제에 관한 사항이다. 예전과는 달리 이 권리들이 누구나 당연히 누려야 할 권리로 인식되고 있는 터인지라, 마땅한 근거 규정이 없다는 이유만으로 이를 외면할 수는 없게 되었다. 문제는 그 권리의 범위가 어디까지인지 객관적으로 판단하기가 어렵다는 것이다. 결국 발품을 팔면서 성의를 다해 주민을 설득하여 이해를 구하는 한편, 주어진 예산 범위 내에서 최대한 의견을 수렴해 주는 방식으로 문제를 해결해 나가고 있다.

그런데 최근 이같은 환경 피해에 대한 객관적인 배상기준을 제시하는 결정들이 잇따라 나와 눈길을 끈다. 먼저 일조권과 관련하여 서울중앙지법 민사14부는 "고층건물 때문에 일조권을 침해당했다면, 법으로 보장받을 수 있는 최소한의 일조시간을 하루 4시간으로 보고, 4시간 이하에 대해선 시간당 집값의 1%씩 배상받을 수 있다"는 판결을 내놓았다. 또 중앙환경분쟁조정위원회는 80dB을 초과하는 공사장 발파 소음에 대해 정신적 피해를 인정하여 배상하라는 결정을 내렸다.

앞으로도 이와 유사한 사례는 계속 이어질 것으로 보인다. 모든 환경 피해를 일일이 수치로 규정해 놓을 수는 없겠지만 적어도 주요 항목들에 대해서는 납득할 만한 배상기준을 정해 주는 것이 바람직하다. 그래야 불필요한 대립과 갈등을 피할 수 있다.

이 세상이란 것이 더불어 사는 공동체인 이상 개인이 누릴 수 있는 자유와 권리가 무한정할 수는 없다. 공공복리와 사회질서 유지에 필요할 경우 이를 제한할 수 있다는 것쯤은 상식에 속한다. 하지만 이를 위해 치러야 할 대가 또한 점점 커지고 있다. 모두 질 좋은 환경을 누리는 가운데 사회적 번영의 총량을 키워 나가는 솔로몬적 지혜가 필요한 시대다. (2008년 9월 22일)

제2부
람블라의 햇살

2012~2013년 '알콩달콩 우루과이' 카페 연재 칼럼

람블라 예찬

몬테비데오를 처음 찾는 사람이라면, 특히 그 시기가 여름철이라면, 누구라도 눈길 가는 곳마다 발길 닿는 곳마다 펼쳐지는 아름다움에 감탄사를 연발하지 않을 수 없을 것이다. 우선 도시의 관문인 까라스꼬 국제공항에 내리면서부터 간편한 입국수속과 친절한 서비스에 놀라고, 마치 인천공항을 축소하여 옮겨 놓은 듯 깔끔한 공항건물에서도 친숙한 느낌을 받게 된다.

아마 이웃 아르헨티나나 브라질을 경유해 온 경우라면 그곳의 엉성한 공항들과 대비되어 그 느낌이 더욱 각별할 것이다. 그뿐인가. 눈이 시리도록 맑은 하늘과 상쾌한 공기, 바다처럼 아득하게 펼쳐진 라플라타강도 그렇고, 푸르른 녹지 사이사이로 아담하게 자리잡고 있는 도시 모습도 정겹게 다가온다. 여유 있게 마떼를 마시면서 이방인에게 따뜻하게 마음을 열어주는 시민들의 미소 또한 살가워서 좋다.

하지만 몬테비데오를 뚜렷하게 각인시켜 주는 명물 한 가지만 꼽으라면 뭐니 뭐니 해도 람블라를 떠올리지 않을 수 없다. 도시 초입에

해당하는 까라스꼬 지역에서부터 구시가지까지 이어지는 장장 30km
에 이르는 강변도로를 일컫는데, 도시 교통 흐름의 큰 축을 감당하고
있을 뿐 아니라 문화가 있는 휴식공간으로서도 시민의 사랑을 듬뿍
받고 있다. 도로를 따라 인도가 조성되어 있어 산책이나 조깅을 즐기
기에 안성맞춤이고, 굽이를 돌 때마다 해운대보다 더 넓은 백사장이
은모래를 반짝이며 눈앞에 펼쳐진다. 여름철이면 너도나도 람블라를
찾아 휴식을 즐기고 정담을 나누는 모습이 아름다운 파노라마를 이루
는데 실로 장관이다. 애시당초 도시가 골격을 잡아갈 때 어떤 현자가
있어 이런 멋진 공간을 구상하고 실천에 옮겼는지 고마울 따름이다.

사전에서 Rambla를 찾아보면 '산책로, 큰 길'이라고 나오지만, 워
낙 몬테비데오의 람블라가 독보적이다 보니 이젠 그 자체로 고유명
사나 진배없다. 그러한즉 몬테비데오 관광책자의 첫 페이지를 람블
라 전경 사진이 차지하고 있는 것은 당연하다 하겠는데, 그 한가운데

람블라 한국광장과 그리팅맨

그리팅맨이 공손하게 인사하고 있는 모습이 담겨 있어 우리로선 더욱 흐뭇하기만 하다.

그리팅맨과 그를 보듬고 있는 '한국광장'은 이미 몬테비데오의 새로운 관광 명소로 자리잡아 가고 있지만, 앞으로 광장 둘레에 정성스레 심어놓은 무궁화가 자라 꽃을 피우게 되면 더 멋들어진 모습을 보여 주지 않겠는가. 오늘도 람블라를 지나면서 람블라가 맺어 준 한국과 우루과이의 소중한 인연을 되새겨본다.

＊ 그리팅맨 : 한국 조각가 유영호의 작품으로 공손하게 인사하는 모습을 표현하고 있다. 유 작가는 모든 관계의 시작이 인사에서 비롯된다고 보고 세계 곳곳에 그리팅맨 설치 작업을 진행하고 있다. 2012년 5월 우루과이 람블라에 설치한 그리팅맨이 그 첫 작품이다.

대통령의 개성

호세 무히까(Jose Mujica) 우루과이 대통령은 여러 면에서 참 독특한 캐릭터를 가진 분이다. 세계에서 가장 가난한 대통령으로 널리 알려져 있고, 우리나라에도 이 분의 청빈한 삶과 소탈한 리더십이 여러 차례 소개된 바 있다. 평생 고수하고 있는 노타이 차림은 그의 트레이드마크와 다름없고, 아무렇게나 쓸어넘긴 듯한 곱슬머리 헤어스타일도 변함이 없다. 어지간한 공식 석상에도 대수롭지 않게 낡은 점퍼와 허름한 청바지를 입고 등장하곤 한다. 일반시민이 불쑥 다가와 인사를 건네도 푸근한 미소와 함께 기꺼이 어깨동무를 해 준다.

몬테비데오 시내에 공식 대통령 관저가 있지만 이를 마다하고 지금도 오래전부터 지켜온 교외의 낡은 농장에서 지내고 있다. 휴일날 동네 이웃들과 격의없이 어울리는 모습을 보노라면 영락없는 시골 할아버지다.

언론을 대할 때도 스스럼이 없어 때와 장소를 가리지 않고 현안에 대한 의견을 쏟아내는 바람에 지켜보는 입장에서는 조마조마할 때도

무히까 대통령 사저(농장) 방문(2013년 10월)

적지 않다.

이런 대통령의 스타일을 국민들은 어떻게 받아들이고 있을까? 물론 국가지도자라면 기본적인 품격이 있어야 하지 않느냐면서 못마땅하게 여기는 사람도 없지는 않다. 하지만 대다수 국민들은 그를 편안하고 따뜻한 시선으로 바라보고 있다.

적어도 그가 대통령이 되기 전이나 후나 한결같은 삶의 자세를 견지하고 있다는 사실만으로도 세인의 존경을 받기에 부족함이 없다고 보기 때문이리라. 그는 젊은 시절 정의감에 불타 Tupamaros 도시게릴라운동에 몸담았고, 그로 인해 무려 14년간 옥고를 치르기도 했는데, 이런 범상치 않은 이력이 후일 격식이나 체면에 얽매이지 않는 자유분방한 삶으로 자연스럽게 이어지지 않았나 생각된다.

이런 무히까 대통령과 따바레 바스케스(Tabare Vazquez) 전 대통령은 여러 면에서 서로 대비된다. 2014년 대선에 여당인 광역전선(Frente Amplio) 후보로 나설 것이 확실시되는 바스케스 전 대통령은 종양학을 전공한 의사 출신으로 깔끔한 정장 차림을 즐기며, 언제나 단정한 매무새를 흐트러뜨리지 않는다. 결코 흥분하는 법 없이 공사석을 막론하고 늘 조곤조곤하게 상대를 설득해 나가는 수완도 돋보인다. 비유하자면 무히까 대통령이 전원일기의 투박한 농사꾼 최불암 스타일이라면 바스케스 전 대통령은 깔끔한 도시 신사 이미지의 박근형 스타일이라고나 할까?

어느 쪽이 더 나은지 따지는 것은 부질없는 일일 테지만, 한국인의 정서라면 과연 어느 쪽으로 더 기울지 궁금해진다. 어쨌거나 이렇게 상반된 캐릭터를 가진 두 분이 주거니 받거니 정권을 이어가는 모습을 지켜보게 된 것도 자못 흥미로운 일이다.

* 2015년에 치러진 대선에서 예상대로 여당 후보로 나선 따바레 바스케스는 여유 있게 당선되었다. 이로써 광역전선은 2005년 이래 3대째 집권을 이어가고 있다.

우공보국(牛公報國)

　　우루과이는 농목축업을 주요 경제기반으로 삼고 있는 나라다. 국토 면적은 약 17.6만km²로 한반도보다 작지만 산이라고는 거의 없고 국토 전역이 평지로 되어 있어 실제로 다녀보면 땅이 엄청나게 넓다는 것을 실감하게 된다. 여기에 인구는 340만 명 정도에 불과한데다 이 중 절반이 넘는 190만 명이 수도권인 몬테비데오와 까넬로네스 주에 몰려 살고 있다. 그러니 지방으로 나가면 마을도, 사람도 눈에 띄지 않고 광활한 초원만 펼쳐져 있다고 해도 과언이 아니다.

　　이 초원지대가 학창시절 지리시간에 배웠던 그 유명한 '팜파스'다. 일반적으로 팜파스 하면 아르헨티나를 떠올리게 되지만, 원래 팜파스는 아르헨티나뿐만 아니라 우루과이와 브라질 남부까지 아우르는 광대한 대초원지대를 일컫는 말이다. 이 대초원을 끼고 있는 아르헨티나와 우루과이가 오늘날 세계적으로 손꼽는 축산국가로 자리매김하고 있음은 당연하다 하겠는데, 특히 우루과이가 축산에 쏟는 정성은 각별하다.

　공식 통계에 의하면 2012년 우루과이에는 소 약 1,150만 두가 사육되고 있는 것으로 나타났다. 말하자면 사람보다 소가 서너 배 더 많은 셈인데, 소 한 마리 한 마리에 전자 이력표를 붙여 발육 상태와 건강 유무를 국가에서 철저하게 관리하고 있다. 이 첨단 관리시스템은 무히까 대통령이 농목축수산부 장관으로 재임하던 시기에 완전히 정착되어, 우루과이산 소고기의 품질과 안전성을 보증하는 데 크게 기여하고 있다.

　이런 정성을 바탕으로 현재 우루과이는 연간 10억불 이상 소고기를 세계 각지로 수출하고 있다. 수출 품목으로는 대두(콩)에 이어 2위에 올라 국부 창출의 효자 노릇을 톡톡히 하고 있는 셈이다. 사정이 이러하니, 우루과이에서는 사람은 아파도 무덤덤하게 보아 넘기지만 소가 아프면 화들짝 놀란다는 우스갯소리가 있다.

　2001년 우루과이에 구제역이 발생하는 바람에 한국으로의 소고기 수출길이 막히게 되었고, 우루과이 정부는 다시 한국 시장을 열기까지 무려 10년 이상이나 애를 태웠다. 이 사례에서 보듯 경쟁이 심한 소고기 수출 시장에서 한번 평판을 잃으면 걷잡을 수 없는 피해를 입게 되니 아니 그렇겠는가.

그런데 가만히 생각해 보면 소가 탈없이 잘 크도록 애정과 정성을 쏟기로는 우리도 우루과이에 못지 않다. 70~80년대 산업화 시대를 거치는 동안 우리 농가에서 소는 논밭을 갈고 달구지를 끄는 없어서는 안 될 노동력이었을 뿐 아니라, 가난한 농촌 부모들에게는 자녀의 학비를 조달할 수 있는 거의 유일한 소득원이었다. 그러니 시골 아이들로서는 방과 후에 소 꼴 먹이러 다니고 소죽 쑤어대는 것이 당연한 일과였고, 행여 소가 잘못될까 봐 늘 노심초사하기 마련이었다.

이렇게 공들여 키운 살림밑천인 소를 내다 팔아 자녀를 공부시켜야 했던 농가의 형편이 얼마나 고달팠으면, 당시에 대학을 상아탑(象牙塔)이 아니라 우골탑(牛骨塔)이라 했겠는가. 하지만 그렇게 힘들게 공부한 학생들이 후일 든든한 산업역군이 되어 세계를 누비며 땀 흘린 덕분에 오늘날 우리나라가 세계 10위권의 경제강국으로 발돋움하게 되었으니, 우리야말로 소의 신세를 톡톡히 진 셈이다. 아무튼 지구 정반대편에 위치한 두 나라에서 소가 나라를 일으키고 또 지탱하고 있으니, 일컬어 우공보국(牛公報國)이라 함직하다.

축구 종가 우루과이

우루과이가 어느 구석에 붙어 있는 나라인지 모르는 사람이라 할지라도 2010년 남아공 월드컵 16강전에서 우리와 맞붙어 쓰라린 패배를 안겨 주었던 팀이라면 '아하' 하고 고개를 끄덕일 것이다. 당시 루이스 수아레스의 그림 같은 결승골 장면은 우리에게 뼈아팠던 만큼 너무나 인상적이었다.

아닌 게 아니라 우루과이의 존재를 세상에 알린 두 가지를 떠올린다면, 하나는 우루과이 라운드요 다른 하나는 두말할 것도 없이 축구를 꼽아야 하지 않을까 싶다. 그만큼 우루과이 사람들이 축구에 쏟아붓는 열정은 지극하여 남녀노소 없이 늘 축구와 더불어 산다고 해도 과언이 아니다. 총 인구라고 해 봐야 350만도 되지 않는 이 작은 나라가 흔들림 없이 세계 축구 강국으로 군림하고 있는 것을 보면 불가사의하기까지 하다. 과연 그 저력은 어디에서 비롯하는 것인지, 우루과이 축구의 화려한 족적을 살펴보자.

코파 아메리카대회 우승(2011년)

　우루과이는 1924년 파리 올림픽과 1928년 암스테르담 올림픽 축구
를 연이어 제패하며 일찌감치 세계 무대에 이름을 알렸다. 이어서
1930년에는 제헌헌법 선포 100주년을 기념하여 센테나리오(Centenario)
경기장을 건설하고, 이곳에서 역사적인 제1회 월드컵을 개최했다. 내
로라하는 축구 강국들을 모두 불러들여 제대로 실력을 겨뤄 볼 수 있
도록 잔치 마당을 열어 준 것은 큰 의미가 있다. 더욱이 결승전에서
아르헨티나를 4대 2로 꺾고 첫 우승컵까지 들어올렸으니 그야말로 금
상첨화요 화룡점정이었던 셈이다.

　이로부터 꼭 20년 후에 우루과이는 또 한번 세계 축구사에 길이 남
을 명승부의 주인공이 된다. 제2차 세계대전으로 인해 상당한 공백 기
간을 거친 후 1950년 브라질에서 개최된 제4회 월드컵이 그 무대다.

주최국으로서 파죽지세로 결승까지 진출한 브라질은 당시 세계 최대 경기장이었던 마라카낭 구장에서 우승 축배를 들게 될 것으로 믿어 의심치 않았다. 당시의 기록사진을 보면 사진기자들이 모두 브라질의 골 장면을 찍으려고 상대팀인 우루과이 골문 뒤에 잔뜩 몰려 있는 모습을 볼 수 있다.

하지만 다윗과 골리앗의 싸움 같았던 이 경기에서 우루과이는 2대 1로 극적인 역전승을 거두고 두 번째 월드컵을 품에 안았다. 브라질에 이른바 '마라카낭의 비극'을 안겨 준 결승골의 주인공 알시데스 기지아(Alcides Ghiggia) 선수는 올해 87세로 지금도 우루과이의 축구영웅으로 추앙받고 있다.

하지만 브라질로서는 이 경기가 지워지지 않는 상처로 남아 있다. 그 후로도 매번 월드컵 때마다 영원한 우승후보로 꼽히면서도 브라질이 유독 우루과이만 만나면 고전을 면치 못하는 것도 이 트라우마 때문일 것이다.

아무튼 축구가 오늘날 세계 최고의 인기 스포츠로 자리잡게 된 데에는 20세기 초 월드컵의 불씨를 지피고 그 열기를 확산시켜 나간 우루과이의 공이 지대하다고 아니할 수가 없다. 흔히 영국을 축구의 종주국이라 부르고 있지만, 이쯤되면 우루과이를 사실상 축구 종가의 반열에 올려도 손색이 없지 않겠는가.

이런 우루과이가 2014년 브라질 월드컵 남미지역 예선에서 고전을 거듭하다가 요르단과의 플레이오프까지 거친 끝에 겨우 턱걸이를 하면서 적잖이 체면을 구기고 말았다. 하지만 썩어도 준치라고 하지 않는가. 예선에서 쓴맛을 볼 만큼 보았으니 본선에서는 심기일전하여

FIFA 랭킹 6위의 명성에 걸맞는 멋진 경기를 보여 줄 것으로 기대해 마지 않는다.

* 우루과이는 2011년 코파 아메리카 대회에서 우승했다. 당시 우승의 주역이었던 디에고 포를란은 은퇴했지만, 나머지 주축 선수들은 여전히 현역으로 활발히 뛰고 있다. 루이스 수아레스(FC바르셀로나), 에딘손 카바니(파리 생제르망), 디에고 고딘(아틀레티코 마드리드), 페르난도 무슬레라(갈라타사라이) 등이 그들이다.

엘 끌라시꼬

세계 축구 무대에는 전통적인 라이벌끼리 양보할 수 없는 접전을 펼치는 명승부전이 있으니, 이른바 '엘 끌라시꼬'다. 가장 대표적인 엘 끌라시꼬는 스페인 프리메라리가의 영원한 라이벌 레알 마드리드(Real Madrid)와 바르셀로나(FC Barcelona)전을 꼽는다. 남미에는 아르헨티나 리그의 보까 후니오스(Boca Juniors)와 리베르플라테(River Plate)전이 있다. 터키 리그의 갈라타사라이와 페네르바흐체의 라이벌전도 엘 끌라시꼬로 불린다.

이 팀들은 하나같이 명문 클럽으로서 늘 국내 리그에서 선두를 다툴 뿐만 아니라 챔피언스 리그 등 클럽 대항전에서도 뛰어난 활약을 보여 주고 있다. 설령 리그 성적이 시원치 않더라도 라이벌전에서만큼은 경이적인 투혼을 발휘하여 팬들을 열광시킨다.

우루과이에도 명성으로나 실력으로나 결코 이들에 뒤지지 않는 엘 끌라시꼬가 있으니 바로 뻬냐롤(Peñarol)과 나시오날(Nacional)의 라이벌전이다. 아니, 스페인의 엘 끌라시꼬가 1902년부터 시작되고 아르헨

티나의 라이벌전은 1913년부터 시작된 반면, **뻬냐롤**과 나시오날의
역사는 1890년대까지로 거슬러 올라가니 오히려 이 우루과이 팀 간
의 라이벌전을 원조 엘 끌라시꼬라 하는 것이 맞을 수도 있겠다.

　뻬냐롤의 정식 명칭은 Club Atletico Peñarol이며 1891년 우루과이
철도 크리켓 클럽으로 창단되어 122년 역사를 자랑한다. 철도 노조
작업복에서 이미지를 딴 노랑과 검정 줄무늬 유니폼을 지금까지 고수
하고 있다. 우루과이 국내 리그 타이틀을 48회나 차지했으며, 최고 인
기구단으로 자리매김하고 있다.

　나시오날은 **뻬냐롤**보다 조금 늦은 1899년에 창단되었는데 정식 명
칭은 Club Nacional de Football이다. 당시 젊은 대학생들이 주축이
었다. 국부(國父) 아르띠가스 장군의 부대기에서 이미지를 따 청색과
흰색, 빨강색을 상징색으로 삼고 있어 흔히 Tricolor(삼색)라고도 불린

다. 국내 리그 우승컵을 44회 들어올렸다.

2013년 8월 실시된 여론조사를 보면, 우루과이 국민의 46%가 뻬냐롤 팬이고 35%가 나시오날 팬으로 나타났다. 팬 분포도를 보나 국내 리그 우승 횟수로 보나 두 팀이 우루과이 프로축구를 사실상 반분하고 있다고 해도 과언이 아니다.

정치인이나 사회 지도층 인사들도 거의 예외없이 두 팀의 팬임을 자처하며, 사석에서는 곧잘 누가 나은지를 두고 입씨름을 벌이곤 한다. 이같은 라이벌전이 있어 자연스럽게 경기력이 향상되고 팬들의 축구에 대한 관심과 열기를 고조시키는 효과를 거두고 있음은 물론이다.

하지만 부정적인 영향도 만만치 않다. 우루과이도 유럽 리그와 마찬가지로 1부 리그 18개 팀을 운용하고 있는데, 두 팀이 너무 독보적이다 보니 나머지 팀들은 들러리를 서고 있는 형국이다. 팬들도 두 팀의 경기에만 쏠리는 터라 다른 팀 소속 선수들은 좌절감을 느낄 수밖에 없다. 엘 끌라시꼬 경기 때마다 벌어지는 극성팬들의 난동도 볼썽사납고, 이에 따르는 사회적 비용 또한 적지 않다. 누구도 드러내놓고 얘기하기를 꺼리는 불편한 진실인 셈이다.

사정이 그렇긴 해도 이미 엘 끌라시꼬가 100여 년 이상 지속되어 국민의 일상생활 속에 녹아들어 버린 만큼, 폐해를 최소화하고 순기능을 살리는 방향으로 물꼬를 잘 틔워 나가는 지혜가 필요하리라 본다.

초원의 벗, 가우초

　아득히 이어지는 지평선과 드넓은 팜파스 초원, 그 초원에서 한가로이 풀을 뜯고 있는 소와 양떼들. 도시를 벗어나면 어디서나 만날 수 있는 전형적인 우루과이 시골 풍광이다. 가끔 지방 나들이를 하면서 이런 정경을 대하다 보면 문득 이 광활한 대지의 주인은 과연 누구인지, 대대로 이 땅에 뿌리를 내리고 스산한 들판에서 저 말없는 가축들과 벗하며 살아가는 사람들의 삶은 어떠할지 궁금해진다.

　올드 영화팬이라면 리즈 테일러와 록 허드슨, 제임스 딘이 열연한 영화 〈자이언트〉를 기억하리라. 영화는 텍사스의 목장이 유전으로 개발되어 가는 과정과 이에 따르는 사회상의 변화를 그려내면서, 한편으로는 제임스 딘의 리즈 테일러를 향한 절절한 사랑을 다루고 있다. 하지만 영화 전반부에서 보여 주는 텍사스의 드넓은 목장과, 이곳을 종횡으로 누비며 소떼를 몰고 다니는 카우보이의 삶도 아주 인상적이다. 남미대륙에도 미국의 카우보이처럼 말을 자유자재로 다루며 팜파스 대초원을 삶터로 하고 있는 이들이 있으니, 바로 가우초(Gaucho)들이다.

　원래 우루과이 팜파스의 원주민은 차루아(Charrua)족이었지만 스페인 식민지배를 거치면서 거의 멸족되고 그 자리를 가우초들이 대체하여 오늘에 이르고 있다. 이들은 유럽인의 후예로서 현지에서 태어나고 자란 호족 계층인 *끄리오요*(Criollo)와 함께 농목축국가인 우루과이의 핵심 구성원으로 자리잡아 오늘날까지 독특한 전통과 문화를 지켜오고 있다.

　챙 넓은 모자에 상의는 머플러와 조끼 차림으로, 하의는 *뽄초*(Poncho)라는 헐렁한 망토를 덧대어 입고서 유유자적 마떼 차를 마시고 있는 모습이 전형적인 가우초의 차림새다. 가우초라는 이름이 케츄아어로 '방랑자'를 뜻하는 우아추(huachu)에서 유래한 것에서 보듯,

자유분방하고 틀에 얽매이지 않는 삶을 추구한다.

　이들은 대개 골격이 굵고 체구가 당당하며, 19세기 초에는 국부 아르띠가스(Artigas) 장군을 도와 독립투쟁에 참가하고 건국의 주역으로 맹활약했던 터라 자긍심 또한 대단하다. 아닌 게 아니라 변변한 군대 조직을 갖추지 못한 채 어렵게 독립전쟁을 치를 수밖에 없었던 당시 정황에 비추어 보면, 즉시 기병 전력으로 활용할 수 있었던 가우초들이 여러 모로 큰 몫을 했을 것임은 짐작하기 어렵지 않다. 이렇게 보면 가우초는 우루과이 사회를 떠받치고 있는 뿌리일 뿐 아니라 독립을 쟁취하고 근대화를 일구어 낸 주역인 셈이다.

　그러한즉 언제든 시간을 내어 가우초를 만나러 가보자. 전국적으로 연중 크고작은 가우초 축제가 벌어지는데, 그중에서도 3월에 열리는 따꾸아렘보(Tacuarembo) 축제와 9월의 리베라(Rivera) 축제가 볼만하다. 원근의 초원으로부터 구름처럼 모여든 가우초 가족들이 한껏 멋을 내며 참가하는 퍼레이드도 눈을 즐겁게 하고, 야생마와 기싸움을 벌이는 로데오 경기인 히네떼아다(Jineteada)도 흥미진진하다. 하루쯤 묵으면서 가우초들의 춤과 노래에 장단을 맞추고, 먹거리를 함께 즐길 수 있다면 더욱 좋을 것이다. 가우초의 꾸밈없고 자유분방한 삶을 통해 우루과이의 속살을 제대로 들여다볼 수 있을 터이니까.

은강(銀江), 라플라타

우루과이와 아르헨티나 사이를 흐르는 라플라타강(Rio de la Plata)은 세계에서 하폭이 가장 넓다. 대서양과 만나는 최하류 폭은 무려 220km에 이른다. 중류에 해당하는 몬테비데오에서 맞은편 아르헨티나의 뿐따 삐에드라스(Punta Piedras)까지 거리만 해도 100km이니 강이라기보다는 바다와 다름없다. 실제로 람블라를 걷다가 강변으로 내려가 물맛을 보면 꽤 짭짜름한 소금기를 느낄 수 있다.

강의 형상도 아주 특이하다. 파라과이와 브라질 남부 지역을 흘러내려온 파라나강과 우루과이강이 합류하는 지점에서부터 라플라타강이 시작되는데, 중류와 하류로 내려갈수록 하폭이 급격히 넓어져 마치 깔때기를 엎어 놓은 듯한 모습을 보인다.

1516년 이 강을 최초로 항해한 스페인 탐험가 후안 디아스(Juan Diaz de Solis)는 이곳을 '달콤한 바다(Mar Dulce)'라고 이름 붙였다. 아마도 대서양의 험한 풍랑을 헤쳐오다가 모처럼 잔잔한 물결을 대하면서 안도감을 느낀 때문이 아니었을까 싶다. 그 후 이탈리아의 세바스티안 가보토

(Sebastian Gaboto)가 남미 대륙 깊숙한 곳에 은산(銀山)이 있다는 전설을 좇아 탐험에 나섰다가 어딘가에 있을 은산으로부터 흘러온 물이라고 여겨 이 강에 새로이 라플라타(銀)라는 이름을 붙인 것으로 알려져 있다.

이런 역사적 자취와 더불어 사실상 바다와 다름없는 이 물길을 굳이 강이라고 부르게 된 데는 따로 정치적인 연유가 있다. 즉 라플라타를 바다로 볼 경우에는 우루과이와 아르헨티나 양국의 영토 주권이 미치는 영해*를 제외한 나머지는 공해로 인정할 수밖에 없는데, 이렇게 되면 이 수역의 상당부분이 공해가 되고 최상류 지역인 콜로니아 근처까지 깊숙이 공해가 이어져 들어오는 결과가 된다.

* 영해 범위를 두고서 오랫동안 논란이 이어져 왔으나, 1982년 해양법협약이 채택되면서 연안으로부터 12해리(약 22km)까지를 영해로 인정하고 있다.

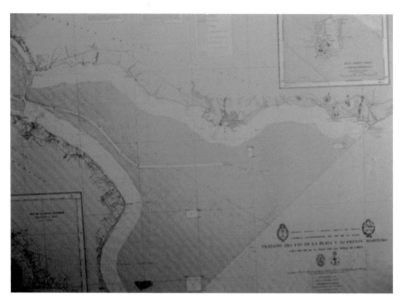

라플라타강 지도

반면에 라플라타를 강으로 본다면 양국이 적절하게 합의하여 하상 경계를 획정할 수 있게 되고, 당연히 자국 경계 내 수역에 대해서는 배타적으로 주권을 행사할 수 있게 된다.

이런 정황에서 우루과이나 아르헨티나가 어떤 입장을 취했을 것인지는 짐작하기 어렵지 않다. 결국 양국은 이 수역을 강으로 간주하고, 1973년 라플라타강 조약을 맺어 구체적인 하상 경계를 획정하기에 이른다. 이 조약에 따른 하상경계는 선박의 실제 운항 경로를 반영하여 상류 쪽은 우루과이 쪽에 치우쳐 있고 중하류 쪽은 아르헨티나에 근접되어 있는 모양새로 되어 있다.

라플라타 강은 이와 같은 사연을 안고 있는 데다가 잔잔한 물결과는 달리 시시때때로 양국의 이해관계가 충돌하는 현장으로 떠오르곤 한다. 그만큼 이 강의 전략적 가치가 크다는 것을 보여 주듯이 오늘도 은빛 물살을 가르며 대형 화물선들이 분주히 강을 오르내리고 있다.

옛사람들은 은 노다지에 대한 염원을 담아 이 강을 은강(銀江)이라 이름지었지만, Plata가 꼭 은(銀)만을 지칭하는 게 아니라 총체적인 부(富)를 뜻하기도 하니, 오늘날 이 강이 세계 각지로 부를 실어나르는 젖줄이 되고 있는 건 결코 우연이 아니라는 생각이 든다.

청정자연, 우루과이

세계 어느 곳을 가든 공항에 내리면 대개 'Welcome to…'라는 환영 문구를 접하게 되는데, 우루과이에 첫발을 내딛는 사람에게는 그에 더하여 또 하나의 따뜻한 인사가 다가온다. 바로 뜨거운 태양과 푸른 물결이 어우러진 이미지 아래로 "Uruguay Natural"이라 쓰여진 홍보 로고가 그것이다. 군더더기 없는 심플한 디자인에 간결한 메시지를 담아 냄으로써 우루과이를 세계에 각인시키는 국가브랜드 역할을 톡톡히 해 주고 있다.

원래 이 로고는 2001년 호르헤 바트예(Jorge Batlle) 정부 시절에 외국 관광객에게 우루과이의 매력을 알리기 위한 목적으로 채택했던 것이다. 그 후 2005년 따바레 바스케스(Tabare Vazquez) 정부가 출범하면서 그 의미가 확대되어 미래 세대를 위해 환경을 보호하고 자연유산을 보전하는 데 역점을 두겠다는 정책 의지를 표방하게 되었다.

이제 이 로고에 담긴 뜻을 하나씩 풀어보기로 하자.

윗부분의 이미지는 두 갈래의 푸른 해변이 이글이글 타는 태양을

감싸안고 있는 형상이다. 전체적으로 U자 모양인 해변은 Uruguay의 U를 뜻하며, 동시에 외국인을 따뜻하게 맞아 포옹하는 모습을 보여 준다. 또 하늘을 향해 두 팔을 벌린 모습이기도 하여 국민적 긍지를 나타낸다. 노랑과 파랑의 두 색상은 자연스럽게 우루과이 국기를 연상시킨다. 아랫부분의 메시지 "Uruguay Natural"은 깨끗하고 매력적인 자연을 강조하면서 또한 지속가능한 발전을 추구한다는 뜻을 담고 있다.

최근 들어 기후 변화로 인한 자연재해가 빈발하여 지구촌이 몸살을 앓고 있는 데다가 현재와 미래 세대가 공존할 수 있는 지속가능한 성장이 절실한 화두가 되고 있다. 그런 만큼 우루과이가 자연과 함께하는 삶을 표방하면서 이를 국가브랜드 차원으로 끌어올려 활용하고 있는 것은 매우 시의적절해 보인다.

까보 뽈로니오

아닌 게 아니라 시리도록 맑은 공기와 깨끗한 물, 화창한 하늘, 은모래 해변, 드넓고 푸른 초원 등 미래의 먹거리인 천혜의 자연을 안고 있는 우루과이로서는 굳이 아등바등 개발에 매달릴 이유가 없어 보인다. 첨단 문명을 향유하는 대가가 점점 커지고 혹독한 생존경쟁 속에서 심신이 지쳐갈수록 사람들은 자연으로 돌아가 안식을 취하고 싶어 할 터이니, 이 점에서 보면 우루과이는 진작부터 미래 성장을 담보하는 최상의 인프라를 갖추고 있는 셈이다.

예를 들어보자. 우루과이 동부 로차 주에는 까보 뽈로니오(Cabo Polonio)라는 작은 해변마을이 있다. 이곳은 문명과 완전히 단절된 곳으로 전기도 수돗물도 자동차도 없다. 당연히 TV도 인터넷도 이용할 수 없고 샤워도 언감생심이다. 그 어떤 왕후장상도 이곳에선 그저 가녀린 촛불 하나에 의지한 채 쏟아지는 별빛과 부서지는 파도소리를 들으며 칠흑같은 밤을 지샐 뿐이다. 그런데도 이 원시 마을에서 하룻

밤을 보내려고 세계 도처에서 관광객들이 모여든다. 도시로부터, 문명으로부터 잠시나마 벗어나고픈 사람들의 발길이 이어진다.

하기사 그렇게 본다면 어디 까보 뽈로니오뿐이랴. 사시사철 바람소리와 풀내음을 동무삼을 수밖에 없는 대초원도, 곳곳에 호젓하게 자리잡고 있는 송림과 해변도 모두 무릉도원 아니겠는가. 이토록 귀한 우루과이의 청정자연을 맘껏 누릴 수 있게 된 것도 크나큰 인연이고 복이다.

국민 통합의 끈,
국기(國旗)와 국가(國歌)

올림픽 시상식 무대에서 자국의 국가가 울려 퍼지는 가운데 천천히 국기가 게양되는 모습을 보면 누구라도 주체할 수 없는 감동에 휩싸이고 저절로 눈시울이 붉어지게 된다. 고국을 멀리 떠나와 타지에서 외롭고 힘든 시간을 보낼 때 우리 국기와 국가를 대하게 되면 그 애틋함이 더 절절하다. 국기와 국가는 이렇게 강한 국민 통합의 힘을 갖고 있는 대표적인 국가 상징물이다. 이번에는 우루과이의 국기와 국가에 대해 알아보기로 하자.

우루과이는 1825년 독립 선언 이후 한동안 33인의 애국지사들이 독립 투쟁기간 중에 사용했던 삼색기를 임시 국기로 사용하였다. 이후 1828년 정식으로 독립국가로 탄생하면서 국기법을 공포하고 새 국기를 채택했다. 새 국기는 기본적으로 미국의 성조기와 비슷한 콘셉트를 차용하여, 좌측 상단에 5월 태양을 배치하고 그 우측과 아래쪽으로 아홉 개의 가로줄을 청색으로 그려넣었는데, 이는 독립 당시의 9개

주를 의미하는 것이었다.

5월 태양은 잉카의 태양신을 상징하는 동시에, 독립의 불꽃이 점화되었던 1810년의 5월 혁명을 기리는 의미도 있다.

이 국기는 1830년과 1952년 두 차례에 걸쳐 약간씩 수정되어 오늘날의 형태로 확정되었는데, 5월 태양이 당초에 비해 간결해지고 청색 가로줄도 네 줄로 줄어들었다. 국기의 기본 색상은 백, 청, 금색으로 바탕의 흰색은 빛, 영광, 순수를 뜻하고 청색 가로줄은 맑은 하늘, 우주, 무한을 의미한다. 또한 태양의 금색은 부, 힘, 번영을 상징하고 있다.

우루과이 국가는 아마도 세계에서 가장 연주 시간이 길 것이다. 가사에 담긴 메시지는 간결하지만 전주 부분이 길게 이어지고 후렴이 여러 번 반복되기 때문이다. 가사는 저명한 작가이자 시인인 피게로아(Francisco Acuna de Figueroa)가 제안한 내용을 기초로 1833년 초대 리베라 대통령 정부가 정식으로 채택하여 1845년 약간의 자구 수정을 거쳐 오늘에 이르고 있다. 시인의 작품답게 운율을 맞춘 것이 특징이며, 모두 11개 연으로 구성되어 있다.

가사 전체를 관통하고 있는 핵심 키워드는 '자유(Libertad)'다. 이 가사는 오랫동안 다양한 버전으로 불리다가, 1848년에 와서야 지금의 곡에 붙여 부르게 되었다. 이 곡은 당시 몬테비데오에 머물러 있던 헝가리 음악가 드발리(Francisco Jose Debali)가 작곡한 것으로 알려져 있다.

어느 나라든 국기와 국가는 국민적 일체감과 정체성을 일깨워 주는 표상이요 대외적으로는 나라 자체를 상징한다고 해도 과언이 아니다. 따라서 우리 스스로 국기와 국가를 소중히 대해야 하는 것은 물론이고, 다른 나라의 국기나 국가에 대해서도 기본적인 예의를 갖추어 주는 것이 도리다. 아무리 험한 사이라 할지라도 상대국의 국기를 불태우거나 훼손하는 것을 금기시하고 있는 것은 그 때문이다.

그러할진대, 오늘날 우리 사회 일각에서 태극기에 대한 경례를 거부하고 공식 행사에서 애국가를 부르는 것조차 시비를 거는 사람들이 있으니 딱한 노릇이다. 이는 스스로의 존재가치를 부정하고 세상의 웃음거리가 되기를 자청하는 꼴이니, 있을 수 없는 일이다.

국부(國父) 아르띠가스

  우루과이 수도 몬테비데오를 찾아온 사람들에게 꼭 보여 주어야 할 곳을 한 군데 추천한다면, 아마도 독립광장을 꼽아야 하지 않을까 싶다. 이곳은 한 변의 길이가 200m 남짓한 정방형 광장이다. 결코 크지 않지만, 도시공간 구성의 핵일 뿐만 아니라 역사적 의미가 지대한 상징적인 장소다.

  구시가지를 관통하는 간선도로인 '7월 18일 대로'가 이곳에서부터 시작되고, 도시의 전통적인 랜드마크라고 할 수 있는 살보궁(Palacio Salvo)과 대통령청사, 그리고 공연예술의 요람인 솔리스 극장(Teatro Solis)이 광장을 감싸고 있다. 또한 관광객들이 즐겨 찾는 벼룩시장, 헌법광장, 대성당으로 이어지는 길목에 위치하여 시민의 사랑을 듬뿍 받고 있는 명소다. 이 광장 한가운데는 기품 있는 대리석 좌대 위에 웅장하고 멋진 기마 인물상이 우뚝 서 있으니, 바로 우루과이의 국부로 추앙받고 있는 아르띠가스 장군이다.

  호세 헤르바시오 아르띠가스(Jose Gervasio Artigas), 그는 독립영웅이자

독립광장(Plaza de Independencia)과 아르띠가스 동상

우루과이 근대 역사의 주역이다. 아울러 시몬 볼리바르(Simon Bolivar), 호세 데 산마르틴(Jose de San Martin)과 어깨를 나란히 하는 남미 해방의 선구자로 평가받는 인물이다.

아르띠가스는 1764년 몬테비데오의 명문가에서 태어나 프란시스코 수도원에서 초등교육 과정을 이수하였다. 14세 때 학업을 그만두고 한 동안 브라질 국경지방에서 가축과 피혁 밀거래에 종사하며 젊은 시절을 보냈다. 33세 때인 1797년 스페인 군대인 Blandengues 여단에 입대하여 군인의 길을 걸었다. 하지만 1810년 부에노스 아이레스에서 혁명의 불꽃이 일어나자 그동안 몸담았던 스페인 군문을 분연히 떨치고 나와 혁명의 길에 동참했다. 1811년 2월 28일 일단의 농민과 가우초

천 페소 지폐에 담긴 아르띠가스 장군

들을 규합하여 반스페인 혁명투쟁의 횃불을 들어올렸으니, 역사는 이를 '아센시오의 외침(Grito de Asencio)'이라 기록하고 있다.

기세를 몰아 이 부대는 1811년 5월 18일 라스삐에드라스 전투에서 스페인군을 크게 격파하고 첫 승리를 거두었다. 이 전투를 계기로 아르띠가스 장군이 라플라타강 동부 초원지대, 이른바 반다 오리엔탈(Banda Oriental) 지방의 대부분을 장악하면서 독립운동의 핵심으로 떠올랐다. 우리나라 독립운동사에 빛나는 김좌진 장군의 청산리대첩에 견줄 만한 쾌거였던 셈이다.

하지만 이후 스페인 식민통치 당국의 회유와 협박, 포르투갈군의 개입, 독립운동세력 내의 노선 갈등 등 숱한 우여곡절을 겪게 된다. 결국 1820년 포르투갈군의 공격에 고립무원으로 패퇴하고 파라과이로 망명하여 은둔의 세월을 보내다가 1850년 9월 망명지에서 숨을 거두었다.

비록 그는 독립한 조국에 돌아오지 못하고 생의 후반부를 이국에서 쓸쓸하게 보내야 했지만, 그의 이름은 사후에 더욱 찬란하게 빛을 발하여 국민들의 가슴속에 아로새겨져 있다. 전국 어디를 가나 아르띠가스를 기리는 거리나 광장, 조형물을 만날 수 있다. 아르띠가스의 이름을 따서 붙인 주(州)가 있으며, 남극 과학기지도 아르띠가스 기지로 명명되어 있다. 그가 1813년에 발표한 '강령 1813'은 현행 헌법의 모태가 되었다. 이를테면 우루과이의 과거도 현재도 아르띠가스와 따로 떼어서는 생각할 수가 없을 정도다.

우리는 사정이 어떤가. 우리나라에도 아르띠가스 못지 않은 훌륭한 선각자, 독립지사, 건국과 근대화를 이끈 탁월한 지도자가 적지 않았다. 하지만 우리는 과연 그분들의 업적을 제대로 평가하고 후손들이 숭모할 수 있도록 노력을 다하고 있는가? 엄혹한 시대를 온몸으로 부딪치고 헤쳐나가야 했던 그분들의 고초와 번민을 헤아리지 않고 단순히 오늘의 잣대로 그 행적을 재단하고 함부로 폄훼하는 것은 온당한 일이 아니다.

아르띠가스도 젊은 시절 변경에서 불법 밀무역에 종사했던 적이 있고, 또 식민통치의 첨병인 스페인 군대에 들어가 복무하기도 했다. 그럼에도 우루과이 국민들 그 누구도 이를 빌미로 그에게 손가락질을 하거나 그의 업적을 깎아내리려고 하지 않는다. 타산지석으로 삼을 일이다.

우루과이의 고민,
국토와 인구

한 나라의 국력을 가늠해 볼 수 있는 지표는 여러 가지가 있지만 그중 국토와 인구가 가장 기본이며 빠뜨릴 수 없는 항목이라는 점은 이론의 여지가 없을 것이다. 여기서 국토는 크기도 중요하지만 지정학적 위치, 전반적인 토지의 형상이나 지질구조, 기후조건, 부존자원의 유무 또한 간과할 수 없는 요소가 된다. 인구 역시 절대인구 규모와 함께 평균수명, 인구증가율, 고등교육을 받은 인적자원, 연령별 구성비 등 연관 지표도 판단의 준거가 될 수 있을 것이다.

이 점에서 우루과이의 사정은 어떤가. 우루과이의 국토면적은 17만 6천km²로 남미 대륙의 독립국가 중에서 가장 작으며, 한반도 전체와 비교해서도 약간 작은 편이다. 지정학적으로는 서쪽으로 라플라타강과 우루과이강을 경계로 아르헨티나와 접하고 있고 동북쪽으로는 브라질과 국경을 맞대고 있다. 지역을 대표하는 두 대국 사이에 끼어 있는 형국이 우리와 흡사하다. 대부분의 남미 국가들이 자원의 보고인 것과는 달리 우루과이는 산유국도 아니고 내세울 만한 다른 천연자원

도 없다. 이런 면에서는 국토 여건이 불리해 보인다.

하지만 긍정적인 점 또한 적지 않다. 우선 전 국토가 평원 또는 구릉지여서 필요에 따라 쉽게 개발할 수 있는 이점이 있고 토질도 비옥한 편이다. 우루과이강과 파라나강 그리고 라플라타강으로 이어지는 수운 여건이 좋다. 또 볼리비아나 파라과이 등 내륙 국가를 대서양으로 연결시키는 길목에 자리잡고 있어 남미 지역의 물류 허브로 도약할 수 있는 입지조건을 갖추고 있다. 공해 없는 깨끗한 자연환경과 풍부한 지하수자원 또한 미래의 국가 발전을 담보하는 긍정적인 요소들이다. 이렇게 본다면 우루과이는 결코 축복받은 땅이라고는 할 수 없을지 몰라도, 다분히 희망적인 땅이라는 평가는 내릴 수 있음 직하다.

문제는 인구다. 우루과이의 총인구는 약 340만 명으로, km²당 인구밀도가 18.75명에 불과하다. 어떤 분야가 되었건 자체 내수시장을

형성하기에는 절대인구 규모가 너무 작다. 게다가 찬찬히 속을 들여다보면 문제가 더 심각하다. 우선 인구증가율이 계속 떨어지고 있어 상황이 호전될 기미가 없어 보인다. 1960년대 이래 그나마 0.6% 선을 꾸준히 유지해 오던 인구증가율은 90년대 후반부터 급전직하하여, 가장 최근에 실시된 2011년 센서스 때는 0.19%로 나타났다. 고령인구가 많다는 것도 고민거리다.

65세 이상 노년층 인구가 전체 인구의 14.1%에 이르고 있어 유엔의 기준으로 보면 이미 고령사회(Aged Society)에 진입한 나라로 분류된다. 우리나라도 급격하게 저출산 고령화가 진행되고 있어 큰 사회문제가 되고 있지만, 우루과이의 사정은 훨씬 심각하다. 한편 인구의 수도권 집중이 심한 것도 결코 바람직하지 않다. 몬테비데오의 인구가 132만 명이고 인접 생활권인 까넬로네스 주(우리의 경기도에 해당)가 52만 명이

니 어림잡아도 수도권 집중도가 55%를 넘어선다. 지방의 경우 1개 주의 전체 인구가 평균 10만 명 정도에 불과하니, 교육의 기회도 취업의 기회도 충분히 제공할 만한 여건 자체가 되지 않는다.

그렇다면 어떤 해결책이 있을까? 개인적인 생각으로는 우선 적극적인 이민정책을 펼칠 필요가 있다고 본다. 어차피 인구는 적고 땅은 남아돌아가니 개발형 이민 유입을 마다할 이유가 없다. 다음으로 지방에 산업을 유치하여 일자리를 만들고 구매력을 키워 지방경제를 활성화시키는 것이 긴요하다. 해외투자를 유치하고 과감한 인센티브를 제공하는 것도 필요하다. 물론 말처럼 쉽지는 않은 과제들이지만 그렇다고 손놓고 있을 수는 없지 않겠는가.

우루과이가 예지와 슬기를 발휘하여 어려움을 이겨내고 강소국으로 탄탄하게 발전해 나가기를 기원한다.

지명(地名) 산책

우리가 발붙이고 살아가는 땅의 이름, 곧 지명의 유래를 살펴보는 것은 매우 흥미있는 일이다. 지명에는 그 지역의 자연적인 특징뿐만 아니라 역사, 문화, 풍속, 물산, 인물 등에 관한 인문지리 정보가 듬뿍 담겨 있기 때문이다.

그렇다면 우루과이의 19개 주는 어떤 식으로 작명되었을까?

우루과이의 행정구역은 수도 몬테비데오 시와 18개 주로 나뉘는데, 각 주의 명칭은 대부분 역사적 인물과 관계가 있거나 아니면 해당 지방의 자연적·환경적 특징을 반영하고 있다.

역사적 인물과 관계된 작명

아르띠가스(Artigas) 주 : 가장 북쪽에 위치하며 브라질, 아르헨티나 접경지대다. 두말할 나위도 없이 국부 아르띠가스 장군을 숭모하여 붙인 이름이다. 아르띠가스 장군이 젊은 시절 스페인 Blandengues여단에 복무중일 때 이곳 브라질 국경지대에서 근무했던 인연도 있다.

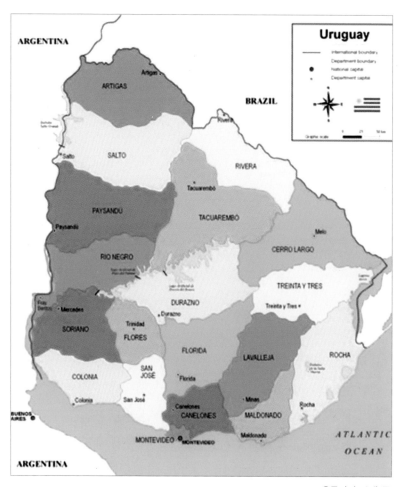

우루과이 19개 주

빠이산두(Paysandu) 주 : 아르헨티나 접경지역인 서부에 위치하며,
이 지역을 최초로 개척했던 스페인 신부 Policarpo Sandu를 기려서
붙인 이름이다. 당시 사람들은 그를 Pai Sandu라고 불렀다. (Pai는 과라
니어로 Father를 뜻한다.)

특이한 지형으로 유명한 관광지 Gruta del Palacio (Flores주 소재)

리베라(Rivera) 주 : 브라질과 접해 있는 북부 지역. 포르투갈군에 맞서 독립투쟁을 이끈 지도자이며 훗날 초대 대통령을 지낸 Fructuoso Rivera 장군을 숭모하여 붙인 이름이다.

라바예하(Lavalleja) 주 : 역시 독립전쟁을 이끌었던 지도자 중 한 사람인 Juan Antonio Lavalleja를 기념하여 붙인 이름이다.

플로레스(Flores) 주 : 독립전쟁 지도자이며 훗날 대통령을 지냈던 Venancio Flores 장군을 숭모하여 주 이름으로 정했다.

말도나도(Maldonado) 주 : 16세기 초 라플라타 일대의 식민지 개척자이던 Sebastian Gaboto가 스페인으로 돌아가게 되자, 현지에 남아 그의 권한대행을 맡았던 인물인 Francisco Maldonado에서 비롯된 이름이다.

로차(Rocha) 주 : 스페인 사람으로서 이 지역에 정착했던 첫 가우초로 알려져 있는 Luis de Rocha에게서 따온 이름이다.

우루과이 최대 수력발전소 Salto Grande

플로리다(Florida) 주 : 스페인의 정치가이며 나폴레옹의 스페인 침공에 맞서 싸웠던 인물인 Floridablanca를 추념하여 붙인 이름이다.

산호세(San Jose) 주 : 성모 마리아의 남편 성 요셉에서 비롯된 이름이다.

자연적 · 환경적 특징이 반영된 작명

살토(Salto) 주 : 우루과이강이 이 지역을 통과하여 흐르는 구간에 협곡(Salto)이 많아 유래된 이름이다. 우루과이 최대 수력발전소인 Salto Grande가 입지해 있다.

리오네그로(Rio Negro) 주 : 국토 중앙부를 관통하고 있는 흑하(黑河, Rio Negro)의 물길에 위치하고 있어 붙여진 이름이다.

따꾸아렘보(Tacuarembo) 주 : 강가에 자생하는 갈대가 많았던 데서 유래된 이름이다. 과라니어로 Tacua는 갈대, irembo는 자란다는 뜻이

Canelones 광장

다. 원주민들은 이 갈대로 투망이나 바구니를 엮어 사용했다고 한다.

세로라르고(Cerro Largo) 주 : 이 일대가 넓은 고원지대인 데서 유래한다. Cerro는 영어의 Hill 또는 Mountain을 뜻한다.

두라스노(Durazno) 주 : 주도(州都)인 Durazno에 옛날부터 커다란 복숭아나무(duraznero) 한 그루가 자라고 있었던 데서 유래한 지명이다.

까넬로네스(Canelones) 주 : 강변에 계수나무(canelon)가 많이 자라고 있었던 데서 유래한 이름이다.

그 외 특이한 유래를 가진 지명

소리아노(Soriano) 주 : 이곳의 초기 정착자들이 주로 스페인 Soria 지방 출신들이었던 데서 유래했다.

뜨레인따 이 뜨레스(Treinta y Tres) 주 : 1825년 포르투갈 병영 기습 작전을 성공시켜 독립 쟁취의 결정적인 계기를 마련했던 33인 애국

▲ Montevideo 해안 요새 ▼ Colonia 구시가지

지사를 기념하여 '33'이라는 숫자를 주 이름으로 채택하였다.

꼴로니아(Colonia) 주 : 포르투갈과 스페인의 식민통치지역(colonia) 이었던 데서 유래. 식민지배의 아픈 과거를 되새기게 하는 이름인 셈 이니, 우리 정서상으로는 이해하기 힘든 작명이다.

몬테비데오(Montevideo) 시 : 라플라타강을 배로 거슬러 올라오던 스페인의 탐험가들이 (강변 쪽으로 밋밋한 들판만 이어지다가 처음으로 산의 모양새가 나타나자) '산이다!' 하고 소리쳤다는 데서 유래. 그 산에 훗날 요새가 축조되어 오늘날까지 남아 있다. 라틴어로 Montem Video는 '나는 산을 본다(Yo veo un Monte)'는 뜻이다.

앞으로 우루과이 각 지방을 여행하게 되면 이 지명들을 떠올려 보자. 지명에 얽힌 이야기를 되새겨 보는 것만으로도 여정이 한결 즐거워질 것이다.

국민음료, 마떼

중국인들이 시도 때도 없이 차를 마시고 미국인들이 콜라를 즐겨 마시듯, 우루과이에도 남녀노소 모두에게 사랑받는 국민음료가 있으니, 바로 마떼(Mate) 차다. 마떼는 실은 우루과이뿐만 아니라 파라과이, 볼리비아, 아르헨티나 그리고 브라질 남부지방에서도 널리 애용되고

축구스타 루이스 수아레스도 마떼차 마니아

있는 전통음료다. 물론 지역에 따라 명칭도 달리 부르고 마시는 습관
도 조금씩 다르기는 하다. 파라과이와 볼리비아, 그리고 아르헨티나
북동부 지역에서는 이 차를 떼레레(Terere)라 부르고 찬물을 부어 마신
다. 브라질에서는 포르투갈어로 시마라웅(Chimarrao)이라고 하는데, 우
루과이처럼 뜨거운 물을 부어 마신다.

그렇지만 마떼의 본고장은 우루과이다. 우루과이 사람들은 때와 장
소를 가리지 않고 늘 보온병을 옆구리에 끼고 손에는 마떼통을 들고
다닌다. 공식 회의석상에서도 마니아들은 주최측에서 마련한 음료 대
신 본인이 따로 마떼를 들고 가서 마시곤 한다. 심지어 마떼를 마시면
서 운전하는 사람도 종종 볼 수 있다. (물론 교통법규상으로는 운전 중에 마떼
를 마시지 못하게 되어 있다. 사고 위험이 높을 뿐만 아니라 사고가 나면 안면을 크게

다치게 되기 때문이다).

하지만 아이러니하게도 마떼 차나무(yerba mate)는 우루과이에서는 재배되지 않아 거의 전량을 브라질에서 수입하고 있다.

어쨌거나 마떼는 건강음료로서 피로 회복에 좋고 신진대사를 촉진하며 신경계통에도 활발한 자극을 준다고 한다. 비타민도 풍부하게 함유하고 있는 것으로 알려져 있다.

마떼를 즐기는 데 필요한 도구로는 호박 속을 파내어 만든 둥근 차통(mate)과 찻잎을 걸러내어 마실 수 있도록 고안된 빨대인 봄비야(bombilla)가 있는데, 마떼라는 용어 자체가 원래 '호박'을 뜻하는 케츄아어인 마띠(mati)에서 유래한 것이라고 한다.

이렇게 국민음료로 사랑받고 있는 마떼도 옛날에는 가혹한 시련을 겪었던 모양이다. 스페인 식민 시절 내내 가톨릭교회는 마떼를 '악마

가게에서 팔고 있는 다양한 종류의 마떼통

의 풀'로 규정하고, 마떼가 근로의욕을 떨어뜨린다고 보아 사용을 금지시켰다. 그럼에도 원주민들로부터 마떼를 떼어내지 못했고, 결국 나중에는 교회도 마떼의 효능을 인정하고 용인할 수밖에 없었다고 한다.

마떼는 효능도 효능이지만, 특히 우루과이에서는 계층과 신분에 구애받지 않고 함께 어울려 즐김으로써 사회적 통합을 이루는 촉매제 역할을 톡톡히 하고 있다. 특히 Ronda de mates라 하여 친구나 지인들끼리 한 통의 마떼를 돌려가며 마시고 대화를 나누는 모임을 자주 갖는다. 우리나라에서는 흔히 소주잔을 주고받으며 우정을 나누는데, 이와 흡사하다.

이 마떼 차가 이젠 한국 시장에도 소개되어 특히 여성들의 다이어트

음료로 각광받고 있다고 한다. 우루과이와 인연을 맺고 있는 입장에서는 반가운 일이 아닐 수 없다. 좋은 사람들과 어울려 맛있는 우루과이산 소고기 요리를 즐기고, 마떼 차로 입가심을 하는 호사를 누릴 수 있게 되었으니 말이다. 다이어트에도 도움이 된다니 더욱 좋을씨고!

애환의 선율, 탱고

누군가에게 남미를 상징하는 이미지 하나를 꼽으라고 한다면 아마도 '정열'을 가장 많이 떠올리지 않을까? 특히 브라질의 리오 축제가 뿜어내는 현란한 삼바 리듬은 우리에게 강렬한 인상을 남겨주고 있다. 하지만 남미를 대표하는 문화를 얘기하노라면 서민의 애환과 향수가 서려 있는 탱고 또한 빼놓을 수 없다.

탱고는 1860년대 부에노스아이레스와 몬테비데오 두 도시의 하층민 사회에서 시작된 것으로 알려져 있다. 아프리카의 후예와 현지 원주민, 그리고 가우초의 토속문화에다가 다양한 유럽 이민자의 예술적 기질과 속성까지 뒤섞여 있는 독특한 음악이고 춤이다. 초기에는 도시 빈민가와 항구, 사창가, 목로주점 등 소외된 외곽지역에서 은밀히 퍼져나갔고, 상류사회나 가톨릭교회로부터는 저속한 하층문화로 치부되어 철저히 외면받았다. 탱고라는 용어부터가 아프리카에서 유래한 것이어서, 원래는 18~19세기 무렵 아프리카 노예 출신들이 모여 향수를 달래며 춤추던 장소를 일컫는 말이었다고 한다.

탱고 댄스 : 원래는 남자들끼리 짝을 이루어 서로 몸과 몸을 부딪혀 가면서 남성미를 과시하고 허세를 내보이는 춤으로 시작되었는데, 나중에 차츰 남녀가 파트너를 이루는 형태로 바뀌어 갔다.

춤이 너무 관능적이고 도발적이며 저속하다고 하여 공공장소에서는 허용되지 않다가, 20세기 초 이른바 '아름다운 시절(La Epoca Bella)' 에 와서야 사회적으로 용인을 받게 된다. 아이러니하게도 당시 세계 문화의 중심이었던 파리가 탱고를 받아들여 1920년대 유럽 탱고의 황금기를 구가하게 되자 비로소 아르헨티나와 우루과이의 상류사회도 뒤늦게 탱고를 고유한 예술장르로 인정하기에 이른 것이다. 본고장에서 외면받던 탱고가 유럽에서 역수입되면서 비로소 제대로 꽃을 피우게 된 셈이다.

탱고 음악 : 탱고 음악은 아련한 슬픔과 향수를 머금고 있다. 원래는 1인 악사가 기타나 아코디언만으로 연주하던, 노랫말 없는 반주음악이었다. 차츰 세월이 흐르면서 기타, 바이올린, 플룻 또는 클라리넷 3중주 형식으로 발전하였다. 이후 20세기에 들어와서 피아노가 가미되면서 자연스럽게 반도네온, 바이올린, 피아노, 콘트라베이스가 반주 악기로 정형화되었다.

유럽 이민자 중에서는 특히 이태리계가 탱고의 발전에 크게 기여하여, 초기 탱고에는 이태리 음악의 분위기가 짙게 배어 있다. 또 후일 탱고 리듬에 가사를 붙이게 되면서부터는 뒷골목 하층민 사회에서 통용되던 저급한 은어들이 그대로 쓰였고, 이런 노랫말을 통해 애틋한 슬픔과 사랑, 고향에 대한 향수 등 서민의 애환을 가감없이 표현하게 되었다.

뒤늦게 탱고의 가치를 알아본 아르헨티나와 우루과이는 이젠 탱고의 발상지가 어디인지를 두고 서로 원조 논쟁을 벌이고 있다. 하지만 어떤 문화예술이건 많은 사람의 자취가 쌓이면서 세월과 함께 조금씩 영글어 가는 것이니, 탱고 또한 라플라타 지역 공통의 문화적 유산일진대 어찌 두부 자르듯 원조를 가릴 수 있겠는가. 부질없는 논쟁에 매달리기보다는 탱고가 세계인의 사랑을 받을 수 있도록 품격을 높이고 대중에게 더 가깝게 다가갈 수 있도록 함께 노력하는 것이 마땅할 것이다. 유네스코가 2009년 부에노스아이레스와 몬테비데오 두 도시의 '공동신청'을 받아들이는 형식을 취하면서 탱고를 세계무형문화유산으로 지정한 것도 그런 의미가 있지 않을까 생각한다.

이런 시각에서 보면 부에노스아이레스가 다양한 공연무대를 갖추

고 화려한 동작을 선보이며 이른바 스테이지 탱고 시대를 열어가고 있는 데 비해, 우루과이의 탱고 환경은 너무 초라해 보인다. 지금부터라도 정부와 시 당국이 합심하여 공연 인프라를 획기적으로 개선하고 가수와 댄서들도 길러내어 탱고를 관광상품화하는 다양한 노력을 기울여 주기를 바란다.

보너스 1 : 가장 널리 알려져 있는 탱고곡 라꿈빠르시따(La Cumparsita)는 1916년 우루과이 작곡가 Gerardo Matos Rodriguez의 손에서 탄생했다. 우루과이인들은 이 곡에 대단한 자부심을 갖고 있다.

보너스 2 : 전설적인 탱고 가수 까를로스 가르델(Carlos Gardel), 그를 둘러싸고도 우루과이와 아르헨티나가 서로 연고권을 주장하곤 한다. 1890년 우루과이 중부지방 Tacuarembo에서 태어났지만 성장한 후에

까를로스 가르델(Carlos Gardel)

는 주로 부에노스아이레스를 무대로 활동했기 때문이다. 그는 주옥같
은 탱고 800여 곡을 불렀을 뿐 아니라 준수한 외모와 타고난 끼를 살
려 11편의 영화도 남긴 걸출한 예인이었다. 안타깝게도 1935년 불의
의 항공기 사고로 요절했는데, 지금까지도 탱고 역사상 가장 뛰어난
가수로 평가받고 있다.

우루과이의 국가 상징

어느 나라건 안으로는 국민을 하나로 통합하고 대외적으로는 국가의 위상과 정체성을 각인시키는 국가 상징을 갖고 있다. 국기와 국가가 대표적인 상징이지만, 대부분의 나라는 여러 가지 다른 상징물을 두고 있다. 우리나라도 태극기와 애국가 외에 국화인 무궁화, 태극 문양을 무궁화 꽃잎이 감싸고 있는 모습인 나라 문장, 그리고 공식 인장(印章)인 국새(國璽)를 국가 상징으로 정해 놓고 있다. 우루과이는 어떨까? 우루과이의 국기와 국가는 앞에서 소개하였으니, 이번엔 그 외의 국가 상징을 살펴보자.

국가 문장 : 유럽 문화의 영향을 받아 우루과이도 오래전부터 국가 문장을 만들어 쓰고 있다. 관공서 건물과 공문서 표지 등에도 어김없이 국가 문장이 새겨지고, 각종 기념행사 무대를 장식하기도 한다. Miguel Coppetti의 도안을 기초로 하여 독립 직후인 1829년 공식 제정하였는데, 전체 디자인과 그 속에 담긴 뜻은 다음과 같다.

- 상하가 길고 좌우가 짧은 타원을 4개 구획으로 구분하고, 각 구획에 '저울, Cerro요새, 야생마, 소' 등 네 가지 이미지를 그려넣었다.
- **왼쪽 위 : 저울** 평등과 정의 상징/청색 바탕
- **오른쪽 위 : 몬테비데오 Cerro 요새** 힘 상징/은색 바탕
- **왼쪽 아래 : 야생마** 자유 상징/은색 바탕
- **오른쪽 아래 : 소** 풍요 상징/청색 바탕
- 이 타원은 평화를 상징하는 올리브와 월계수 줄기가 좌우로 감싸안고 있으며, 위에서는 작열하는 태양이 굽어보고 있는 모습이다.

국화 : 아르헨티나 중북부, 브라질 중남부, 파라과이, 볼리비아, 우루과이 일대에서 자생하는 관상수인 세이보(Ceibo)를 국화로 삼고 있다. 학명은 Erythrina crista-galli이며, 꽃은 진홍색으로 보통 11~12월 사이에 개화한다. 최대 20m 높이까지 성장하며 공원, 광장 등지에서 흔히 볼 수 있고 가로수로도 많이 심는다. 여러 그루가 숲을 이루고 있는 곳을 일러 세이발(Ceibal)이라 한다.

우루과이 정부가 역점을 두고 있는 교육정책 중의 하나로 초·중등학교 학생과 교사 전원에게 노트북 컴퓨터를 보급하는 프로그램이 있는데, 이 프로그램 타이틀이 Plan Ceibal이다. 장차 국가의 동량이 될 꿈나무들의 소질과 역량을 꽃피워 내겠다는 뜻을 담고 있는 듯하다. 우리로 말하자면 '무궁화 프로젝트'라고 이름붙인 셈이다.

국가 상징색 : 별도로 국가 상징색을 정해 놓은 것은 아니지만 우루과이 국민들은 하늘색에 특별한 애정을 갖고 있는데, 그 배경에는 역시 축구가 자리하고 있다. 1910년 8월 15일, 우루과이와 아르헨티나 국가대항전인 제6회 립톤컵(Copa Lipton)에서 공교롭게도 양팀이 똑같이 푸른 줄무늬 유니폼을 입고 나왔다. 그러자 방문팀인 아르헨티나가 우루과이팀 유니폼을 바꾸어 줄 것을 요구했고, 우루과이가 이를 받아들여 하늘색(Celeste) 유니폼을 급조하여 바꾸어 입고 경기를 치렀다. 이 경기에서 우루과이가 3대 1로 승리를 거두자 우루과이인들은 환호작약하며 하늘색이 승리를 불러온 것으로 여기게 되었다. 이를 계기로 하늘색 유니폼이 대표팀 공식 유니폼으로 정착되어 오늘날까지 100년 이상을 이어오고 있다.

뿐만 아니라 국기에도 하늘색 가로줄이 들어가 있고, 청정자연

(Uruguay Natural) 콘셉트에도 푸른 하늘이 핵심 이미지로 들어가 있는 데서 보듯 우루과이 국민들의 하늘색 사랑은 각별하다고 하지 않을 수 없다.

　가장 친근한 새 : 우루과이의 국명이 케츄아어로 '새들의 강'을 뜻하는 것에서 알 수 있듯 우루과이는 가히 새들의 천국이다. 무려 450여 종의 새가 서식하는 것으로 알려져 있다. 그중에서도 가장 흔하고 대표적인 새가 떼로(Tero)인데, 놀라거나 했을 때 '떼로- 떼로-'하면서 우짖는다고 하여 이런 이름을 갖게 되었다. 몸길이는 평균 35cm, 가늘고 긴 다리에 머리 뒷쪽으로는 날카로운 꽁지가 붙어 있고 다리와 눈, 부리가 빨간색을 띠고 있어 특이한 모습이다. 주로 호수나 강가, 초원지대에 서식하지만 도시 주택가에서도 흔히 볼 수 있다. 결코 큰

새가 아닌데도 날개를 펼치면 매에 버금갈 정도로 위풍이 당당해진다. 봄철에 메추리알과 비슷한 크기의 알을 낳는데, 사람이 가까이 가면 눈을 부라리고 경계하면서 매섭게 달려든다. 우루과이의 국조(國鳥)라 일컬어도 손색이 없는 새다.

아는 만큼 보이고 보이는 만큼 즐길 수 있다고 했던가. 기왕 이 나라와 인연을 맺었으니 이런 국가 상징 하나하나에도 관심과 애정의 눈길을 주다 보면 우루과이가 훨씬 살갑게 다가오고 일상이 더 즐거워지지 않을까?

2월의 축제, 우루과이 카니발

정열의 대륙 남미, 그중에서도 해마다 브라질 리오 축제가 펼쳐내는 광란의 무대는 너무나 잘 알려져 있다. 하지만 리오 카니발이 그저 그런 동네잔치 수준을 벗어나 지금 같은 대형 축제로 자리잡게 된 것은 전문적인 삼바학교가 나타나기 시작한 1930년대부터다. 제대로 따진다면 그 역사는 100년이 채 되지 않는다는 얘기다. 반면에 지명도로만 본다면 리오 축제에 못 미치지만 전통과 역사면에서는 훨씬 윗길에 있는 축제가 있으니, 바로 우루과이 카니발이다.

우루과이 카니발은 매년 2월에서 3월 초에 걸쳐 무려 40일간 몬테비데오를 비롯하여 아르띠가스, 살토, 리베라, 로차 주 일원에서 벌어지는데, 세계에서 가장 긴 카니발로 유명하며 그 기원은 17~18세기 식민지배 시절로까지 거슬러 올라간다. 초기에는 유럽 스타일 축제였으나 1750년 최초의 아프리카 노예선이 몬테비데오항에 도착하고서부터는 아프리카의 춤과 음악이 가미되어 오늘날과 같은 형태로 발전하였다.

우루과이 카니발

　화려한 의상과 분장도 볼거리이거니와 축제기간 중에는 남녀노소
와 빈부계층 구분 없이 모두 거리로 쏟아져 나와 어울림으로써 사회
적 갈등을 해소하고 화합을 도모하는 잔치마당이 되고 있다.

　우루과이 카니발의 춤과 음악은 그 스타일에 따라 깐돔베(Candombe),
무르가(Murga), 삼바(Samba)로 다시 나뉜다.

■ **깐돔베** : 아프리카 문화에서 전래되었지만 이미 우루과이 국민 리
듬으로 자리잡았으며, 2009년 탱고와 함께 유네스코 세계무형문
화유산으로 등재되었다. 아프리카 모국에 대한 향수와 사랑, 현재
의 고달픈 삶, 미래에 대한 꿈과 소망의 감정이 모두 춤과 음악에
녹아 있다. 보통 수십 명이 팀을 이루어 다양한 크기의 북을 쉼없

깐돔베

이 두드리며 행진하게 되는데, 긴 망토를 걸치고 벙거지 같은 모자를 쓴 북잡이들의 행색을 감상하는 것도 재미있다. 꼼빠르사(Comparsa)라고 부르는 이 연주 행렬에는 원래 흑인들만 참가하였지만, 식민 시절 축제를 즐기고 싶은 일부 백인들도 얼굴과 몸에 검정칠을 하고 동참하였다고 한다.

■ **무르가** : 1909년 카디스에서 건너온 스페인 이주민들에 의해 전파된 악극이다. 14~17명으로 구성된 악극단이 정치사회 상황을 풍자와 해학으로 풀어낸다. 메시지를 효과적으로 전달하기 위해 독특한 의상과 분장으로 꾸미고, 적절한 효과음과 과장된 동작이 곁들여진다. 카니발 기간 중 각 악극단이 계속해서 경연을 펼쳐

우승팀을 가리게 되는데, 공식 경연은 몬테비데오 시내에 있는 야외극장(Teatro de Verano)에서 진행된다.

- **삼바** : 깐돔베와 마찬가지로 아프리카에서 전래되었지만 브라질에서 새로운 리듬으로 재탄생한 춤과 음악이다. 열정적이고 빠른 율동이 특징이다. 20세기에 들어와 우루과이도 이를 받아들여 카니발의 주요 프로그램으로 자리잡았다. 베데떼(Vedettes)라고 불리는 무희들의 화려하고 관능적인 춤사위가 관람객들의 눈길을 사로잡는다.

우루과이 카니발의 진수를 맛보려면 역시 몬테비데오를 찾지 않을 수 없다. 몬테비데오 카니발은 매년 2월 초 우리의 종로 거리에 해당하는 '7월 18일 대로'에서 공식 개막행사가 열리고, 일주일 후에 남구 팔레르모가(街)에서 화려한 퍼레이드가 펼쳐진다. 이 퍼레이드는 라스 야마다스(Las Llamadas)라 불리는데, 옛날 흑인노예들이 북을 쳐서 서로를 불러내어 함께 음악을 즐기던 풍습에서 유래한다. 이 퍼레이드에 빠지지 않고 등장하는 주역들이 바로 옛 흑인노예들의 애환을 대변하고 있다. 우루과이 내 소수인종인 아프리카계 흑인들로서는 카니발을 통해 자신들의 정체성을 확인하고 문화적 긍지를 되새기고 있는 셈이다.

제3부
태화강 대숲소리
2017~2018년 경상일보 연재 칼럼

디자인이 경쟁력이다

연일 후덥지근한 날씨가 이어지고 있다. 이럴 땐 시원한 청량음료가 생각나기 마련. 요즘은 수많은 제품이 널려 있지만, 여전히 청량음료 시장에서는 코카콜라가 첫손가락에 꼽힌다. 1886년 최초로 개발된 이래 오늘날까지 코카콜라가 최고의 브랜드 가치를 굳건히 유지하고 있는 것은, 톡 쏘는 첫맛도 강렬하거니와 기발한 병 디자인이 시선을 사로잡기 때문이기도 하다. 1915년에 고안되어 단숨에 트레이드마크로 자리잡은, 여인의 주름치마에서 영감을 얻었다는 바로 그 잘록한 디자인이다. 좋은 디자인의 가치를 여실히 보여 주는 사례다.

디자인이 제품의 가치를 결정적으로 좌우하는 곳이라면 패션시장을 빼놓을 수 없다. 예를 들어보자. 흔히 바바리코트로 불리는 트렌치코트는 원래 1차 세계대전 당시 혹독한 참호 생활을 견뎌 내야 했던 영국군 장교들을 위한 방수복으로 개발된 제품이다. 넉넉한 품, 소매를 여미는 끈, 양 어깨의 견장, D자형 벨트고리 등의 독특한 디자인이 다 전투 용도와 연관되어 있다. 이것이 중후한 남성미의 상징으로 부각되어 종전 후 민간 패션시장에서 폭발적인 인기를 끌었고, Burberry 도 일약 세계적인 브랜드로 부상하였다.

사실 어떤 상품이든 명품과 그렇지 않은 것이 갖는 기능상의 차이 는 그다지 크지 않다. 양자를 구별짓는 결정적인 요소는 바로 디자인 이다. 어디 상품뿐이랴. 사람들이 살아가는 도시 또한 다양한 디자인 이 펼쳐져 있는 공간이다. 호주를 가보지 않은 사람이라도 '시드니' 하면 자연스럽게 조가비 모양의 하얀 지붕을 이고 있는 오페라하우스 와 하버 브리지를 떠올리게 된다. 뉴욕에는 조각품이기도 하고 건축 물이기도 한 자유의 여신상이 절묘한 디자인을 뽐내며 도시 랜드마크 로 자리잡고 있다.

독특한 사례도 있다. 스페인 빌바오 시는 한때 제철과 조선산업으 로 흥성했던 공업도시였지만 1980년대 이후 이들 산업의 침체와 함 께 활력을 잃어가고 있었다. 그런데 독창적인 디자인의 건물 하나가 쇠락해 가던 이 도시를 살려냈다. 프랭크 게리가 설계하여 20세기 인 류가 만든 최고의 건물이라는 찬사를 받고 있는 구겐하임 미술관이 만들어 낸 기적이다. 단지 이 미술관 하나에 힘입어 빌바오는 특급 관 광도시로 변모하였다.

그렇다면 우리 도시는 어떤가. '서울'을 생각하면 자연스럽게 무엇 이 떠오르는가. 한강변의 아파트숲? 광화문광장? 롯데월드타워? 어 느 것이든 도시 브랜드로 꼽기에는 뭔가 부족하다. 개성이 없고 디자 인이 변변치 않기 때문이다. 이미 10년 전에 오세훈 당시 시장이 '디 자인 서울'을 기치로 내걸고 여기서 새로운 성장동력을 얻고자 시도 했던 것도 이같은 문제인식에서 비롯했을 것이다. 여러 가지 사정으로 인해 이 정책이 당초 의도대로 지속되지 못한 것은 아쉬운 대목이다.

이 점에서 보면 울산은 사정이 나은 편이다. 무엇보다도 과거 공업도시의 우중충한 이미지를 벗고 깨끗한 생태도시로 탈바꿈하는 데 성공하였다. 태화강의 변모가 그 중심에 있다. 이렇게 되기까지 오랜 시간이 걸렸고 많은 어려움도 있었다. 하지만 시야를 넓게 갖고 도시를 새롭게 디자인하려고 애썼기 때문에 오늘날 가시적인 성과가 하나하나 나타나고 있음을 볼 수 있다.

이제 광역시 승격 20주년을 맞아 울산은 새로운 도약을 꿈꾸고 있다. 그 도약의 길은 4차 산업혁명 시대에 선제적으로 대비하면서 총체적인 도시 브랜드 가치를 높여 나가는 여정이 되어야 할 것이다. 그러기 위해서는 도시 구석구석에 개성 있는 디자인을 입혀 부가가치를 키우는 노력이 반드시 필요하다. 울산도시공사도 '미래를 디자인하는 공기업'이라는 슬로건에 걸맞게 그 길에 앞장서고자 한다.

(2017년 7월 10일)

물, 어떻게 다룰 것인가?

프로메테우스는 제우스신에게서 불을 훔쳐 인간에게 전해 주었다. 이로 인해 그는 제우스의 노여움을 사 독수리에게 간을 쪼아먹히는 형벌을 받게 되지만, 어쨌거나 이렇게 불을 사용하게 되면서부터 인류의 삶은 획기적으로 바뀌게 되었다.

인류가 정착 생활을 하게 되면서부터 늘 함께해 온 불 못지않게 긴요한 또 하나의 핵심 자원이 있다. 바로 물이다. 고대 중국에서는 황하를 잘 다스리며 치수에 공을 세운 우(禹)가 결국 천자의 자리에 올라 요순시대(堯舜時代)를 이어갔다. 치수가 국가 경영의 전부와 다름 없었던 셈이다. 그만큼 물을 잘 관리하는 것은 유구한 역사 내내 인류에게 주어진 과제였으며, 그로부터 수없이 많은 경험과 지혜가 켜켜이 쌓여 왔다.

물을 다루는 일은 이수(利水)와 치수(治水)로 크게 구별된다. 우리 삶을 풍요롭게 하는 데 이바지하도록 물을 활용하는 것이 이수라면, 물로 인한 재난을 예방하여 안전한 삶을 영위할 수 있도록 대비해 나가는 것이 치수의 요체다. 둘 모두 소홀히 할 수 없지만, 굳이 경중을 따진다면 오늘날에는 이수에 더 무게가 실리고 있다. 1인당 연간 물 사용 가능량이 1,500m³에 못 미쳐 물 부족국가에 해당하는 우리의 경우는 더욱 그렇다.

한번 살펴보자. 도시화가 진전되고 삶의 질이 높아지면서 생활용수 수요는 지속적으로 늘어나고 있다. 주택단지를 조성하든, 신시가지를 개발하든, 국토균형개발을 모색하든, 물을 어떻게 조달할 것인지를 먼저 살펴봐야 하는 까닭이 여기에 있다. 이와 함께 경제활동에 필요한 산업용수를 안정적으로 확보하는 것도 절실한 과제다. 요컨대 인위적으로 물을 확보하고 적절히 활용하는 방안을 미리미리 강구하지 않고서는 제대로 삶을 꾸려 갈 수 없는 세상이다.

오늘날 세계 도처에서 물을 둘러싼 분쟁이 끊이지 않고 있는 것도 그만큼 물 문제가 절박하다는 뜻에 다름 아니다. 갠지스강 하류의 델타 지역에 위치한 방글라데시는 인도가 중상류 지역의 물을 마구 끌어다 쓰고 홍수기에는 또 대책 없이 방류해 버리는 바람에 늘 물 부족과 물난리를 반복해서 겪고 있다. 물 문제가 방글라데시 발전의 발목을 잡고 있는 형국이다.

인류 고대문명의 터전이었던 황하는 오늘날 메마른 강으로 변해 가고 있다. 중상류 지역의 도시들이 무분별하게 물을 끌어다 쓰는 바람에 하류로 갈수록 수량이 줄어드는 기현상이 나타날 정도다. 급기야 대륙의 남북을 가로질러 장강의 물을 황하로 끌어올리는 대역사까지 추진하고 있다. 이른바 남수북조(南水北調)사업이다.

브라질과 파라과이의 경계에 있는, 세계에서 두 번째로 큰 이타이

푸 댐은 수원(水源) 관리와 생산된 전력의 배분 문제를 두고 늘 두 나라가 티격태격하고 있다. 바야흐로 수자원이 국가 존립과 경쟁력 유지의 관건이 되고 있는 시대다.

이런 문명사적인 흐름에 비추어 보면 새 정부가 물 관리를 환경부로 일원화하기로 전격 결정한 것은 현명한 판단으로 보기 어렵다. 장기적인 수자원 조달을 염두에 두면서 국가 발전 계획을 수립하고 집행해야 할 부처에는 정작 아무런 수단도 남겨두지 않은 채, 수질을 개선하고 오염을 규제하는 곳에 이수와 치수의 부담까지 떠안기는 것이 과연 온당한가. 제대로 국가 경영이 이루어지려면 정부 부처 간에도 적절한 견제와 균형의 시스템이 작동하여야 한다. 일원화가 능사는 아니다.

물을 어떤 관점에서 바라보고 어떻게 관리해 나갈 것인가 하는 문제는 참으로 진중하고도 사려깊은 판단을 요하는 사안이다. 시행착오로 인해 물어야 할 사회적 비용은 온전히 국민의 부담으로 남는다. 국회에서 더 논의하여 결론을 내기로 하였다니 그나마 다행이다. 부디 선입견 내려놓고 진지하게 토론하여 바른 길을 찾아주기를 간곡히 바란다. (2017년 8월 17일)

행복 케이블카, 환경 케이블카

　유럽의 지붕이라 일컫는 알프스, 그 주봉인 몽블랑은 '흰 산'이라는 이름 그대로 만년설을 품은 채 전 세계 관광객을 끌어모으고 있다. 몽블랑 관광의 출발점인 샤모니는 1924년 제1회 동계올림픽이 열렸던 곳이며 알피니즘의 발상지이기도 하다. 이 아담한 도시는 자연을 사랑하는 이들의 휴식처로서 누구에게나 두루 만족을 안겨준다.

　어린아이들도, 몸이 불편한 장애인도, 꼬부랑 할머니 할아버지도 해발 3,842m에 위치한 전망대까지 쉽게 올라가 알프스의 장관을 즐길 수 있다. 바로 산악관광의 명물인 톱니바퀴 열차와 케이블카가 있기 때문이다. 트레킹을 하는 사람들도 힘들면 중간중간 열차와 케이블카를 갈아타면서 여유와 낭만을 만끽할 수 있다.

　알프스 관광이라면 스위스 또한 빼놓을 수 없다. 스위스 최대의 관광휴양지인 루쩨른은 그림같은 호수와 더불어 '악마의 산'이라는 별칭을 가진 필라투스산을 끼고 있다. 관광객들은 루쩨른 시내에서 필라투스산 정상부의 전망대까지 곧장 케이블카로 올라가 알프스의 영봉들을 조망할 수 있다. 앙증맞은 빨간 케이블카는 그 자체로 눈을 즐겁게 해 주는 볼거리다. 케이블카가 없다면 수많은 사람들이 한나절 만에 몽블랑이나 필라투스 정상 턱밑까지 올라가 알프스의 절경을 감상한다는 것은 꿈도 꿀 수 없는 일이다. 빠듯한 일정에 쫓기는 투어 관광객은 더 말할 것도 없다.

우리 사정은 어떤가. 1962년 국내 최초로 선을 보였던 남산 케이블카는 당시 서울의 명물이었다. 세월이 많이 흘렀지만 지금도 여전히 이곳을 찾는 시민들의 발길은 끊이지 않는다. 근래에는 바다를 조망하는 케이블카가 인기를 끌고 있다. 통영 한려수도 케이블카나 여수 해상 케이블카는 연간 이용객이 100만 명을 넘어설 정도로 사랑받고 있으며, 도시 브랜드 가치를 높이는 데도 톡톡히 한몫하고 있다.

반면에 산악 케이블카는 새로 설치하기가 매우 어렵다. 환경 훼손을 야기한다는 우려가 크기 때문이다. 울산 지역에서도 오래전부터 영남알프스 행복 케이블카 사업을 추진하고 있지만, 진전이 매우 더디고 여전히 어려움에 봉착해 있다. 그동안 수없이 많은 토의와 의견 수렴을 거쳐 계획을 다듬은 끝에 어렵사리 중앙투자심사를 통과하고 환경영향평가 초안 협의도 마무리지었다. 사업의 타당성을 객관적으로 인정받고 필요한 행정적인 절차를 마친 셈이다. 하지만 막바지에 이르러 다시 환경단체의 반대에 부딪쳐 애를 먹고 있다.

여기서 한번 냉정하게 살펴보자. 환경을 보전하고 건강한 생태계를 유지하는 것은 우리 모두가 지향해야 할 가치이고 목표다. 미래 세대에 대한 의무이기도 하다. 누가 이를 마다하겠는가. 그렇지만 어디든 개발의 손길이 닿기만 하면 곧 환경 파괴를 야기할 것이라는 인식은

알프스 케이블카

지나치다. 자연을 거스르지 않으면서도 이를 잘 다듬고 가꾸어 얼마든지 우리 삶을 윤택하게 할 수 있다. 케이블카 설치만 하더라도, 환경을 해칠 우려가 있다면 서로 머리를 맞대고 숙의하여 이성적인 해결 방안을 찾는 것이 순리다.

샤모니나 루쩨른의 케이블카는 자연환경과 멋지게 조화를 이루면서 오늘도 분주히 알프스 산록을 오르내리고 있다. 누구도 이에 거부감을 갖거나 비난하지 않는다. 오리지널 알프스도 그러할진대, 영남알프스가 그렇게 하지 못할 까닭이 없다.

하나만 덧붙이자. 영남알프스는 남녀노소 모두 즐기고 누려야 할 자산이다. 노약자나 몸이 불편한 사람도 방법만 있다면 함께 정상에 올라 수려한 풍광을 감상하고 힐링할 권리가 있다. 그런 이웃을 배려하는 마음 또한 자연을 아끼는 정성 못지않게 소중하다. 역지사지, 상대의 입장을 헤아리는 열린 마음으로 상생의 길을 찾자.

(2017년 9월 11일)

뉴욕, 북경, 울산

　얼마 전 도시정비사업 연수에 참여하여 뉴욕을 둘러볼 기회가 있었다. 도시 중의 도시이며 세계의 경제수도로 불리는 곳이기에 기대가 컸다. 실제로 뉴욕항 초입에 우뚝 서 있는 자유의 여신상은 도시의 랜드마크로서 그 풍모가 자못 당당하고, 그 뒤로 우람하게 솟아 있는 맨해튼의 마천루 또한 장관이었다. 뉴욕이 자유와 기회의 땅으로 들어서는 관문임을 보여 주는 상징으로서 손색이 없었다.

　하지만 감탄은 거기까지. 시간을 두고 찬찬히 시내를 둘러보니 실망스러운 면이 적잖이 눈에 띄었다. 우선 뉴욕은 입지 자체가 그다지 좋지 않다. 허드슨강 하구에 터를 잡고 있는데, 5개 구(Borough) 중 브롱크스를 제외한 4개 구는 아예 섬이어서 여러 모로 제약이 많다. 각 지역을 연결하는 교통로라고는 몇 개의 교량과 하저터널, 그리고 페리노선이 고작이어서 뉴욕 대도시권 인구 1,500만의 이동을 감당하기에는 역부족이다. 시내 간선도로도 대부분 왕복 4차선 정도에 불과한 데다가 교차로가 너무 많아 수시로 교통 흐름이 끊기게 되어 있다.

그러니 도시는 늘 정체에 시달린다.

이격 공간 없이 다닥다닥 붙어 있는 빌딩숲도 사람을 숨막히게 한다. 게다가 시내는 온통 공사판이다. 각종 도시 기반시설이 노후하여 계속 정비와 보수 수요가 늘어나고 있다는 뜻이다. 그 유명한 센트럴파크도 막상 시민의 휴식공간으로서 제대로 기능을 하고 있는지 의문이다. 다운타운과는 꽤 떨어져 있어 접근이 쉽지 않고 덩그러니 크기만 하지 아늑한 분위기는 전혀 아니다. 맨해튼 북쪽의 할렘가는 대낮에도 발을 들여놓기 어려운 으스스한 곳이다. 한마디로 뉴욕은 그다지 살 만한 도시가 아니다.

이제 북경으로 눈을 돌려보자. 언필칭 G-2의 반열에 올라섰다고 한껏 위세를 부리고 있는 중국의 수도지만, 여기도 입지조건이 썩 좋지 않다. 가까운 곳에 산도 없고 큰 강도 끼고 있지 않다. 배산임수의 명당과는 거리가 멀다. 황사 발원지인 내몽고와 가까운 데다 스모그가 심해 늘 탁한 공기에 시달린다. 도시 공간구조는 어떤가. 최대 100만 명을 수용한다는 천안문광장은 멋없이 넓기만 하지 시민들이 휴식하고 소통할 수 있는 공간은 결코 아니다. 광장을 둘러싸고 있는 인민대회당이나 국가박물관, 모주석(毛主席) 기념관 건물도 운치라고는 찾아보기 어렵고 보는 이에게 위압감을 안겨 줄 뿐이다.

현대식 빌딩과 고급 아파트 바로 뒤편에는 음습한 빈민가가 들어서 있다. 교통사정도 말이 아니다. 순환도로를 계속 확장해 나가고 있지만 교통난은 해결 기미가 보이지 않는다. 거리마다 자동차, 오토바이, 자전거가 무질서하게 뒤엉켜 다닌다. 어느 도시든 명암이 있기 마련이지만 북경은 그 정도가 유독 심하다. 역시 살고 싶은 곳은 아니다.

우리의 삶터인 울산은 어떤가. 유명세로 치면 이들 두 도시에 미치지 못하지만 실상을 들여다보면 전혀 꿀릴 게 없다. 우선 수려한 산과 강을 끼고 있고, 바다를 면해 있으며 너른 들도 아우르고 있다. 가히 천하 길지라 할 만하다. 산업지대와 주거, 상업지역이 적절하게 안배되어 있고 도농 통합형 도시 기능도 조화를 이루고 있다. 도시 인프라와 복지시설은 120만 인구가 살아가기에 그다지 부족함이 없다.

도심 고층건물도 결코 위압적이거나 눈에 거슬리지 않는다. 울산대공원과 태화강 공원은 시민에게 활짝 열려 있는 휴식공간이요, 대왕암과 간절곶은 어디에 내놓아도 빠지지 않는 경승지다. 무엇보다도 공해도시의 오명을 벗고 환경생태도시로 완전히 탈바꿈했다. 울산만한 곳이 어디 있는가. 울산 시민은 자긍심을 가져도 좋다. 이 좋은 곳을 더 멋지게 가꾸고 살고 싶은 도시로 만들어 가는 것은 시민의 몫이다. 울산의 성장은 현재진행형이다. (2017년 11월 21일)

헤픈 물, 귀한 물

이 세상의 재화는 경제재와 자유재로 나뉜다. 경제학 원론에 의하면 그렇다. 경제재는 대가를 지불해야만 얻을 수 있는 것인 반면, 자유재는 누구나 공짜로 쓸 수 있는 재화를 이른다. 그런데 엄연히 경제재이지만 마치 자유재인 양 취급되는 특별한 재화가 있다. 바로 물이다. '돈을 물 쓰듯 한다'는 말도 물을 자유재로 보는 관념에서 비롯되었을 것이다. 물론 그릇된 생각이다.

물이야말로 삶의 질을 보장하는 기본요소이자 도시와 국가의 경쟁력을 좌우하는 핵심자원이다. 세계 곳곳에서 크고 작은 물 분쟁이 끊이지 않고 있는 것도 이 때문이다. 사실 우리는 물 사정이 좋은 나라가 아니다. 국제인구행동연구소(PAI)는 1인당 연간 사용 가능한 수자원량을 기준으로 하여 1,700톤 미만인 나라를 물 스트레스 국가로, 1,000톤 미만인 나라는 물 기근국가로 분류하고 있다. 우리나라는 이 양이 1,488톤에 불과하여 물 스트레스 국가에 해당한다.

그렇다면 실제 물 사용량은 어떨까. 2015년 기준으로 서울의 1인당 1일 급수량은 301ℓ로서, 동경의 220ℓ, 런던의 155ℓ에 비해 월등하게 많다. 아껴 써야 할 우리가 오히려 사정이 넉넉한 나라보다 더 헤프게 물을 쓰고 있다는 얘기다. 왜 그럴까. 국민 의식이나 생활 습관의 차이에서 비롯된 부분도 크겠지만, 우리나라의 물값이 너무 싸다는 점도 간과할 수 없다.

OECD 통계에 의하면 원화로 환산한 수도요금이 우리나라는 톤당 683원으로 일본(1,309원), 미국(1,837원), 독일(3,146원), 덴마크(3,972원) 등에 비해 턱없이 낮다. 선진 국가들은 우리보다 적게는 2배, 많게는 5~6배 더 비싼 물값을 치르고 있는 것이다. 과연 우리가 이렇게 물을 마구 써도 되는 것인지 냉철하게 돌아보고 반성할 일이다.

울산 지역의 오랜 숙제인 반구대 암각화 보존 문제도 관건은 결국 물이다. 암각화가 물에 잠기지 않도록 사연댐 수위를 대폭 낮추면서도 울산 시민의 식수 조달에 지장이 없다면 고민할 필요조차 없겠지만, 현실은 녹록하지 않다. 인근 운문댐이나 밀양댐에서 물을 나누어 받을 수만 있다면 좋겠으나 이 역시 쉽지 않으니 답답한 노릇이다.

국무총리실에서 다시 중재에 나서 해결 방안을 찾겠다고 하니 기대를 걸어보면서, 덧붙여 한 가지 제언을 드린다. 암각화를 살리는 데 힘을 보태는 뜻에서 범시민적인 절수운동을 펼쳐보자는 것이다. 더구나 현재 울산은 식수 공급을 전적으로 낙동강물에 의존하면서 울며 겨자먹기로 비싼 물값을 치르고 있는 처지이니 말이다. 수도꼭지를 계속 열어놓은 채 세수하고 양치하는 습관부터 바꾸고, 가정용품이나 설비도 가급적 절수형으로 대체하자. 가정에서 쓰는 변기를 절수형으로 바꾸기만 해도 1인당 하루 40ℓ 이상을 절약할 수 있다고 한다.

무심코 흘려보내는 빗물도 잘 활용하여 쓰임새를 높여 보자. 집집

반구대 암각화 ⓒ 울산종합일보

마다 빗물 홈통에 파이프를 연결하여 빗물을 받아 허드렛물로 쓰는 건 어떨까. 공원, 주차장 등 공공시설 지하에 빗물 저류조를 설치하는 것도 좋은 방법이다. 여기에 담아 두었던 빗물로 도로를 청소하고 공원의 수목과 가로수에 물을 주는 것만으로도 많은 수돗물을 절약할 수 있을 것이다. 이렇게 한 방울의 물이라도 아껴 쓰는 간절한 노력을 보여 주면서 암각화 보존에 따르는 식수 대책을 요구한다면 훨씬 설득력이 있지 않겠는가.

'절수도시'는 에코시티와 함께 새로운 도시 브랜드로도 삼을 만하다. 마침 내년부터 율동 공공주택지구 내에 440세대 규모의 국민임대주택 건설이 시작된다. 이 단지에는 절수형 변기, 투수성 포장, 빗물 저류조, 빗물을 활용한 옥상 녹화 등 다양한 친환경 설계공법이 적용된다. 울산이 절수도시로 거듭나는 첫걸음이 되기를 기대한다.

(2017년 12월 13일)

수도(首都) 이야기

지난 연말 트럼프 미국 대통령의 말 한마디로 인해 중동 지역이 한바탕 큰 소용돌이를 겪었다. 예루살렘을 이스라엘의 수도로 인정하며, 조만간 이스라엘 주재 미국 대사관도 예루살렘으로 옮기겠다는 발언이 몰고 온 파장이었다. 다행히 큰 충돌이나 유혈사태 없이 상황은 진정 국면으로 들어간 듯하다.

하지만 아랍권 사람들은 다시 한번 서방세계의 편향된 인식에 실망하고 뜨거운 분노를 가슴 깊이 새겼을 것이다. 물론 예루살렘은 역사의 씨줄과 날줄이 복잡하게 얽혀 있는 아주 특별한 곳이기는 하지만, 어느 나라든 수도가 갖는 상징성은 그만큼 크다.

수도(首都)는 글자 그대로 한 나라의 머릿도시 또는 으뜸도시다. 예나 지금이나 정치, 경제, 사회, 문화의 중심지이며 사람과 물자가 가장 많이 모여드는 곳이다. 그만큼 집적의 이익도 크게 누리게 된다. 하지만 지나치게 인구가 집중되면 주거 여건이 나빠지고 교통난, 범죄, 공해 등 각종 부작용이 나타나기도 한다. 이렇게 되면 그 수도는 물론이고 국가 전체의 경쟁력이 떨어지게 된다. 멕시코시티나 다카, 자카르타, 마닐라, 방콕 등이 이같은 대도시병에 시달리고 있는 대표적인 과밀 수도로 꼽힌다.

한편, 인구 규모 면에서는 최대 도시가 아니면서 정치·행정 기능에 특화되어 있는 수도도 적지 않다. 워싱턴이나 오타와, 캔버라, 앙카라 등이 이에 해당한다. 이들 도시는 과밀과는 거리가 먼 쾌적한 수도로 꼽힌다.

우리 서울은 1394년에 도읍지가 된 이래 정도(定都) 600년을 훌쩍 넘겼으니 세계적으로도 역사가 가장 오랜 수도에 해당한다. 2004년 신행정수도 건설을 둘러싸고 의견이 분분했을 때 헌법재판소는 서울을 관습헌법상의 수도라고 판시했었다. 그만큼 우리 국민들의 마음속에 서울이 깊이 각인되어 있다는 뜻일 것이다.

그런데 요즘에는 각 지자체가 특정 분야의 중심 도시임을 강조하는 차원에서 저마다 무슨무슨 수도라 이름 붙이는 사례가 늘고 있다. 물론 법적 구속력을 갖는 건 전혀 아니다. 시정의 중점을 어디에 둘 것인지를 내외에 밝히고, 지향점을 분명히 하고자 하는 취지로 받아들이면 족할 것이다.

그런 뜻에서라면 울산이 빠질 수 없다. 알다시피 울산은 60년대 이래 대한민국 산업수도로 자리매김하며 국가 발전을 견인해 왔다. 비록 최근 들어 어려움을 겪고는 있지만 여전히 우리나라 제1의 산업도시라는 위상에는 흔들림이 없다. 이제 울산은 한발 더 나아가 3D프린팅, 바이오케미컬, 에너지 신산업 분야를 중심으로 4차 산업혁명의 허브가 되기 위해 발빠르게 대응하고 있다. 산업수도 버전 II를 꿈꾸고 있는 것이다.

공해도시의 오명을 벗고 친환경 도시로 탈바꿈하고 있는 것도 뿌듯한 일이다. 죽음의 강이었던 태화강을 살리고 명품 대숲을 가꾸어 낸 것은 세계에 내놓을 만한 생태 복원 사례다. 이에 더하여 조만간 태화강이 제2호 국가정원으로 지정된다면 울산은 명실공히 친환경 생태수도로 거듭나게 될 것이다.

지난 연말에는 신재생에너지 비전을 선포하는 또 하나의 의미 있는 행사가 있었다. 태양광과 풍력발전을 늘리고 수소에너지 산업기반을 구축하여 신재생에너지 비중을 획기적으로 높여 나간다는 것이 핵심이다. 이와 함께 에너지 효율화를 도모하고 신재생에너지 혁신 클러스터를 조성하여 울산을 친환경 에너지 허브도시로 만들겠다는 야심 찬 계획이다.

김기현 시장이 직접 프레젠테이션을 하면서 강한 추진의지를 표명하였다. 이렇게 산업-환경-에너지를 새로운 성장동력으로 삼고, 다른 도시보다 한발 앞서 스마트시티를 구현하여 이를 뒷받침한다면 울산은 다시 한번 힘차게 도약할 수 있다. 새해를 열면서 신산업수도, 환경생태수도, 친환경에너지수도로 계속 진화해 가는 울산의 밝은 미래를 그려본다. (2018년 1월 5일)

밸런스와 스피드

지금 돌이켜봐도 짜릿하다. 약관 22세의 청년 정현이 호주 오픈 테니스 대회에서 보여 준 눈부신 활약은 감동 그 자체였다. 그는 세계 랭킹 4위인 즈베레프를 꺾었고, 지난 몇 년간 세계 랭킹 1위를 지키며 코트를 호령했던 조코비치마저 돌려세웠다. 준결승에서 맞붙은 상대는 테니스 황제 로저 페더러. 거대한 산과도 같은 페더러를 맞아서도 정현은 전혀 기죽지 않고 분전했다.

비록 부상으로 인해 기권패를 하긴 했지만 그의 투혼은 강렬했다. 서브 스피드만 더 늘린다면 충분히 월드 클래스 선수들과도 겨뤄 볼 만하다는 평가를 받았다.

정현의 취약점으로 지적되고 있는 서브란 무엇인가? 서브는 테니스 게임을 풀어나가는 첫 단추로서 정상급 선수라면 반드시 갖추어야 할 무기다. 위기 상황에 몰려도 강력한 서브 한 방이 있으면 얼마든지 상황을 반전시킬 수 있다. 그 서브의 위력은 높은 타점에서 때릴수록 커진다는 게 상식이다. 하지만 공을 높이 올릴수록 정확한 타점을 잡아

때리기는 그만큼 어려운 법이니 마냥 높이 올리는 게 능사는 아니다. 자칫 몸의 균형을 잃게 되면 실수가 나온다. 관건은 결국 밸런스다.

정현은 188cm의 당당한 키에 단단한 하체까지 지녔다. 체격은 서구 선수들에 밀리지 않는다. 그런데도 왜 유독 서브가 약한가. 그의 서브 폼을 보면 양발의 간격이 아주 좁다. 왠지 불안정해 보인다. 그 자세로는 높이 토스한 공의 타점을 잡기가 쉽지 않을 것이다. 양발 간격을 조금 더 넓혀 보면 어떨까. 스피드도 결국은 좋은 밸런스에서 나오는 것일 테니까 말이다.

밸런스가 좋은 선수라면 단연 페더러다. 빠르고 각도 깊은 서브, 정확한 스트로크, 우아한 발리, 폭발적인 스매싱, 이 모든 것은 바로 탄탄한 밸런스에서 나온다. 자연히 모든 샷이 유연하고 무리스럽지가 않다. 군더더기가 없다. 불혹의 나이를 앞둔 노장임에도 그가 여전히 세계 최강으로 군림하고 있는 비결이 여기에 있다. 그는 스캔들도 없다. 연상의 아내 미르카와 쌍둥이 아들딸들과 함께 하는 시간을 최우선으로 여긴다. 일상생활에서도 밸런스를 잃지 않는다는 뜻이다.

이 점에서 그는 골프 황제 타이거 우즈와 종종 비교된다. 우즈 역시 불세출의 스타임에는 틀림없지만, 페더러에 비해서는 격이 떨어진다. 그의 스윙은 호쾌하여 보는 이의 탄성을 자아내곤 하지만 결코 밸런스가 좋은 건 아니다. 강한 카리스마로 팬들을 사로잡은 대신 무리가 겹치면서 몸은 서서히 망가져 갔다. 숱한 염문을 뿌리며 자기 관리에도 실패했다. 결국 여러 차례 허리 수술을 받는 시련을 겪은 끝에 지금은 세계 랭킹 500위권 밖으로 밀려나 있다. 한때 골프의 세계 기록을 모조리 갈아치울 기세였던 데 비하면 초라한 신세다. 밸런스를 잃은

정 현

대가는 이토록 혹독하다.

어디 스포츠에서 뿐이랴. 세상 사는 이치도 마찬가지다. 누구라도 절제되지 않고 문란한 생활을 일삼다 보면 마음과 몸의 밸런스를 잃고 건강을 해치게 된다. 그 결과가 어떠할 것인지는 자명하다. 마을이나 도시 공동체를 유지해 나가는 것도, 나아가 국정을 운영하는 것도 다르지 않다. 화합과 포용, 배려가 없으면 그 사회는 균형을 잃게 된다.

이런 가치를 존중하면서 구성원들의 힘을 하나로 모으는 노력을 다하는 것이 필요하다. 극단적인 대립을 피하고 모두를 아우르고자 할 때 개개인의 역량이 결집되고 시너지 효과가 창출되는 법이다. 그런 바탕이 있어야 우리 사회와 국가의 경쟁력도 한층 높아지게 된다.

정책의 완급 조절도 긴요하다. 눈앞의 성과에 급급하다 보면 과속을 하고 자칫 무리수를 두게 된다. 긴 호흡으로 멀리 보는 안목이 절실하다. 급히 먹는 밥에 체한다고 했다. 과유불급(過猶不及), 역시 밸런스를 잘 잡는 것이 기본이다. (2018년 2월 9일)

도시재생, 순리대로 하자

변화와 혁신을 바라는 국민의 기대 속에 새 정부가 출범하여 지금까지 숨가쁘게 달려왔다. 그동안 보여 준 소통 방식은 신선했고, 내놓은 정책은 파격적이었다. 경제정책은 일자리 창출과 서민 복지 증진에 초점이 맞추어졌다. 이 정책 기조를 뒷받침하는 도시 및 주택분야 핵심사업이 도시재생뉴딜이다. 향후 5년간 50조 원을 투입하여 전국 도시의 면모를 바꾸어 나간다는 계획이다.

사업방식도 지금까지의 도시개발 패턴과는 사뭇 달라서 더 눈길을 끈다. 낙후된 도심 주거지역을 정비하되 기존의 커뮤니티를 그대로 살려 나간다는 것이다. 사실 지금까지의 도시 정비사업은 대부분 낙후된 특정 구역을 허물고 완전히 새로운 공간을 만들어 내는 방식으로 진행되었다. 개발이 끝나면 옛 동네 모습은 흔적도 없이 사라지고 그 자리엔 고층 아파트와 대형 상가가 들어서기 마련이었다. 기존 주민들은 얼마간의 보상금을 받아들고 새로운 삶터를 찾아 뿔뿔이 흩어졌다. 이른바 '둥지 내몰림' 현상이다. 이같은 삭막한 개발 방식을 탈피하겠다는 것이 새 정부의 뜻이다. 전적으로 공감한다.

우리나라 도시화율은 2016년 기준으로 91.8%에 이르고 있다. 대략 10명 중 9명은 도시에 살고 있다는 얘기다. UN 통계기준에 의하더라도 우리의 도시화율은 영국과 비슷하고, 미국이나 프랑스보다는 높은 수준이다. 1970년의 도시화율이 50% 언저리였으니 불과 40여 년 만에 국토 공간구조에 대변혁이 일어난 것이다. 이 기간에 또한 세계에서 유례없는 산업화가 진행되었고 고도 경제성장이 이어졌다. 우리의 경우는 산업화와 도시화가 쌍끌이로 국가 발전을 이끌어 온 셈이다.

하지만 이렇게 급속하게 도시화가 진전되다 보니 도처에서 문제가 불거졌다. 도시의 외연은 확장되었으나 필요한 인프라가 이를 뒤따르지 못했고, 옛 도심 곳곳은 변화에 뒤처지고 슬럼화되어 갔다. 이를 해결하느라 이곳저곳 산발적으로 도시 정비를 추진하긴 했지만, 수익성을 따지다 보니 결과는 대부분 기대에 못 미쳤다. 우리가 원하든 원치 않든 도시에서 모듬살이의 온기는 사라지고 공동체의 가치는 희미해지고 있다.

이번의 도시재생뉴딜 사업은 이같은 문제를 가까운 곳에서부터 차근차근 풀어가겠다는 의지로 읽혀진다. 문제 인식이 적절하고 방향 설정도 옳다. 다만 이 좋은 취지가 제대로 현실에 투영되기 위해서는 꼭 유념해야 할 점이 있다. 내걸은 목표치에 너무 집착하지 말고, 설정한 기한 내에 다 이루려고 과속하지 말자는 것이다.

정부는 최근 사업의 유형과 추진방식을 담은 가이드라인을 내놓았는데, 이것도 그 자체에 너무 얽매여서는 곤란하다. 가이드라인은 어디까지나 큰 틀의 방향 설정인 만큼, 원래의 사업 취지에서 벗어나지 않는다면 현장의 의견을 폭넓게 수용해 주면서 유연하게 운용하는 것이 바람직하다. 각 도시가 가진 역사적 배경이나 발전 정도, 특성이 다른 만큼 도시재생의 모양새도 달리 나타날 수밖에 없기 때문이다.

건축가 승효상은 도시는 완성되는 게 아니라 생물체처럼 늘 변하고 움직인다고 강조한다. 맞는 말이다. 도시는 언제나 미완성인 채로 변화하는 과정에 있는 것이며, 우리는 이 변화를 좋은 방향으로 이끌고자 노력할 따름이다. 도시의 면모는 시간을 두고 천천히 바뀌어 가는 게 자연스럽다. 유럽의 기품 있는 고도(古都)들이 이를 잘 보여 주고 있다. 이들 도시는 모두 오랜 세월 수많은 장인들이 땀과 지혜를 쏟아부어 차곡차곡 일구어 낸 작품들이라고 해도 과언이 아니다.

좋은 취지로 시작한 정책일지라도 시간을 억지로 당기려고 하면 무리가 따르고 탈이 나기 마련이다. 신선한 발상으로 불을 지핀 도시재생뉴딜, 차분히 진행하여 우리 도시의 품격을 한 차원 높이는 마중물로 삼기를 바란다. (2018년 2월 23일)

자연인 신드롬

TV 프로그램 〈나는 자연인이다〉가 시청률 고공 행진을 이어가면서 큰 인기를 끌고 있다. 세속을 떠나 자연의 품에 안겨서 홀로 살아가는 사람들의 일상을 다큐멘터리 형식으로 보여 준다. 주인공들은 대부분 깊은 산속을 삶터로 삼고 있다. 온 나라 곳곳에서 이토록 많은 사람들이 자연인의 삶을 살아가고 있는 줄은 미처 몰랐다.

그들이 도시를 떠난 사연은 제각각이다. 건강을 되찾기 위해, 사업에 실패하여, 틀에 박힌 일상에서 벗어나고 싶어서, 사람들과 부대끼는 게 싫어서 등등. 어쨌거나 그들은 사회와 단절하고 홀로 살면서부터 여유와 행복을 찾았다고 이구동성으로 말한다.

그들의 삶이 아름답게 비쳐지다 보니 많은 사람들이 마음 한켠으로 그런 삶을 동경하며 대리만족을 느끼는 듯하다. 가히 자연인 신드롬이라 할 만하다. 이런 현상을 어떻게 보아야 할까.

인간은 원래 모듬살이에 익숙한 존재다. 다른 짐승에 비해 완력도 약하고 민첩하지도 않았기에 아득한 옛날부터 생존을 위해 무리를 지어 살아왔다. 신석기시대 유적인 반구대 암각화에도 여럿이 힘을 합쳐 고래를 사냥하는 모습이 그려져 있지 않은가. 문명이 발달하면서 모듬살이의 규모도 커지고 양태도 복잡해졌다. 촌락공동체와 농경사회를 거쳐 오늘날엔 도시화의 도도한 흐름을 마주하고 있다. 현대 문명 사회는 도시와 따로 떼어서 생각할 수가 없다. 그 도시생활의 요체는 무엇인가. 바로 사람과 사람 사이를 이어 주는 끈, 곧 소통이다.

도시라는 거대한 유기체가 제대로 기능하고 지속되려면 다양한 제도와 시스템이 구비되어야 한다. 그 제도와 시스템은 소통과 협력을 통해 계속 발전되어 나간다. 공동체 구성원 모두를 만족시킬 수 있는 최적의 대안을 찾기 위해 생각을 모으고 지혜를 짜내는 가운데 사회는 진화해 나가는 것이다.

이제 4차 산업혁명 시대를 맞아 도시는 또 다른 변화에 직면하고 있다. 모든 분야에서 기존의 경계가 허물어지고 정보와 기술과 아이디어가 영역을 넘나들고 있다. 소통의 양태 자체도 달라져 이른바 협업의 시대, 융합의 시대, 통섭의 시대를 맞고 있다.

다시 처음으로 돌아가보자. 날이 갈수록 더욱 다양하고 깊이 있는 소통이 요구되는 이 시대에 어찌하여 스스로 사회와의 단절을 선언하고 은둔하는 사람들이 늘어나는가. 어쩌면 복잡다양한 소통 방식에 적응하기가 어려워서, 또는 그런 소통이 무의미하다고 생각하기 때문일지도 모른다. 이렇게 보면 산을 찾아 들어가는 사람들의 발걸음도 이해하지 못할 바는 아니나, 그렇다고 그게 궁극적인 해결책이 될 수는 없다.

2016년 세계경제포럼은 21세기 사회에서 요구되는 가장 긴요한 덕목으로 사회적 공감능력을 꼽았다. 결국 고독한 삶이 아니라 사람들과 어울려 살아가는 가운데 더 큰 만족과 행복을 누릴 수 있도록 여건을 만들어 나가는 것이 옳은 길이다. 물론 때로는 고독이 지친 심신을 치유하는 방법이 될 수도 있을 것이다. 하지만 그 고독은 또한 현대 문명사회가 마주하고 있는 가장 큰 숙제이기도 하다.

최근 테레사 메이 영국 총리가 외로움 문제를 담당할 특임장관(Minister for Loneliness)직을 신설했다는 흥미 있는 뉴스가 있었다. 국가 차원에서 외로움 해소 전략을 마련하고, 소통 증진에 기여하는 사회단체를 지원하는 역할을 맡긴다는 것이다. 사회적 단절로 인해 국민들이 겪는 정신적 고통을 더 이상 방치하지 않겠다는 정책 의지로 읽혀진다.

우리에게도 시사하는 바가 크다. 분명한 것은 도시인이 이웃과 따뜻하게 어울리면서 위안을 찾고 행복을 누릴 수 있도록 기반을 마련하는 것이 더욱 절실해지고 있다는 사실이다. 도시를 다듬고 가꾸는 일에 종사하는 일원으로서 새삼 마음을 가다듬게 된다.

(2018년 3월 9일)

손흥민의 성공학

영국 프리미어 리그에서 뛰고 있는 손흥민의 최근 활약상이 눈부시다. 2017~18시즌 리그 경기에서 벌써 12골을 꽂아 넣었다. 특히 금년 들어와서는 홈 5경기 연속 골을 기록하는 등 절정의 기량을 보여 주고 있다. 유럽 5대 리그 소속 선수를 통틀어서도 윙어 부문 베스트 5로 평가받고 있을 정도다. 가히 욱일승천의 기세다. 일본이나 중국 팬들까지도 손흥민을 이 시대 아시아 최고의 축구스타로 꼽는 데 주저함이 없다. 몇 년 전까지만 해도 그다지 알려지지 않았던 손흥민이 단기간에 이렇게 월드클래스 선수로 성장한 비결이 무엇일까.

우선 그는 공을 다루는 능력이 뛰어나다. 이제껏 한국 축구에서 보기 어려웠던 발군의 실력이다. 결정적인 찬스는 결국 발끝에서 나오는 것이니, 그만큼 기본을 제대로 갖추었다는 뜻이다. 그는 또 빠르다. 특히 순간 스피드가 뛰어나다. 한국 축구의 전설 차범근도 현역시절 스피드가 대단했지만, 짧은 거리에서 공을 몰고 달리는 스피드만으로 치면 손흥민이 더 나아 보인다. 수비수 뒤를 돌아 한발 먼저 빈 공간을 선점하는 센스도 탁월하다.

이런 기량에 더하여, 그는 품성이 좋고 인간관계가 원만하다. 언제나 웃음기를 머금은 밝은 모습이어서 보는 이를 즐겁게 한다. 독일어와 영어에도 능숙하다. 당연히 팀 동료나 외부와의 의사소통이 자연스럽다. 입단 초기 한동안 서먹서먹했던 소속팀 동료들도 이젠 완전히 마음을 열었고, 이는 탄탄한 팀워크로 나타나고 있다.

그는 또한 늘 맡은 자리에서 주어진 역할에 충실한다. 토트넘에는 헤리 케인이라는 특급 골잡이가 있다. 손흥민은 자신이 직접 골을 노리기보다는 케인이나 다른 동료에게 찬스를 많이 만들어 준다. 스스로 조역이 되기를 마다하지 않는 것이다.

또 하나 눈여겨봐야 할 대목이 있다. 그는 토트넘 유니폼을 입고 뛰는 것이 언제나 즐겁고, 토트넘 팬들이 있어 행복하다고 말한다. 결코 빈말로 들리지 않는다. 팀을 옮겨 다니는 일이 다반사인 유럽 리그에서 소속팀에 애정을 갖고 완전히 동화되려고 애쓰는 태도야말로 진정한 프로의 모습이다.

어디 손흥민의 축구 스토리뿐이랴. 비즈니스 세계나 우리 삶 자체도 다르지 않다. 몇 가지만 짚어보자.

우선 기본에 충실하고 원칙을 지키는 것이 중요하다. 그래야 쓸데없는 유혹을 이겨내고 슬럼프도 쉽게 극복할 수 있다. 손흥민이 빅리그에 진출한 이후 기량이 일취월장하고 있는 것도 어릴 적부터 혹독하게 단련한 기본기가 바탕이 되고 있기 때문이다.

다음은 예지력, 요즘처럼 하루가 다르게 변하는 세상에서 아차 한눈 팔다 보면 바로 뒤처진다. 변화의 흐름을 읽어내고, 달라지는 환경을 어떻게 선제적으로 활용할 것인지 늘 고민해야 한다. 남보다 한발 앞서 기회를 포착하고 이를 비즈니스로 연결시키는 것이 능력이다. 벤처정신이라 해도 좋다. 손흥민이 빠른 판단으로 수비수 뒤를 돌아 좋은 공간을 선점하는 것과 맥이 통한다.

다음은 공감 능력, 공조직이건 민간기업이건 내외부 고객과의 소통에 실패하면 성공에 이를 수가 없다. 소통이 원활해야 팀워크가 다져지고 조직도, 사회도, 국가도 경쟁력을 갖게 된다. 손흥민이 보여 주고 있는 유연한 소통 능력과 팀플레이가 돋보이는 이유다.

또 하나 빠뜨릴 수 없는 덕목이 있다. 바로 주인의식이다. 스스로에게 자긍심을 갖고 현재 위치에서 맡은 직분에 충실하는 것이 자신을 다져가는 출발점이다. 자신이 속한 조직에 애정을 갖지 않으면 일에 몰입할 수가 없고 당연히 좋은 성과를 기대할 수도 없다. 손흥민이 토트넘 유니폼을 자랑스러워하고 늘 강한 자부심을 느끼는 것, 그것이 곧 주인의식이다. 유쾌한 젊은이 손흥민이 그라운드에서 많은 것을 가르쳐 주고 있다. (2018년 4월 9일)

말의 차이, 생각의 차이

　공자는 나이 60이 되어 스스로 도달한 경지를 이순(耳順)이라고 일컬었다. 남의 말을 들으면 바로 그 이치를 깨달아 이해한다는 뜻이다. 물론 일평생 끊임없이 수양하고 학문을 갈고 닦아 성인의 반열에 오른 분이라야 이를 수 있는 경지다. 필자와 같은 평범한 생활인으로서는 언감생심이다. 가만히 스스로를 돌아보면 이순은 고사하고 나이가 들수록 점점 남의 말을 이해하고 서로 뜻을 통하기가 어려워지고 있음을 절감하게 된다.

　물론 공자 시대와는 달리 너무나 빠르게 변하고 있는 세상 탓도 있긴 하다. 음악만 하더라도 7080콘서트를 듣고 있는 게 편하지 빠른 비트 음악이나 힙합은 영 부담스럽다. 영화나 드라마도 최신 트렌드를 따라가기가 쉽지 않다. 스피디한 전개를 쫓아가자니 호흡이 가쁘고 판타지적 구성과 화면도 현란하여 눈이 피곤할 지경이다.

　여기까진 그래도 견딜 만하다. 어디까지나 개인적인 기호나 취미의 영역이니까. 그런데 일상 언어의 문제로 들어오면 사정이 달라진다.

언어는 소통의 매개이고 상대와의 교감을 전제로 하고 있기 때문이다. 연배가 지긋하신 분들은 요즘 세대들이 쓰는 말이 정제되지 않고 너무 우악스럽다고 혀를 차곤 한다. SNS상에서 떠도는 정체불명의 어법이나 표현들도 거슬리긴 마찬가지일 것이다.

은어는 또 어떤가. 요즘은 젊은이들이 쓰는 은어를 모르고서는 아예 대화에 끼어들 수가 없다. 마음먹고 배우려고 해도 한계가 있다. 자고나면 또 새롭고 기발한 은어가 넘쳐난다. 낄끼빠빠, 안습, 복세편살 정도까지는 그래도 어렵사리 따라가겠는데, 아예 한글 자모만 떼어 쓰는 표현들에 이르면 시쳇말로 대략난감이다. ㅇㄱㄹㅇ(이거 진짜?), ㅂㅂㅂㄱ(반박불가), ㅃㅂㅋㅌ (빼도박도 못함)이 무슨 뜻인지를 어떻게 알아챈단 말인가.

세대간 언어 차이도 이럴진대, 오랜 세월 단절되어 온 남북한 사회에서 쓰는 언어 사이의 괴리는 오죽하겠는가. 한번 짚어보자.

지난 4월 말 남북 정상회담이 성공적으로 끝났다. 불과 몇 개월 전만 해도 한반도 전쟁 위기설까지 파다했던 걸 생각하면 믿기 어려운 대반전이다. 대다수 국민들은 이번 정상회담을 계기로 북핵 문제 해결의 물꼬가 트였다고 평가하면서 그 성과가 항구적인 한반도 평화 정착으로 이어지길 염원하고 있다. 하지만 한편으로는 궁지에 몰린 북한에게 숨통만 틔워 주고 정작 북핵 폐기는 공염불에 그치는 게 아닌가 하는 우려도 적지 않다. 이제부터가 정말 중요하다.

아무튼 이제 남북관계는 완전히 새로운 국면에 들어서게 되었다. 공적 영역에서나 민간 차원에서나 앞으로 상호 접촉과 교류가 크게 늘어날 것인즉, 그에 따라 우리가 겪어야 할 문화적 충격도 만만치 않을 것이다. 북한에서 통용되는 언어, 풍속, 관습에서부터 각종 규범과 질서체계에 이르기까지 많은 것이 어색하고 당혹스럽게 느껴질 것이다. 특히 언어의 차이를 극복하는 것이 우선적인 과제가 될 것이다. 용어나 표현에서부터 생경한 점이 허다할 것이고, 이로 인해 심각한 소통 차질과 오해가 빚어질 수 있다.

전문가들에 의하면 남북한이 사용하는 언어 중 일상어는 34%가 서로 다르고 학술용어 등 전문영역으로 들어가면 64%가 다르다고 한다. 남북 의사들은 서로 말이 통하지 않아 같은 수술실에서 수술을 하지 못할 것이라는 분석도 있다.

단순히 소통의 문제에 그치는 것만이 아니다. 언어가 사고(思考)를 지배한다는 관점에서 보면 말의 차이는 곧 사회 일반의 의식과 정체성에까지 영향을 미치기 마련이다. 미리 슬기롭게 대비하지 않으면 자칫 우리가 꼭 지켜 나가야 할 가치가 흔들리고 중심을 잃게 될 수도 있다. 결코 가벼이 여길 일이 아니다. (2018년 5월 4일)

다시 뛰자, 울산

　매일 출퇴근길에 '공업탑'을 지난다. 1962년 울산이 특정공업지구로 지정된 후 이를 기념하여 세운 탑이다. 공업탑의 다섯 기둥은 경제개발 5개년 계획의 성공적 추진과 인구 50만 도시로의 성장을 염원하는 뜻을 담고 있다.

　당시로는 꿈같은 미래로 여겼겠지만 불과 30여 년 만에 울산 인구는 100만을 넘어섰고, 1997년 광역시로 승격되어 전국 6대 도시의 위상을 굳히고 있다. 외형적 성장뿐만이 아니다. 각고의 노력 끝에 공해도시의 오명을 벗고 이젠 친환경도시, 살고 싶은 도시로 거듭나고 있다.

　한적한 어촌에 불과했던 울산의 변신은 도시 발전의 전범(典範)으로 꼽힐 만하다. 하지만 최근 울산은 커다란 시련에 직면하고 있다. 도시 성장의 뿌리 격인 제조업 기반이 흔들리고 있는 것이다. 조선해양과 자동차산업 침체의 골이 깊어지고, 그 파장은 전반적인 도시 활력 저하로 이어지고 있다. 인구도 계속 줄어들고 있다. 새로이 출범하게 될 민선7기 울산 시정(市政)이 풀어 나가야 할 무거운 과제다. 어떤 시정을 택할 것인지는 오롯이 시민이 판단할 몫이지만, 그 시민의 뜻에는 따뜻한 격려와 함께 엄중한 주문이 담겨 있을 것임이 분명하다.

이 주문에 어떻게 답할 것인가. 요컨대 시민에게 희망과 자긍심을 줄 수 있는 미래 비전을 제시하고 이를 실행하기 위한 단계적 전략을 수립하는 것이 긴요하다. 이와 함께 정책 효과가 현장에 파급될 수 있도록 시민 참여 하에 정교한 프로그램을 마련하고 실행해 주기 바란다.

이를 전제로, 울산의 미래를 위해 향후 시정의 중점을 어디에 두어야 할지를 짚어 본다. 먼저 산업도시 울산의 정체성을 지켜 나가는 것이 중요하다. 기존 주력산업의 체질을 개선하여 경쟁력을 회복하고, 그 토대 위에서 새로운 흐름에 선제적으로 대비하자.

바야흐로 산업의 패러다임이 바뀌는 대전환 시대다. 전국의 도시가 너도나도 4차 산업혁명의 기치를 내걸고 있지만, 기존 제조업 기반이 탄탄한 울산이야말로 4차 산업혁명 선도도시로 제격이다. 울산시도 일찌감치 이에 대비하여 AI, 3D프린팅, 바이오메디컬, 미래자동차, 수소와 2차전지 등 신산업기반 확충에 공을 들여왔다. 이를 실질적인 성과로 이어가 재도약의 기틀을 마련하기 바란다.

다음으로 친환경 생태도시를 업그레이드하는 것도 중요한 과제다. 그동안 시정부와 시민이 함께 노력하여 죽음의 강으로 불리던 태화강을 살려내고 어느 도시 부럽지 않은 숲과 공원을 조성해 내었다. 맑은 공기도 되찾았다. 모범적인 생태복원 성공사례로서 충분히 박수를 받을 만하다. 하지만 이에 머물러서는 곤란하다. 한발 더 나아가 우수한 생태환경을 새로운 소득원과 일자리 창출로 연계시키는 것이 긴요하다. 태화강 국가정원 지정이 절실한 이유다.

공업탑(울산시 남구)

세 번째 과제는 시민의 삶의 질 향상이다. 단순히 경제적 풍요만이 아니라 모든 구성원이 일상의 소소한 행복을 누릴 수 있도록 기반시설을 확충하고 촘촘한 복지망을 구축하는 것이 중요하다. 품격 있는 문화생활을 즐길 수 있는 여건을 마련해 주는 것도 빠뜨릴 수 없다.

끝으로 교통과 물류 여건 개선에도 힘써주기를 당부한다. 버스 운송은 이미 한계에 이르렀다. 트램 도입을 적극적으로 검토, 추진할 시점이다. 숙원인 외곽순환도로망을 조기에 완성하고, 장기 미집행 도시계획도로도 순차적으로 해소해 나가야 한다. 또한 울산항은 북방경제협력의 전초기지로서 최적의 조건을 갖추고 있는 만큼, 항만 물류 인프라 확충에도 역점을 두어 절호의 기회를 잘 살려 나갈 수 있도록 대비할 필요가 있다. 이들 과제 하나하나가 결코 녹록하지는 않다. 하지만 위기는 곧 기회가 아니겠는가. 민선7기 시정의 성공을 기원한다. (2018년 6월 11일)

도시에 부는 바람

　역사상 가장 유명한, 세상을 바꾼 바람이라면 아마도 제갈공명이 부른 동남풍이 아닐까. 서기 208년 조조의 백만대군을 맞아 풍전등화의 위기에 놓였던 손권과 유비가 일거에 전세를 역전시켰던 적벽대전, 그 전쟁의 승패를 가른 것은 바로 바람이었다. 《삼국지연의》에서는 제갈공명이 하늘에 간절히 빌어 동남풍을 불러왔다고 묘사하고 있다. 하지만 사실은 기압골의 영향으로 북서풍이 잠깐 동남풍으로 바뀌었던 것이고, 천문에 밝았던 공명이 이를 정확히 예측했을 따름이었다. 어쨌거나 이 동남풍에 힘입은 화공으로 조조군은 대패하여 물러났고, 이후 위, 촉, 오가 팽팽하게 맞서는 이른바 천하 삼분의 형세가 굳어지게 된다.

　지난달 여당의 압승으로 끝난 지방선거를 지켜보면서 또 다른 바람의 힘을 절감하였다. 세상을 바꾸었다는 점에서는 적벽대전의 동남풍과 다를 게 없다. 차이가 있다면 오늘의 바람은 자연풍이 아니라 사람들 마음속의 바람이요, 또한 일시적 현상이 아니라 도도한 흐름이라는 점이다. 이 바람은 곧 변화를 희구하는 민심일 터인데, 그 위력은 가늠하기 힘들 만큼 엄청나다.

그동안 선거 판도를 좌우해 왔던 지역, 도농, 빈부, 세대, 학력 등 모든 요인을 쓸어가 버릴 정도의 강풍이다. 이 변화가 무엇을 의미하는지 읽어 내고 사회 전반에 걸쳐 이를 받아들일 수 있는 새로운 시스템을 갖추어 나가는 것이 불가피해졌다. 도시도 예외일 수는 없다. 도시에는 과연 어떤 변화의 바람이 일고 있으며, 도시의 미래는 어떻게 바뀌어 갈 것인가. 한번 짚어 보자.

오랜 시간에 걸쳐 서서히 성장 발전해 온 서구 도시와는 달리 우리의 도시 역사는 일천하다. 조선시대까지는 아예 근대적 의미의 도시라 부를 만한 곳이 없었고, 해방 무렵을 봐도 서울과 몇몇 식민시대 수탈 거점만이 겨우 도시의 면모를 띠고 있을 뿐이었다.

하지만 근대화의 물결을 타면서 상황은 빠르게 바뀌었다. 1960년 39%에 머물러 있던 우리의 도시화율은 불과 반세기 만에 91.8%에 이르게 되었다. 사실상 거의 전 국민이 도시 생활을 하고 있는 셈이다. 세계적으로 유례를 찾기 힘든 경이적인 성장세다.

오늘날 우리가 누리고 있는 번영은 이들 도시를 중심으로 구축된 생산기반과 물류, 서비스망이 없었더라면 불가능했을 것이다. 그럼에도 한편으로 지금까지 도시를 설계하고 개발해 온 과정을 되돌아보면 많은 무리수가 있었던 점을 인정하지 않을 수 없다.

시민의 삶의 터전인 도시는 긴 호흡으로 가꾸어 가야 함에도 때로는 부동산정책의 곁가지 정도로 다루는 우(愚)를 범하진 않았는지? 일례로 90년대 초 수도권에 조성한 5개 신도시는 '200만 호 주택건설'

구호에서 보듯이 당시의 투기 광풍을 잠재우기 위해 허겁지겁 내놓은 주택정책의 산물에 다름 아니었다. 개발제한구역도 당초 취지와는 달리 세월이 지나면서 행정 편의에 따라 이리저리 훼손되고 있는데, 과연 이대로 제도를 끌고갈 것인지? 도시개발 과정에서 토착 주민들이 강제로 밀려나지 않도록 얼마나 제도적으로 배려하고 보듬는 노력을 하고 있는지? 행정청은 공공사업을 명분으로 내세워 토지수용 만능주의에 빠져 있지는 않은지? 개성도 특색도 없이 도시가 온통 회색의 아파트 숲으로 변해 가도 좋은지? 그동안 알면서도 애써 외면해 왔던 문제들을 꼽자면 한두 가지가 아니다.

이젠 도시를 바라보는 관점도, 도시를 만들어 가는 과정도, 도시 서비스를 공급하는 방식도 달라져야 한다. 변화를 바라는 민심이 그것을 요구하고 있다. 이같은 흐름이 지속된다면 도시의 미래 모습은 지금과는 많이 달라질 수밖에 없다. 4차 산업혁명이 진전되고 스마트시티가 다가오면 변화는 더욱 빨라질 것이다. 도시에 불어오는 바람, 설레는 한편 두렵기도 하다. (2018년 7월 23일)

표지판 영문 표기, 문제 많다

요즘은 교통표지판에 의존하지 않고도 운전하는 데 별 불편함이 없는 세상이다. 흔히 '내비게이션'이라 불리는 길안내 도우미의 기능이 워낙 좋아진 덕분이다.

하지만 그렇다고 해서 교통표지판이 아예 없어도 좋다는 건 물론 아니다. 여전히 교통표지판은 다양한 방식으로 사람들에게 필요한 정보를 제공하고 있다. 그런즉 기왕 설치하는 거라면 안내 내용이 제대로 표기되어야 그 효용이 높아질 텐데, 현실은 꼭 그렇지만은 않다. 특히 표지판마다 친절하게 곁들여 놓은 영문 표기를 볼 때마다 영 개운하지가 않다. 영문을 병기하는 목적이 외국인의 이해와 판단을 돕기 위한 것일진대, 과연 현재의 영문 서비스가 수요자인 외국인의 눈높이에 맞추고 있는지 의문이다.

우선 고유명사 표기방식에 일관성이 없다. 한강은 Han River로 표기하면서 남한강은 Namhan River로 쓰지 않고 Namhangang River로 쓰는 식이다. 한번 생각해 보자. 영남알프스를 찾은 외국인 관광객이 Sinbulsan이라고 붙여 써놓은 표지판을 보고 과연 어떤 유용한 정보를 얻을 수 있을 것인가. 이 경우는 Sinbul Mountain 또는 Sinbul Mt.으로 표기하는 게 옳다. 그래야 신불산을 모르는 외국인이라 할지라도 적어도 근처에 유명한 산이 있구나 하고 감(感)은 잡을 수 있을 것이다.

낙동대교를 Nakdongdaegyo로 표기하는 것도 납득할 수 없다. daegyo는 외국인에게는 아무런 뜻도 전달되지 않는 정체불명의 단어다. 낙동강을 가로지르는 큰 다리이니 Nakdong (grand) bridge로 써주는 게 맞다. 무턱대고 소리나는 대로 옮겨 적는 건 곤란하다. 한편 북부 고속도로는 Bukbu Expressway로 표기하는데, 이 경우의 '북부'는 고유명사가 아니라 방위를 가리키는 단어에 불과하다. 그렇다면 당연히 North Expressway로 적어 주어야 외국인을 위한 길 안내 취지에 맞을 것이다.

심지어 순환도로를 Sunwhandoro로 써놓은 곳도 있다. 어이없는 일이다. 이보다 더 심한 사례도 있다. 고속도로를 달리다 보면 터널이 연이어 나오는 구간이 많은데, 이런 경우 흔히 ○○ 1터널, ○○ 2터널, ○○ 3터널… 식으로 이름이 붙는다. 표지판을 유심히 보면 한글 아래에 영문으로 ○○ 1(il) tunnel, ○○ 2(i) tunnel, ○○ 3(sam) tunnel로 표기되어 있다. 한마디로 넌센스다. il, i, sam이 무슨 뜻을 지녔단 말인가. 더욱이 아라비아 숫자는 세계 공용으로서 그 자체로 뜻이 통하는데 굳이 괄호 안에 저런 사족을 덧붙일 이유가 없다.

시내 가로명도 이치에 닿지 않는 영문 표기가 도처에 널려 있다. 중앙로를 Jungang-ro로 표기하는 것부터가 그렇다. 우리가 한수 아래

로 여기는 중국조차 路는 Road로 표기한다. 세부 가로 구분은 더 심하다. 예컨대 '4번길'을 4beon-gil로 쓰는데, beon이나 gil을 외국인이 무슨 뜻으로 받아들이겠는가. 둘 다 의미없는 철자의 나열일 뿐이다. 영문 안내 서비스에 충실하자면 4th Street 식으로 써주는 게 맞다.

현재 도로표지판의 영문 안내 표기는 '도로표지 제작·설치 및 관리지침'에 따르고 있는데, 이 지침은 '외국인이 이해하기 쉽도록 합리적이고 논리적으로 표기해야 한다'는 기본 원칙을 제시하고 있다. 영문 표기 서비스의 대상이 외국인임을 분명히 하고 있는 것이다.

그렇다면 외국인에게 정보가치가 있어야 한다. 거듭 말하거니와 표지판 영문 서비스의 수요자는 내국민이 아니라 외국인이다. 그들이 가려워하는 곳을 긁어 주어야 마땅하다. 눈높이 행정, 결코 멀리 있는 게 아니다. (2018년 8월 24일)

영남알프스, 울산 품으로

노자의 《도덕경》에 '無名 天地之始, 有名 萬物之母'라는 말이 나온다. 천지가 열린 태초에는 아무런 이름이 없었으나, 여기에 이름이 붙여지면서 비로소 만물이 각각 고유의 정체성을 갖게 되었다는 뜻이다. 우리가 터잡아 살고 있는 마을이나 도시에 붙여진 땅이름도 마찬가지여서, 지명 자체가 그 지방의 풍토와 역사, 인물, 정서, 문화, 산업 등 다양한 정보를 함유하고 있다.

흔히 '토명불이(土名不二)'라 하는 까닭도 여기에 있다. 특히 우리나라 지명은 지형이나 지질, 산과 내(川), 기후와 풍토 등 자연조건에 따라 명명된 경우가 많다. 부산, 마산, 울산, 군산 등 산으로 끝나는 도시가 그렇고, 인천, 연천, 포천, 순천 등 천으로 끝나는 도시가 그렇다. 울산은 그 지명에서 보듯 당연히 산을 품고 있는 도시다. 옛 언양현의 진산이었던 고헌산을 비롯하여 영남알프스 산자락 전체가 울산을 크게 감싸고 있는 형세다. 그런데 과연 누군가를 붙들고 영남알프스를 물었을 때 곧장 울산을 떠올리는 사람이 몇이나 될까.

영남알프스는 가지산을 중심으로 간월산, 신불산 등 해발 1,000m 이상 봉우리 9개로 이루어져 있으며 전체 면적은 무려 255km²에 달한다. 수려한 산세와 풍광이 유럽의 알프스와 견줄 만하다고 해서 영남알프스로 불린다. 행정구역으로는 울산, 밀양, 양산, 청도, 경주에 두루 걸쳐 있지만, 주봉인 가지산을 비롯하여 7개 봉우리가 울산에 속하거나 경계를 이루고 있다. 특히 울산 쪽 신불산과 간월산 일대에 펼쳐진 억새평원은 환상적인 가을 정취를 선사하며 영남알프스의 백미로 꼽힌다. 한강 이남에서 가장 아름답다는 말이 허언이 아니다. 그러한즉 이 좋은 자연을 잘 보듬고 두루 알려 '영남알프스＝울산'의 브랜드로 만들어 나가는 것이 긴요하다. 구체적으로 어떤 과제가 필요한지 몇 가지만 살펴보자.

무엇보다도 접근성을 개선해야 한다. 다행히 수도권 쪽에서 영남알프스를 찾으려면 울산을 거치는 것이 가장 가깝다. 다만 KTX 울산역이 너무 협소한 데다 도시 외곽에 위치해 있어 연결 교통이 불편한 만큼, 이를 해소해 주는 것이 시급하다. 예컨대 울산역에서 복합 웰컴센터까지 상시 셔틀버스를 운행하는 것은 어떤가. 당연히 열차표 소지자에게는 무료로 서비스한다. 적자 운행이 불가피하겠지만 브랜드 마케팅 비용으로 생각한다면 그 정도는 충분히 울산시가 감내할 수 있을 것이다.

다음으로 교통 약자에 대한 세심한 배려가 필요하다. 영남알프스의 수려한 풍광은 건장한 등산 마니아뿐만 아니라 노약자든 어린이든 누구나 쉽게 찾고 즐길 수 있어야 한다. 이를 위한 하나의 대안이 케이블카다. 요즘은 환경 훼손을 최소화하는 다양한 공법과 기술이 나오고 있다. 최근 개통하여 대박을 터뜨리고 있는 사천 바다케이블카가 좋은 사례다. 사정이 이러함에도 환경단체를 비롯한 일각의 반대로 영남알프스 케이블카 프로젝트가 수년째 표류하고 있는 것은 안타까운 일이다. 다행히 민선7기 시정에서 당초 노선을 일부 변경하여 다시 추진하는 쪽으로 가닥을 잡았다 하니 기대를 걸어본다.

'울주세계산악영화제'를 발전적으로 확대 개편하는 방안도 고려해 볼 때가 되었다. 올해까지 세 번 행사를 치렀지만 아직은 콘텐츠가 부실하고 기획이나 운영도 미숙한 편이다. 하지만 드물게 산을 모티브로 하는 영화제라는 점은 분명 차별화되는 매력이다. 이 축제를 '울산 영남알프스 페스티벌'로 바꾸어 규모를 키우고, 영화를 넘어 다양한 프로그램으로 채워 나가는 게 어떨까. 지금처럼 울주군 차원의 행사에 그쳐서는 한계가 있을 수밖에 없기 때문이다. 그밖에도 숙제는 많다. 분명한 것은 울산의 성장동력인 관광 브랜드는 그저 얻어지는 게 아니라는 사실이다. (2018년 10월 22일)